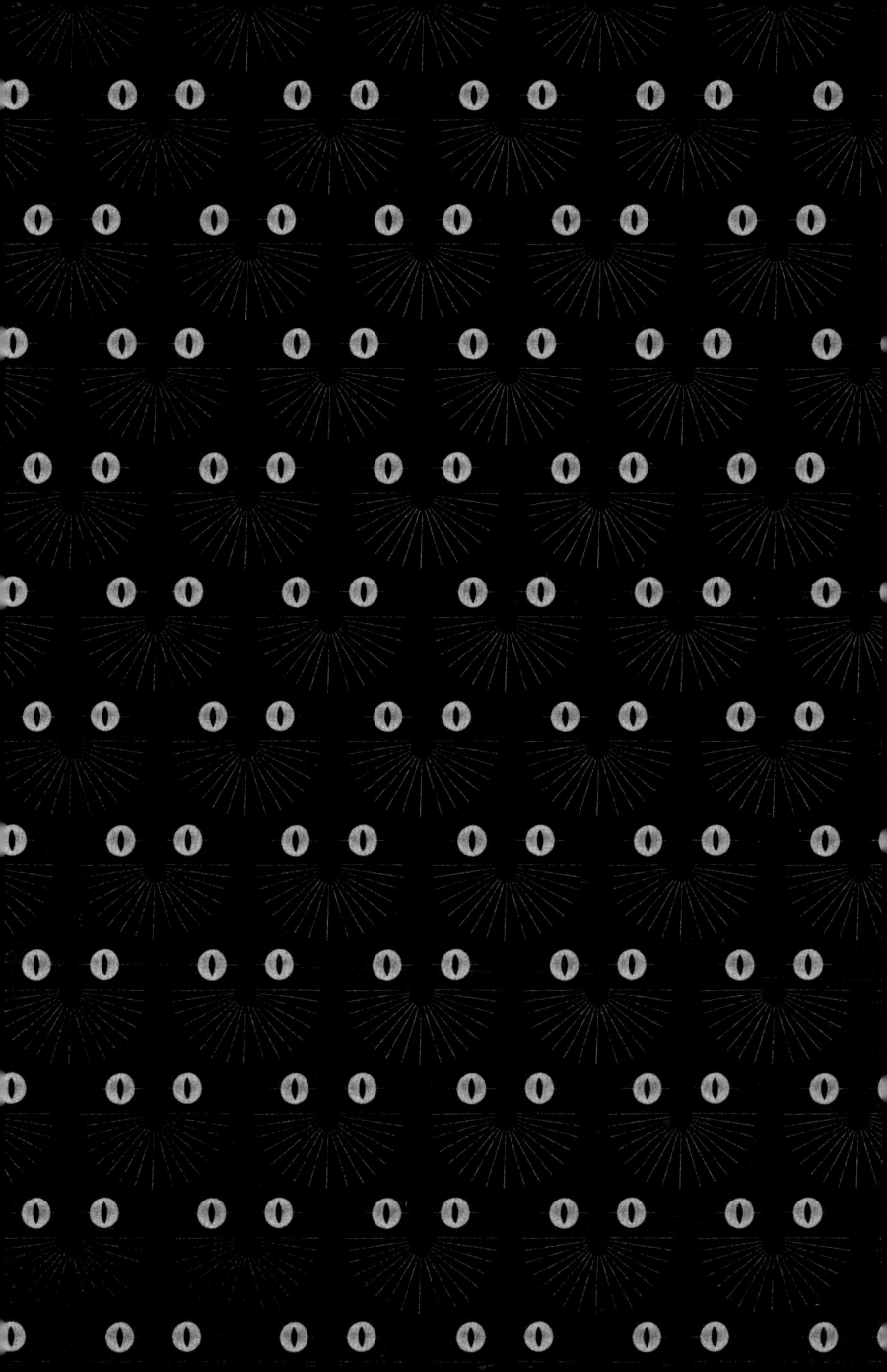

新しい
韓国の
文学

11

野良猫姫

ファン・インスク著

生田美保＝訳

This Japanese edition is published
by arrangement with Munhakdongne Publishing Corp.
The 『野良猫姫』 is published under the support of
The Korean Literature Translation institute, Seoul

野良猫姫

猫の坂道

坂を上っていくと、灰色の軽自動車マティス[1]の下で待っていた猫たちがニャオニャオ鳴きながら私を出迎える。「シーッ!」と猫たちに合図をして、足早に通り過ぎる。マティスはいつもそこに停まっていて、ごはんをあげるのに格好の場所だったのに、持ち主の家のおばあさんにえさを置くなと言われたのが十日前のことだ。三毛猫の三姉妹が鳴きながらついてくる。もう鳴かないで。気づかれちゃうよ。急いで白い乗用車ソナタ[2]の下に、ごはんをのせた皿を押しこむ。猫たちは歓声をあげてボリボリ食べる。今にも「ニャァ〜ン」と甘えた声とともにアビが出てきて、皿に鼻先を突っこむような気がしてならない。無表情で口数が少なそうな車の持ち主が、いつ車を動かすかわからない。今日はだいたいの猫たちに会えてよかった。でも、ベティの姿が見えない。

前は、ベティが見えないときは、大声で「ベティ! ベティ!」と呼んでいた。すると、どこからかベティが「ニェ〜」と出てきた。猫たちにごはんをあげ始めてから、一年くらいの間はよかった。今は、本当に怖い、この町の婦人会長さんの攻撃に、いつもひやひやしている。

「みんな、薬を入れてやろうって待ち構えているのよ。ちょっとえさをあげようとして、そのせいで猫がひどい目にあったら、そっちのほうが悲しいじゃないの」

一見、心配しているかのようで、実は身の毛のよだつ話をしていた婦人会長さんは、いつからか、長いほうきを持ち歩き、車の下にごはんを見つけるはじから掃き出していくようになった。それにしても、ベティはいったいどこに行ったのだろう。もう何日も見ていないけれど、ずっとお腹を空かしているのではないか。とぼとぼと坂道を下りていくと、古びた黒いショルダーバッグを肩に坂道を上がってきた男の人が、向こうで茶色い猫が寝ていると教えてくれた。茶色い猫？　ベティ？

「どこですか？」

「あっちの、味噌とかの甕を置いてある所」

急に不安になる。それがベティなら、どうしてごはんを食べに来ないで、そんなところで寝ているのだろう。

「死んでいるわけじゃないですよね？」

「ああ。寝てるよ」

坂道を夢中で駆け下りた。甕や植木鉢が並ぶ奥、端のほうに茶色い猫が腹ばいになって寝ていた。ベティ？　違うの？「ベティ！」と呼ぶと、ぱっと起き上がって駆け寄ってきた。

「ニェ〜〜」

「おまえ、なんでここにいるの？」

ますます大きな声で鳴くベティを、坂道の一番下に停められた車の下まで導いた。ベティが鳴くのを止めるには、ごはんしかない。どれほどお腹が空いていたのか。息もつかずにほおばるが、その間もベティはしきりに坂の上を気にしている。私は、甕置き場の横にある家の玄関が気になる。その家のおじさんから、甕置き場はもちろん、近所に猫のえさを置いてはならないと念を押されていた。植木鉢や甕置き場のあちこちに猫が糞をするのでたまらないと。会社に勤めていないのか、昼間でもよく家の前にいるおじさんが、今ここでベティがごはんを食べているのを見たら、きっと怒り狂うだろう。

食べながら落ち着きなくあちこち見回していたベティが、突然、身をひるがえして走り去る。あっけにとられてベティが気にしていたほうに目を向けると、三毛猫姉妹で模様が一番派手なやつが、いつの間にか近くに来ていた。この猫のせいだったのか！　車の下にごはんを押しこむときに、前足で私の手の甲を引っかいて血だらけにしたこともある猫だ。猫同士はうまくやっていると思っていたのに、いったい何があって、のんびり屋のベティがあんなパニック状態になったのだろう。ベティが食べ切らずに残していったごはんを見たら、とても悲しくなった。

「おまえ、ベティに何をしたの？　おまえたちだけでも仲良くしなきゃ」

獰猛なこの猫は、とぼけたような、しかし何か企みのありそうな表情で私を見つめる。ベティに魚の缶詰を一さじでも多くあげたのが、気に入らなかったのか？　アビがいなくなった後、ある秩序が崩れたような気がする。大人になった猫たちなのに仲が良くて、ほのぼのと見ていられたのに……。この猫が憎たらしかったが、ベティが食べていた皿に、魚の缶詰の残りを全部あけてやった。

ベティ、どこに行ったの？

ベティ、だからあのとき、どうして逃げてしまったの？　あのとき、私に捕まっていれば、どれだけよかったことか。

道で暮らす貴族猫

アビは、アビシニアンという種類の猫だ。野良猫は褐色のトラか三毛、黒白が多いが、額に黒い王冠のように「M」模様のあるブロンズ色の猫がいて、インターネットのコミュニティサイト〈笑うネコのお隣さん〉で探してみたら、アビシニアンがそんな外見をしていた。たまたまアビシニアンの血の混じった野良じゃないか、初めはそんなふうに思った。しかし、警戒心の強かったアビが、実はとても人懐っこいことが、いくらもしないうちにわかった。甘ったるいハスキーボイスで「ニャァ～ン」と鳴いて無防備にお腹を見せたり、私の脚に頭をすりすりしたり、ぱっと抱き上げても暴れないで、あるいは私の後をとことこついてくる。近くに家があって、ちょっと遊びに出てくる猫なのかとも思ったが、いつもよく食べるところを見ると、そういうわけでもなさそうだった。私へのなつき方から考えて、人の手で育てられたのは明らかだった。その点はベティも同じだ。もし、どこかの家猫だったとしたら、茶色のトラ猫ベティは飼い主に捨てられた猫で、アビは何らかの事情で飼い主と離ればなれになってしまった猫だろう。アビシニアンはいわゆる高級品種なので、飼い主が育てられなくなったとしても、新しい家族を探してやるのは簡単だったはずだ。

ベティとアビは、私が帰る気配がすると、食べている途中でも、鳴きながら坂道をついてきた。人通りの多い道路まで来ると、また二匹を連れて坂を上らなければならない。「私の家はここから遠いの。ごめんね。私はおまえたちを連れていけないの」と、いくら言っても無駄だった。だから、猫たちが大好きなツナ缶を二さじぐらい残しておいて、ベティとアビに一さじずつあげて、それを食べている隙に、一目散に逃げたりした。そんなときは、子どもの手に綿あめを握らせて、角を曲がって消え去る母親になったような気分だった。しかし、私はそれきりいなくなるつもりはなかった。次の日も、その次の日も、毎日、毎日猫たちに会いにくるつもりだった。それが私の約束だった。

とてもとても寒かった去年の冬、猫たちと別れるときはいつも、どうか明日もこの子たちに会えますようにと祈った。寄り添って体温を分かち合い、無事に一晩を過ごせる場所がありますように。無事にみんな冬を越した。ときどき現れては、遠巻きに、こっちにもごはんをくれと鳴いていた、流れ猫のうち何匹かが見えなくなったけれども……。

こんなに猫たちが平和に暮らせる町がほかにあるだろうかと思っていた時代は、春の訪れとともに終わりを告げた。腕まくりをして猫退治に乗り出した婦人会長さんが、それは忙しく動き回ったためだ。

「あの子、ほんとにアビだね！」

ヘジョさんが叫んだ。

「でしょ？　家出してきた子なのか、もともと野良なのか、なんとも言えないけど」

ヘジョさんは、家で飼われていた猫にまちがいないと言った。

「去勢手術もしてあるし」

「去勢したってどうしてわかるの？」

私が首をかしげると、ヘジョさんはくすっと笑った。

「タマがあるべきところに何もないじゃない」

警戒心をむき出しにした目で私たちを避けていたアビは、ヘジョさんが持ってきた高級缶詰をペロリと平らげ、背中をなでてやると、臆面もなくゴロゴロとのどを鳴らした。ヘジョさんが指さした、しっぽの下の睾丸があるはずの部分は、平たくなっていた。

「この子は、サイトにアップしたら、すぐ里親が見つかりそうね。まず、人によくなついてるし」

「もう大人の猫なのに、大丈夫なの？」

私が希望と心配の入り混じった声で尋ねると、ヘジョさんは苦笑いした。

「ブランド猫だったら、みんな大歓迎するよ。成猫でも、この子は難なく見つかると思う」

「ぜひ、そうなってほしいな」

「この子、今、連れて帰っちゃおうか」

ヘジョさんが自分のバッグを見下ろしてつぶやいた。やわらかい布のバッグだった。灰色のがっちりしたメイクボックスも持っていたが、どちらも体の大きなアビを入れるには無理があった。

「先に里親を見つけてからにしよう」

私たちがひそひそとアビの話をしていると、三毛猫姉妹は怪しむような目でしきりにこちらを気にしながらごはんを食べ、ベティは少し寂しそうな表情で私たちのそばに来て座っていた。「ベティ……」。私はベティを引き寄せて、頭をなでてやった。ヘジョさんがデジタルカメラでアビの写真を撮った。サイトに載せる写真だ。

アビの一世一代のチャンス

ヘジョさんと一緒に坂道を下りていくと、ベティとアビがついてきた。

「いつもこうなんだ」

私がため息をつくと、ヘジョさんもため息交じりに笑って言った。

「留学の予定さえなければ、私が今すぐにでも連れていきたいところだけど」

「ヘジョさんに連れていってもらえるなら、アビは本当に幸せになれるのに」

ヘジョさんは八月にアメリカに留学する。ドラマセラピーを勉強するそうだ。

「アビの里親は簡単に見つかると思う。だって、あんなに人懐っこいんだもの」

坂道の一番下に停められた車の下に缶詰をあけた紙皿を置くと、ベティとアビがそちらに矢のように飛んでいった。その隙に、私たちは歩みを速めた。

「じゃ、また近いうちに。ちゃんとごはん食べるんだよ」

「ヘジョさんもね」

ヘジョさんは布のバッグを肩にかけ、片手にメイクボックスを持って、地下鉄の駅へと急ぎ足で歩いていった。彼女は多忙だ。家庭教師を五つもかけもちし、その合い間に、ビューティーコンサルタントとして輸入ものの化粧品を売り歩く。留学費用を少しでも貯めるためだ。たくましいヘジョさんだが、去年初めて会ったときに比べると、いくぶん疲れてみえる。「母さんの心変わりが激しくて」。いい年をして結婚する気もないのかと、当初の約束を取り消し、留学の費用は出してやらないと宣告されてしまったらしい。

「支援者がいなくなれば、留学を諦めると思っているのよ」

「お父さんに頼んだらいいじゃないの」

「父さんは、母さんの言いなりだもの」

いつも親の言うことをよく聞く優等生だった娘が、三十歳を過ぎても結婚せず、部屋を借りて一人暮らしをして、今度は留学までするというのだから、そりゃ怒るのもわかる、とヘジョさんは小さく笑った。

それでも、やり手のヘジョさんだ。ドラマを勉強したいという彼女が家庭教師で何を教えるのかと思ったら、英語と数学だという。「数学も?」と私が驚いて聞くと、「うん。私、数学が得意だったのよ。今は文系の数学しか教えていないけど、ちょっと勉強したら、理系の数学も楽勝だと思う」と、私の反応をおもしろがって、ちょっと自慢げに言った。美人で、しかも頭がいいなんて、私としてはただただうらやましいばかりだ。

数日後、ヘジョさんから電話があった。アビの里親が見つかったという。

「〈笑うネコのお隣さん〉で探したの？」

「ううん。私の友達。とっても猫好きな人なんだ。特に大人の猫が好きだっていうから、もってこいよ。仔猫は面倒をみる自信がないんだって」

「その人、猫を飼うのは初めてなの？」

「前に飼ってたことあるって」

「じゃ、その猫は？」

「彼、アメリカ人で、アメリカの実家に預けて、両親がかわいがってるみたい」

「アメリカ人……。もし、その人がアメリカに帰ることになったら、アビはどうなるの？」

「それはないよ。ずっとこっちで暮らすと思う。アメリカに帰るとしても、連れて帰るよ。すごくいい人だから。前に飼っていた猫も、道でけがしていたのを連れてきて、治療して飼っていたというの。なによりも、お金持ちだし」

「お金持ち！　なんて幸運なの！」

「でしょ、でしょ？」

ヘジョさんと私は電話のあっちとこっちで興奮して、声を弾ませて喜んだ。

アビが必ずいそうな時間をねらって約束した午後六時。ヘジョさんが黒いキャリーバッグを引っ張ってきた。彼女は、パンツスーツの女性と一緒だった。その女性は大きな段ボール箱を抱えていた。

「こちらはヒヨンさん。アビを飼ってくれることになったジェームスの友達。こちらはファヨル」

「はじめまして」

私が軽くお辞儀をして挨拶すると、ヒヨンさんは唇の片端をかすかに持ち上げてほほえみ、体のわきで小さく右手を振った。五月に入ったものの、けっこう肌寒い日だった。ヘジョさんのふんわりした薄手のワンピースが風にひらめいた。

「ジャケットでも着てくればよかったのに」

「大丈夫、私、寒がりじゃないから。セミナーがあって、家に寄ったら遅れそうだったから、着替えないでそのまま来たの」

早くごはんを出さないで何をしているのだと、車の下で猫たちが大声で鳴きわめいた。ベティも私たちの足元でうろうろし、ニェ〜と鳴いた。「シーッ！　ちょっと待って！」。いつもより遅い時間だったので、お腹が空いているのだ。「ネコちゃん、ずいぶんたくさんいるんだね」と、温かい眼差しで猫たちを見下ろしていたヒヨンさんが笑った。

「アビはなんで来てないのかな？」

ヘジョさんが聞いた。

「そのうち来るでしょう」

「そう？　ところで、どこでやろうか？　やっぱり平らな所がいいんだけど」

私たちが移動すると、猫たちは鳴きながらついてきた。通りすがりの人々が好奇心に満ちた目で私たちをじろじろ見た。いつもだったら緊張しただろうけれど、今この瞬間だけは後ろ暗いことはなかった。猫を捕まえるのだと言えば、婦人会長さんも諸手を挙げて喜ぶはずだ。坂道の途中に婦人会館として使っているコンテナハウス[*3]があった。私たちはその横の小さな空き地にダンボール箱とキャリーバッグを置いて、ひとまず猫たちにごはんをあげた。

「こんなにいっぱいいるのに、どうやってアビを捕まえるの？」

心配して私がつぶやくと、ヘジョさんはにっこり笑い、猫たちに「おまえたちはさっさと食べて帰りなさい」と言って、肩にかけたバッグから大きなタオルを二枚取り出した。〈笑うネコのお隣さん〉の会員で、動物病院の獣医のローラさんに教わったとおり、大きなタオルをアビの顔にかぶせてすぐにバッグに入れる、というのが私たちの計画だった。

「悪いけど、アビはヘジョさんが捕まえて。私がやると、ほかの猫たちが私を怖がると思うの。これからもずっと顔を合わせていく猫たちだから、それはちょっと」

「心配しないで。私もそのつもりだったから」

何事にも割り切りのいいヘジョさんである。

シンデレラ・ベティ

「そこで何をしているんだ？　猫に手を出そうっていうのか？」

怒った声に振り向くと、この坂道でよく見かけるホームレスの男の人だった。近所にホームレスの保護施設があり、そこに用のある人たちが行き来していて、そのうち何人かの顔を覚えた。ときどきコンテナハウスの後ろの花壇で酒盛りをしている人たちもいた。そのせいか、婦人会長さんは、野良猫と同じくらい彼らを目の敵にしていた。私も、ごはんをやるたびにジロジロ見ながら言葉をかけてくる彼らが、最初はとてもけむたかった。しかし、私と同じように、彼らも猫たちを不憫に思っていることを知ってからは、仲間になったような気分だった。

「猫を一匹、里子に出すんです」

彼は、きょとんとした顔で私たちを見下ろしていたが、何も言わずに行ってしまった。私たちが猫に悪さでもするのではないかと、心配していたようだ。

ごはんを食べ終えた後も猫たちはなかなか離れなかった。もしかしたら、ヘジョさんのくれるおいしいおやつがもっと欲しくて、おとなしく待っているのかもしれない。

「この子は本当におとなしいね。体も小さいし、美人だね」

ヒョンさんがしゃがみこんでベティをなでた。ベティが美人？　ベティがほめられたのでうれしかった。

「アビはどうして来ないのかな？」

ヘジョさんが体をブルッと震わせた。

「そうだね。来そうな時間はもうだいぶ過ぎているんだけど」

風がさらに冷たくなり、ヘジョさんの顔は青白くなった。そのときだった。ひざを伸ばして立ち上がり、腕組みをしてしばらくベティを見下ろしていたヒョンさんが、こう言った。

「代わりにこの子を連れていこうか？」

「えっ、本当ですか？」

笑みを浮かべてヒョンさんが頷いた。にわかには信じられず、私がもう一度「本当ですか？」と聞きながらヘジョさんを見上げると、彼女も「まさか」という表情だった。

「あぁ、寒い！　ベティでもいいからさっさと連れて帰ろう」。ヒョンさんが決意を固めたように何度も頷いた。

信じられない！　お腹ぽっこりで垢まみれの、大人になりきってしまったベティに家ができるなんて。ヒョンさんの気が変わらないうちに、さっさとベティを捕まえなくては。

しかし、ベティはすばしっこかった。ヘジョさんがベティの顔にタオルをかぶせて、キャリーバッグに入れた途端、ベティは勢いよくふたを押しのけて飛び出してきた。私がもっと注意すべきだったのに、ベティの興奮した動きに素早く対応できなかった。三人の口から同時にため息がこぼれた。幸い、ベティは逃げてはいかず、「いったいアタシに何するの？」と言いたげな切ない表情で、何歩か離れたところに座って私たちを見上げていた。ああ、どうせなら私がそっと抱いてキャリーバッグに入れればよかった。

「ヘジョさん、やっぱり、箱で捕まえるほうがいいみたい」

「やっぱりそう思う？　猫は箱が好きだもんね」

その大きなダンボール箱は、中にごはんを入れておき、猫が自分から入ったところで紐を引っ張ると、シャッターのようにふたが閉まるようにヘジョさんがつくったものだ。私はまず、おやつを一さじすくって地面に置き、ベティを呼んだ。しかし、ほかの猫たちが先に集まってきてしまった。

「あんたたちはちょっとあっちに行っててて！」

手でぱっと追い払ったが、一匹が果敢に近づいてきて、さっとおやつをくわえていった。すると、ベティがニェ〜と鳴きながら近づいてきた。

「ベティ、その調子。シンデレラに変身しよう」

ヒヨンさんが楽しそうな声で語りかけ、缶からまた一さじすくってベティの前に置いた。べティはさもおいしそうに食べた。でも、しきりに私たちを見上げて、警戒しているのは明白だ。私は気を引き締めた。ベティにこんな奇跡のようなチャンスは二度とこないのだ。

「私が一人でやってみる」

「そうね。私たちがいると、ベティが警戒しちゃうものね。私たちはあっちに行ってるね」

ヘジョさんとヒヨンさんは道の向こう側へと離れていった。一人になると、ベティはようやく私の足元にごろりと横になって、ニェ〜と声を出した。ほかの猫たちも、もっとおいしいものにありつけると思ったのか、近寄ってきた。私はベティを抱き上げる。おっと！　ベティは身をよじってすり抜けていった。もっと強気で挑まなくては。私もだんだん寒くなってきて、体がぶるぶる震えた。もう一度、箱の中におやつをたっぷりと入れた。猫たちがいっせいに駆け寄ってきたが、私が足を踏み鳴らすと、たちまち引き返した。猫たちが寒そうにして私の顔をじっと見つめた。私は彼らのいる冷え切った地面におやつをばらまき、ベティには新しい缶を振って見せた。ベティが寄ってきた。

「ベティ、これでもう苦労は終わり。これからは、暖かい家で、おいしいものをいっぱい食べて、愛されて暮らせるよ。こんなにお腹がふくれちゃって、なにか病気かもしれないじゃない。新しい飼い主さんが病院にも連れていってくれるし、きれいにシャンプーもしてくれるよ」

ベティが私の言葉を理解できればいいけれど。時間はどんどん過ぎた。道の反対側の塀にもたれて、ヘジョさんたちはぼそぼそ話をしていた。やがて、ベティが箱に頭を突っ込んだ。私はそうっと、しかし思い切ってお尻を押す。すると、ベティの全身がすうっと箱の中に吸い込まれていった。声をあげてありったけの力で紐を引っ張った。えいっ！　シャッターは閉まらなかった。ヘジョさんたちが駆け寄ったのは、ベティが少し離れた所まで逃げた後だった。「なんで、なんで閉まらないの？」。思わずヘジョさんに食ってかかった。ヘジョさんは赤くなった。

「おかしいな。これで、うちの近くの猫を何匹も捕まえたのに」

「チェックしてから持ってきたんじゃないの？」

「急いで出てきたから……。ちゃんと閉まると思ってた」

「点検しといてくれなきゃ！」

「私に怒らないでよ！」

ヘジョさんも怒ったように声がかすれていた。

「ごめんなさい。ヘジョさんに怒っているわけじゃなくて、あまりにも残念で」

「バカね、ベティは。こんなにいいチャンスを。もう、しょうがない。寒いし、どこかでごはんでも食べて帰ろう」

ぼやきながら、ヒヨンさんがキャリーバッグをずるずる引いて坂を下りだした。ヘジョさんも肩を丸めて段ボール箱を抱え、とぼとぼとその後に続く。

「ヘジョさん、ごめんね」

「いいよ。私も残念だったの」

気落ちした私が謝ると、ヘジョさんも沈んだ声で答えた。ひんやりとした風が背中を押した。振り返ると、ぼんやり光る街灯の下には、人の気配も猫の気配もまるでなかった。


あるいはベティも一緒に？


ヒョンさんはしゃれた店に行こうと言ったが、それには少し歩かなければならなかった。そして、私たちは、そんな気分ではなかった。古びた店が目についたので、そこに入った。壁のメニューに「ステーキ／ソーセージ／プデチゲ[*4]」と書かれていた。

「熱々のスープが食べたいな」

「私も！　私、プデチゲにします。お腹ぺこぺこ！」

ヒョンさんの言葉にヘジョさんが元気いっぱいに答えた。ありがたいことに、ヘジョさんは私に腹を立てているようではなかった。私もやはり何事もなかったように、「私もプデチゲ」と言った。ほんとはプデチゲは好きではないが、どうでもよかった。プデチゲが好きな人には穏やかな人が多いと、どこかで聞いたことがある。

「ビールを頼もうか？　ヘジョは今日はもう仕事ないよね？」

「はい。今日は終わりです。ヒヨンさん、ビールをどうぞ。私は焼酎。一杯だけ飲もうっと」

ヘジョさんは、付け合わせに出てきたニラのチヂミをおいしそうに食べた。

「じゃ、私も焼酎でいいや。えっと、名前は……」

「ファヨルです」

ヒヨンさんはもう私の名前を忘れていたのか、きまり悪そうに笑った。

「そうだ、ファヨル。ファヨルは？」

ヘジョさんと私が同時に答えた。

「はい、私も焼酎でいいです」

「この子、お酒飲めないんですよ」

もくもくと湯気の立つプデチゲの鍋の底を卓上コンロの炎が青く包み込んだ。ヘジョさんが取り皿いっぱいにプデチゲをよそって、次々と口に運ぶ。思うに、ヘジョさんは華やかで、ヒヨンさんはスマートだ。華やかでスマートな二人の女性が、黙々と焼酎の杯を傾けながら食事をした。もともと会話が少ないのか、私がいるせいで話題に困っているのか、それとも、ただ外の天気のように気分が沈んでいるのか、わからない。

「ベティにもう一度チャンスをもらえませんか？」

おそるおそる切り出した私に、ヒヨンさんが困った顔で答えた。

「そうねえ……。私、あさってから出張で、戻るのは二週間後なんだ」

「じゃあ、ヘジョさんが連れていってくれない？」

私がヘジョさんを見つめると、ヘジョさんはヒヨンさんを見つめた。ヒヨンさんはそれには答えず、「ベティって、かわいいよね。顔も小さくて、いい子だし」とだけ言った。

「はい、本当にいい子なんです。人懐っこくて。だけど、ジェームスさんって方は、ベティがただの野良だから嫌だって言うでしょうか」

「それは大丈夫。ジェームス、いい人だし。訳ありの猫なら、なおさら喜ぶよ。かわいそうだからって」

ヘジョさんの言葉にヒヨンさんが頷く。

「食べ終わったら、もう一度あそこに寄ってみませんか？」

私は焦っていた。そんなにいい人ならば、ベティをぜひとも結びつけてやりたかった。私は機械的にプデチゲのスープを口に運びながら、熱弁をふるった。

「ベティは絶対にどこかの飼い猫だったと思うんです。かわいそうに捨てられたんです。あんなに人懐っこいのに、道で暮らすのは危険ですよ。ああ、ベティ、どうか捕まって！　こんなチャンスは奇跡よ！」

店を出ると、外は完全に暗くなっていた。やはり風は冷たかった。ヘジョさんのスカートの裾が、脚にぺったり張りついた。

「ヘジョさん、寒いけど大丈夫？」

「うん。もう大丈夫」

「夕方はまだ冷えるから、上着を持ってたほうがいいよ」

「うん。いつもは持っているんだけどね。今日に限ってそのまま出てきちゃった。こんなに長く外にいるとも思わなかったし」

私たちのそばを、厚ぼったいジャンパーの胸元をかき合わせた男性がすたすたと追い越していく。ずんぐりした黒い影法師のような後ろ姿がだんだん遠くなり、坂の向こうに消えていった。

「ニャァ〜〜ン」どこからか聞こえてくる猫の鳴き声に、私たちは足を止めた。ある家の塀の前に停めてあった車の下から、アビが甘えた声で鳴きながら顔をのぞかせた。

「アビ、どこに行ってたの？」

ヘジョさんと私はうれしさのあまり大声をあげた。アビは車の下から一歩出たところで、ヒヨンさんを見ると、また戻ってしまった。

「この子がアビです」

ヘジョさんがアビを紹介したが、ヒヨンさんはすでに好感のこもった目でアビを見下ろしていた。

「本当にすてきな猫ね。めずらしい毛の色」

車の下にはアビだけでなく、ベティも、三毛たちもみんな集まっていた。ごはんをやった後に戻ってくることはめったにないので、ほかの日もいつもここでうろうろしているのか、今日だけ特別なのかはわからなかった。

私がキャットフードを皿に出して車のバンパーの下に置くと、ヘジョさんが栄養満点の缶詰をひとつ開けて、その上にスプーンで山盛り一杯のせた。そろりそろりベティと三毛たちが近づいてきた。ビニール袋を広げ、その上に同じようにごはんをのせて、少し離れたところに置く。三毛たちはそちらに飛びついたが、ベティはアビと顔をつき合わせてボリボリ食べ始めた。しばらくすると、アビとベティが小さくうなったので、ベティの分を缶から別に出してやった。缶詰だけ拾い食いしてキャットフードだけになると、アビは食べるのに興味を失い、ごろごろ転がってニャァニャァ鳴いた。ヘジョさんと私がアビをなでると、ヒヨンさんもそっと屈んで、アビの背中をなでた。なめらかな毛の下の、体の弾力が伝わってきた。アビは明るくおっとりした性格だが、感覚は鋭かった。私たちに体を預けながらも、変な予感がするのか、いつもとちがって車の下から出てこなかった。どうやらヒヨンさんはアビに一目惚れしたらしい。ヒヨンさんの目には、ベティがいじらしい猫なら、アビは美しい猫と映ったようだ。アビの鳴き声は、愛情をたっぷり受けて育った猫のそれだった。

「こんなにかわいいのに、どうして捨てられたのかな？」

ヒヨンさんが聞く。

「捨てられたんじゃなくて、迷子になったんだと思います」

ヘジョさんが答える。

「迷子になったのなら、どうして探さないの？　この子、私がごはんをやり始めた去年の秋にもここにいたよ。〈笑うネコのお隣さん〉でアビシニアンがいなくなったって言ってる人がいないか探してみたけど、いなかった」

ヘジョさんが、猫を飼っていてもそういうサイトを知らない人は多いのだと言った。そうだ、そういうこともあり得る。

「この子、もしかして、この辺りのどこかの家で飼われている外出猫じゃないの？」

「ちがうと思います。外出猫だったら、こんなにきちんきちんとやって来て、あんなにがつがつ食べていくはずはないですから」

「そうそう。アビって、本当に食いしん坊なんですよ」

ヘジョさんの言葉に一緒になって笑ったものの、どうにも気分が沈んで落ち着かない。ベティにはもうチャンスはないのか？　もともとヒヨンさんが連れに来たのはアビだから、まずはアビを捕まえるのが筋だろう。ジェームスという人はお金持ちらしいし、ヒヨンさんもベティを気に入っていたから、あるいはベティも一緒に飼ってくれないだろうか。

遠くに行かないで、ここにおいで

アビは完全に気を許したのか、車の下から出てきて、しっぽをピンと立てて悠々と歩き回り、ニャァーと鳴きながら私の足の甲に頭をすりつけてきた。ヘジョさんがキャリーバッグのファスナーをあけると警戒する目つきになったが、その横に缶詰を置くと、ゆっくりと近づいてきた。アビが缶詰に口をつけると、ヘジョさんはそのわきに座った。そして、アビの背中を何度かなでた後、パッとアビの頭にタオルをかぶせてバッグの中に入れ、ファスナーを閉めるのに成功した。やった！

しかし、まさにそのとき、かたく閉じられたはずのファスナーの隙間から、アビが頭を突き出して、一気に飛び出していった。ああっ！　私のせいだ。ぼんやり突っ立っていないで、にゅっと出てきたアビの頭を押しこんで、ファスナーをしっかり閉めるべきだった。私の反射神経がお粗末なうえに、ファスナーがちゃんと閉まっていないことにヘジョさんが気づいて手を伸ばす、その〇・一秒の短い間に、アビはものすごい勢いでバッグを蹴って逃げてしまった。「これ、何？　何なの？」と背中で叫びながら、離れていったアビ。怒ったような、でも、どこか楽しんでいるような表情で、アビは私たちを振り返った。遊びなのか、そうでないのか、判断がつかないようだった。私がアビに向かって歩き出すと、アビは後ずさりした。そして向きを変え、「やれるものならどうぞ」とでも言うかのように、意気揚々としっぽを立て、ちらちら後ろを振り返りながら、私が一歩進めば同じく一歩進んで、そのうちどこかに消えてしまった。後ろでヘジョさんがふっと笑った。私たちはアビが消えた暗い路地を見つめた。「鶏[*5]を捕まえそこなった犬が屋根の上を見上げる」ように。

「アビがもう来なくなっちゃったら、どうしよう」

「心配ないよ。ごはんがあるところには来るって。それにアビはぜんぜん怖がっていなかったもの」

　戻ってくると、ベティが塀に沿って座り、寂しそうに私たちを見つめた。

「ヘジョさん、ベティにもう少しおやつをちょうだい」

　ヘジョさんが缶の中身をきれいに皿にかき出した。それを持ってベティに近づくと、ベティが塀に頭をこすりつけた。

「ベティ、これを食べたら、早く帰って寝るんだよ」

おやつを食べるベティの頭をなでてやった。ベティ、寒いね。おまえ、どこで寝るの？

「今日はこれで引き上げよう。アビって本当にハンサムな猫ね」

坂道を下りる間、ヒヨンさんは何度もアビがハンサムだとほめちぎった。

「私がもう一度時間をつくりますね」

「うん。私からジェームスに言っておく。私のいない間にアビが捕まったら教えてね」

空車のタクシーが来て、ヒヨンさんが一人で乗った。タクシーが行った後、聞いた。

「ヒヨンさんと家が近いんじゃないの？」

「彼女は弘大前《ホンデアプ》に住んでいるの」

「そうなんだ。ヒヨンさんも漢南洞《ハンナムドン》に住んでいるのかと思った」

ちがうと首を振るヘジョさんが、抱えていたダンボール箱を道端のゴミ箱のそばに捨てた。

私たちは地下鉄の駅に向かって歩いた。

「今度ベティが捕まったら、ヒヨンさんが連れていってくれるでしょ？」

「ううん」

「どうして？　ヒヨンさん、ベティのことを気に入っていたのに」

「それは、アビを見る前の話。私だってアビに心が傾くもの」

「え？　ヘジョさんでも？」。がっかりした。

「ヒヨンさんは品種にこだわらないって言ってたじゃない」

「それもアビを見る前の話だってば」

「ジェームスさんがアビもベティも飼ってくれるわけにはいかないの？」

「さぁ……。それって、そんなに簡単なことじゃないから。うーん、みんなベティの宿命なのよ」

　考えれば考えるほど残念だった。ベティを先に連れていって、その次にアビだったら、どれだけよかったことか。

「ヘジョさん、今日はお疲れさま。本当にありがとう」

「うん。お疲れ」

　ヘジョさんが手を振って駅の階段を下りていった。駅の天井から下がるモニターを見たら、九時二分だった。コンビニの出勤まで二時間ある。家に寄るには中途半端な時間だった。コンビニの倉庫で本でも読もうか。でも、コンビニに行けば、勤務時間でなくてもいろいろ手伝う仕事がある。忙しいピークは過ぎたといっても、商品を補充したり、注文を入れたり、テーブル[*6]を片付けたりしているうちに、すぐ勤務時間になるのは明らかだった。今日はそんな気分ではない。私の足はいつの間にかまた坂道のほうに向かっていた。風は収まったが、ひんやりした空気におおわれていた。曇り空に、プラスチックの櫛のような形をした新月が浮かんでいた。見慣れない猫が一匹、車の前で、さっきベティたちが食べ残したキャットフードを食べていた。

猫がぱっと顔を上げる。丸い顔には警戒心をみなぎらせ、いつでも逃げ出す体勢だ。灰色のしま模様の猫で、ひどく痩せている。近づいてもっとごはんをやろうとすると、ささっと車の下の奥に隠れてしまった。「えさをやられると、町中の猫が集まって、わたしらも大変なんよ！ほかの人の迷惑になっていることも考えてぇよ！」。よく考えれば、婦人会長さんの言うことにも一理ある。でも、多くは通りすがりの猫ではないか。道々、やっとのことで一食を得る。そして、どこでもごはんにありつけない日が続くと、ある日、どこかで虹の橋を渡ってしまう。

遠くに行かないで、ここに来てごはんをお食べ。寝る所はよそで探して、今みたいに真っ暗になったらこっそり来て、ごはんだけ食べて帰るんだよ。ここにはおまえたちを嫌う怖いおばあさんが住んでいるから。

痩せ細った流れ者の猫に会ったせいで、よけいに寂しい気分になった。こんな気分のときは、〈笑うネコのお隣さん〉にログインするに限る。私はインターネットカフェに入り、〈笑うネコのお隣さん〉にアクセスした。メッセージが一通来ていた。ミスター・レジェンドからだ。

「ヘッサル、栄養補給してあげる。七時にトルボネでどう？　焼肉を食べよう」。

〈笑うネコのお隣さん〉での私のハンドルネームはヘッサルトッタンベ（日差しの降り注ぐ帆掛け舟）だ。

笑うネコのお隣さん

〈笑うネコのお隣さん〉を知ったのは三年前。母の姉であるおばの家で世話になっていた頃だ。ある春の日だった。たぶん日曜日だったのだろう。私はエレベーターを待っていた。扉が開くと、登山ウェア姿のおば一家が楽しそうに出てきた。にこにこ笑っていたおじが、私を見ると顔をしかめた。

「もう夕方なのに、女の子がどこに出かけるつもりや？」

「ちょっと気分転換に」

「ファヨル、これ見て！」

年上のいとこ、ウンギョンが抱えていたピンク色のケースを持ち上げた。「猫だよ、猫！」。ウンギョンがうれしくてたまらない様子なので、おじもまた笑顔になって「ターキッシュアンゴラや！」と大きな声で言った。おじは、黄色いプラスチックでできた、かわいらしい犬小屋のようなものを抱えていた。「ファヨル、夕飯を食べてから行きなさい」と、おばが私の腕をそっと引っ張った。ちらっとウンギョンの持っているピンク色のケースに目をやった。猫、猫と、ことあるごとに猫の話をしていたウンギョンに、大学に合格したら猫を飼わせてやるとおじは約束した。おじの望みどおり、ウンギョンはおばが卒業した女子大の法学部に入った。

ピンク色のケースを開けると、ふわふわした仔猫がちょこちょことはい出してきた。とてもとてもかわいかった。片方の目は青で、もう片方の目は緑色だった。「オッドアイだよ。きれいでしょ?」。ウンギョンは鼻筋にしわが寄るほどの笑顔で、うれしくて仕方ないことを表していた。「わあ、かわいい! どこで買ったの?」私は仔猫に目が釘づけになったまま聞いた。周囲の様子をうかがっていた仔猫がドドドと走り回った。

「一号棟の前の動物病院」

「五十万ウォンだぞ、こいつ。六十万ウォンっていうのをまけさせたんよ!」

おじはよく通る声で言うと、まっすぐ洗面所に向かった。「これ、ここに置けばいいかしら?」とおばがベランダから叫ぶと、「うん」とウンギョンがそちらに向かう。ドドドと仔猫も後に続いた。おじが抱えていた黄色いプラスチックのケースは、小屋ではなくて猫のトイレだった。中に砂を敷いておくと、猫が自分で用を足すのだそうだ。ウンギョンが猫の絵のついた缶詰の中身を瀬戸物の器にあけると、仔猫は鼻を突っこんで食べた。すすり泣くようにニャンニャン声をあげて。まるで「こんなの、初めて! おいしい!」と言っているようだった。

ウンギョンは仔猫に「ドド」という名前をつけた。そして、猫を飼っている友達が紹介してくれたインターネットコミュニティサイト〈笑うネコのお隣さん〉の会員になった。ハンドルネームは「ドドラブ」。私は、ウンギョンが教えてくれたIDとパスワードを使って、ときどき〈笑うネコのお隣さん〉をのぞいた。ウンギョンがドドの写真をアップすると、「キャー！」というコメントがたんさく寄せられた。ドドはそのくらいかわいい猫だった。こんなコメントもよくあった。「お父さんが猫ちゃんをかわいがってくれてるなんて、うらやましいです。うちもその半分だけでもかわいがってくれれば……」「ドドラブさんのお父さん、万歳！」。〈笑うネコのお隣さん〉で、私は主に猫たちの写真を見た。ありとあらゆる猫がそこに集まっていた。どれも私の心をくすぐった。猫がこんなに愛らしい動物だったとは！

ドドは家族の愛情をたっぷりと受けた。おばは仕事から帰るなり「チビちゃん、どこ？」と言ってドドを探した。おじも、ソファに寝転がってテレビを見ているときにドドが胸元に来て座ると、ドドの頭をなでてやったりした。そして必ず、ドドをなでた指先をこすり合わせながら、自分の胸元を見下ろした。「猫ってやつはかわいいねえ。毛が抜けなければ、どんだけええか」。動物を飼うのは生まれて初めてというおじだった。

おばの日課で最大の仕事は、おじのスーツに猫の白い毛が一本でもつかないように管理することになった。しかし、おばと私が一日に何度、ドドをブラッシングしても、家中に掃除機をかけても、あちこちに落ちた猫の毛を全部取りきることはできなかった。だんだん、おじの口からドドに向けてひどい言葉が出てくるようになった。「ドドが食卓に上がれないようにせんかい！」。おじは特に食卓の天板のガラスに毛がつくことを嫌ったが、ドドは食卓の上に座ることを好んだ。おじとおばの口論が増えた。ドドが原因だった。おじが家にいるときは、誰も気を抜けなかった。

「まったく。私に連れ子がいたとしても、こんなに夫の顔色を見ながら暮らしてはいないと思うわ！」。ため息をついたおばは、ドドを動物病院に連れていき、毛を丸刈りにしてしまった。「あはは、なんや、それは。まるでネズミみたいやな！」。大笑いしたおじが、何日静かでいただろうか。すぐに、ウンギョンにもドドの毛をつまんで見せて、ぶつぶつ文句を言った。「おまえ、猫の管理もまともにできんなら捨ててしまえ！」「もう、パパったら！」。そのたびにウンギョンは父親をにらみつけた。

　仕方なく、キャットタワーやマットやごはんの皿など、ドドの家財道具一切をベランダ[*7]に移した。おじが家にいるときは、ベランダのサッシを固く閉めることを忘れなかった。猫一匹が暮らすには十分な、比較的広いベランダだった。木や草花がすくすく育っているたくさんの植木鉢や、がらくたを並べた本棚もあった。ドドはキャットタワーのてっぺんに上って窓の外を眺めたり、日向ぼっこをしたり、ときには居眠りをした。それでもたまに、立場をわきまえずにガラス戸を引っかいて、中に入れてくれと鳴いた。そういうときは、私がベランダに出て遊んでやった。ドドと居住空間が分かれてからは、おじもそれなりに落ち着いたのか、ときどき猫用の高いおもちゃを買ってくるなど寛大になった。

しかし、そんな平和はいくらもしないうちに壊れた。ある夏の日だった。

バイバイ、ドド！

おじとおばが山歩きに行ったのだから、その日も日曜日だったのだろう。ウンギョンと私は出前で取った冷麺を食べていた。

「ああ、暑い！」

おばが手で顔をあおぎながら、悲鳴に近い声をあげて入ってきた。

「本当に暑い！　うちのお嬢たち、暑くなかったかね？　おっ、うまそうなもん食っとるね！」

おじが首の周りの汗を拭き、肩を傾けてリュックを投げおろした。

「冷麺、おいしいよ。パパもスープをちょっと飲む？　冷たいから」

「そやね。着替えてからな」

おじが勢いよくドアを開けて部屋に入ったかと思うと、どなり声が聞こえた。

「この野郎！　おまえよくも！　なんてことしやがる！」

ギョッとして駆けつけた。おじの指さした先を見ると、白いシーツの上にぐっしょりと濡れた跡があり、まん中に猫の糞がぽつんと転がっていた。やだっ！　ベッドの端に座っているドドに向かっておじが飛びかかった。と同時に私たちも「パパ!」「あなた!」「おじさん!」と叫んで、おじに飛びかかった。ドドは寝室のガラス戸からベランダに逃げていった。

「あいつ、しつけ直さなあかん!」

止めようとしがみつく私たちを肩を揺すって振り落とし、おじはドドを追いかけた。「パパ、パパ、パパ!」「あなた、あなた、あなた!」。大声をあげて私たちも追いかけた。おじは、机の隅に隠れて縮こまっていたドドをひょいっと持ち上げた。怯えきったドドが「フギャー」とわめいておじの手を引っかいた瞬間、おじはドドを投げつけた。ドドはお尻から水っぽい便を垂らしながら放物線状に飛んでいき、「ギャッ!」という声とともに壁にぶつかって落ちた。すべてが一瞬の出来事だった。

「パパ!」。ウンギョンが泣きながらドドに駆け寄った。「信じられない!」。おばがおじの背中をバンバン叩いた。おじは当惑した表情で「しつけ直さなあかん」とつぶやくと、「あいつが俺の手を引っかいた! この血を見てみい!」と手の甲を差し出した。誰もおじの手を見なかった。ドドはわんわん泣くウンギョンの胸に抱かれて、ニャオン、ニャオンとむせび泣いた。

「あの慶尚道男《キョンサンド》! 女にも動物にもやさしくない、まったく嫌になるわ!」

おばが冷蔵庫から冷水を取り出し、ゴクゴクと飲み干して息巻くと、肩を落として食卓の椅子に座っていたおじが言い訳をした。

「強くは投げんかった。そうやろ？」

ドドを抱きしめてベランダの床に座り込んでいたウンギョンが、まだ泣きそうな顔で叫んだ。

「私、ドドを連れて家を出ます！」

おじはいきなり立った。

「なんやと？　おまえ、それで言いたいことは全部か？　パパとドドとどっちが大事なんだ？」

ウンギョンは何も言わずにぱっと立ち上がると、外出用のキャリーケースにドドを入れた。そして、ドドと同じく、大学の入学祝いに買ってもらったルイ・ヴィトンのバッグを肩にかけると、キャリーケースを持って、足音を立てて玄関へと歩いていった。

「おまえ、どこ行くんや！」

「病院です。骨が折れてないか、内臓が破裂してないか、検査しなきゃなりませんから！」

おじの大声にウンギョンは冷たく答えた。私もウンギョンについていくと、背後でおじが嘆いた。

「まったく、猫一匹のために家族みんなから嫌われて、なんや、これは」

レントゲンと超音波検査をした。幸いドドはどこも痛めていなかった。それでも、だいぶ驚いただろうからしばらくは吐くかもしれないと、獣医は注射を二本打ってくれた。ひとつは胃を落ち着かせるもの、もうひとつは肝臓の数値を下げるものだそうだ。その晩、〈笑うネコのお隣さん〉でウンギョンは、ベテランのメンバーにあれこれ気になることを質問した。猫は急激な環境の変化で不安や不満が生じると、それが激しいストレスになって、寝具や服の上に粗相をするそうだ。私たちはさらに戸締りをしっかりして、おじとドドが出くわさないように注意した。おじがリビングにいるときに、ひょっとしてドドがガラス戸をガリガリしやしないかとびくびくしながら。

結局、ドドは八月が終わらないうちによその家の猫になった。高校の国語教師をしているおばが、夏休みが終わって出勤した初日のことだった。会食があって遅くに帰宅したおばは、私にウンギョンの部屋に来るよう言った。おばより少し前に帰ったウンギョンは、まだ外出着のままだった。

「あり得ない！　絶対だめ！」

ウンギョンはベッドに腰かけて足をバタバタさせ、それればかり繰り返していた。

「家の中だけでも、猫が行きたいところに行って、いたいところにいられなくちゃ、かわいそうじゃない」

お酒を飲んできたのだろう、おばは少し呂律がまわっていなかった。

「キム・ウンジャ先生は、ほんとに猫好きで、旦那さんもそうなの。ドドは、うちよりもキム先生のところのほうがずっと幸せに暮らせるのよ」

キム・ウンジャ先生は、おばの学校で世界史を教えている。おばと一番親しい同僚で、飼っていた猫が少し前に死んだのだそうだ。

「ドドと同じターキッシュアンゴラで、十二年も飼っていたんですって。腎盂炎だか腎臓病だかで死んだんだけど、旦那さんのほうが何日も食事が喉を通らなくなって、あんまり悲しがるものだから、キム先生自身は悲しむこともできなかったそうよ」

「ドド！　ドド！　ひっく、ひっく」

ウンギョンが足をバタバタさせて泣きじゃくりだしたところに、ドアが開いて、おじがにゅっと顔をのぞかせた。

「もしもし。入ってもいいか？　俺抜きで何の密談をしとるん？　ウンギョン、おまえ、なんで泣いとるん？」

「ドドをよそにやろうと思って！　これでスッキリでしょ？」

おばが鋭く言い放った。

「なんで？　俺はドドとうまくやっとるのに、なんで俺のせいにするん？」

おじが心外そうな声で反論した。今は下がっていろと、おばが手で追い払った。おじは、コホンと咳払いをしてドアを閉めた。

「勉強しているんだか、遊んでいるんだか、あなたはいつも遅くまで出歩いていて、ドドの世話は全部ファヨルがやっているじゃない。そろそろファヨルも本格的に大学に行く準備をしなきゃいけないんだから」

「どういう風の吹きまわしか、ドドを飼うことになったけれど、あなたのパパは子どもの頃も動物を飼ったことがないの。私たちは庭つきの家に住んでいるわけでもない。パパはマンションでは動物と暮らせない人なのよ」

「ドドが小さくてかわいい盛りのうちにあげたほうがいいと思うの。そうすれば、あちらの家族とすぐに仲良くなれるでしょう。キム先生のお宅みたいに、条件がぴったりの家があってよかったじゃない。知り合いの家だから、会いたくなったらいつでも会いに行けるし」

おばは長い時間をかけて、じっくりとウンギョンを説得した。

「ドドに申し訳ないよ。かわいそうなドド」

ウンギョンの顔は涙でぐしゃぐしゃになった。

「ああやってベランダに閉じこめられて暮らすのは、本当にかわいそうでしょ。キム先生のところに行ったほうがドドは幸せなの」

そうやってドドはいなくなった。自然と〈笑うネコのお隣さん〉にアクセスする回数も減った。

そうして、十八歳になった去年の夏、私は〈笑うネコのお隣さん〉に会員登録した。夕方からのコンビニの仕事に向かう途中、ふと思い立ってまわり道をした坂道で、一匹の猫と目が合ってから。

分別のない母

母は、私にとってはいいお母さんだった。きれいで愛情あふれる母。しかし、視界から私がいなくなると、母は私を忘れてしまった。

小学校一年のときだった。スクールバスを降りて家へ歩いていると、向こうから母が「ファヨル！」と呼んで手を振った。白いノースリーブのワンピースに、大きくて真っ白なビーズのバッグを持って、髪をバラの花のようにアップにした母が踊るように歩いてきた。古い建物が両側に並んだ通りで、母は雲の間から差しこむ太陽の光のようにまぶしかった。私は走っていって母に抱きついた。

「お母さん、どこに行くの？」

「うん。ファヨルと遊びに行くの」

「ほんと？」

にこにこ笑う母の顔に深いえくぼができた。私は母に手を取られてタクシーに乗って、ショッピングモールに向かった。そこの二階に私の好きなイタリアンレストランがあった。私はそこのトマトパスタといえば、眠っていても飛び起きるほど大好きだった。母はトマトパスタとミルクシェイクを頼んだ。

「お母さんは？」

「お母さんはもうごはんを食べたの」

母がミートボール二個をそれぞれ四等分するのを見ながら、私はミルクシェイクを飲んだ。母はパスタの皿を私の前に押しやり、バッグからハンカチを出して手を拭いた。縁にレースのついた白いハンカチだった。母はハンカチをバッグにしまうと、今度は携帯電話を出して、液晶画面にいろいろな角度から顔を映して眺めた。大きな銀色のモトローラだった。私はフォークにくるくるとパスタを巻いて食べながら、レストランをぐるりと見回した。店はかなり広かったが、間隔をあけずに置かれたテーブルは、どれも客でいっぱいだった。端正なスーツに身を包んで片手にトレイを持った店員の青年が、私たちのわきを通りながら、ちらりと母に目をやった。その瞬間、私と目が合った彼は、きまり悪かったのか、私にウィンクをした。

レストランを出た母は、私の手を引いて、ヒールの音を響かせて足早に歩いた。

「ファヨル、泳ぐの好きよね？」

「うん」

「じゃ、プールに行こうか？」

「わーい！」

私は母の手を離してエスカレーターへと駆けていった。ショッピングモールの地下にプールがあった。母がプールの窓口で入場券とロッカーキーを受け取る間、私は待ち切れずに先にロッカールームに入り、鞄をおろして制服を脱いだ。後から入ってきた母が、バッグから水着と帽子とゴーグルを出してくれた。すっかり支度を終えた私は、シャワー室で水を浴びて出てきた。母は白いワンピース姿のままだった。母は私の右の足首にロッカーキーをはめると、ビーチタオルをくれた。

「ファヨル、一時間だけ泳いでいてね。私はちょっと友達に会ってくるから。何か食べたいものがあったら、売店のおばさんにキーを見せて買うのよ。わかった？」

なんとなく、こうなるとわかっていたような気もする。

「うん、早く帰ってきてね」

「すぐに戻ってくるから。準備運動を忘れないで、あんまり長く水の中にいてもだめよ」

「一時間だったら、いま一時半だから、二時半までには来るね？」

私がロッカールームの壁にかかった丸い時計を見て念を押すと、母はほがらかに笑った。

「まあ、私の娘ったらお利口さんね！　そうよ。でも、道が混んでいたら少し遅れるかもしれないわ」

母が私のお尻をポンと押した。プールの入口のドアを開けると、消毒薬のツンとした匂いとともに、こもった音がぐわんと押し寄せてきた。私は飛び込み台まで小走りした。

プールは混んでいた。時間がたつとともに人が増えてくるようだった。特に浅いところは混雑していた。私は飛び込み台の下の、緑色に見える深い水の中で、体をひねったりひっくり返したりしながらくるくる回った。両手で水をかき、両足で水を蹴ると、なめらかな水の流れが割れてはまた合わさった。私は水が好きだった。水も私が好きだった。「あの子は水の中でも息をしているみたい」と母がおばに自慢げに言っていたのを思い出す。私が三歳になった年に初めてプールに連れていったら、水を見るなり手を叩いて喜んだという。父が私のお腹に手を添えて浮かべると、手足をばたつかせて、キャッキャと声をあげながらバタ足をしたそうだ。もちろん、私は覚えていないけれど。

母は泳ぎがうまくなかった。一生懸命バタ足をしてもプカプカ浮いているだけで前に進まなかった。それに、どんなに水をはね散らすことか……。あれは、どこのプールだったろう。一時間に一度ある、子どもは水からあがって休憩する時間だった。大人はずっと泳いでいてよかった。タオルで体を包んだ私は、父の隣に座ってホットドッグを食べながら、泳ぐ母を見ていた。突然、監視員がピーッとホイッスルを吹いたと思ったら、母に向かって今すぐプールからあがれというジェスチャーをした。母はそれほど激しく水をはね上げていたのだ。母は顔を赤らめてあがってきた。父が腹を抱えて笑った。

「そんなに水しぶきを上げているから、子どもだと思ったんだろう」

「ふんっ！」

でも、水着を着た母はとてもきれいだった。誰もが一度は振り返った。母より十歳上のおばは、母をよく「我が家のキム・ジミ」と呼んだ。キム・ジミというのは昔の女優だそうだ。写真を検索してみたら、おばの言う通り、キム・ジミはとびぬけた美人だった。けれど、特に母と似ているところはないように見えた。

プールの浅いほうに私と同年代の子どもがたくさん見えたので、そっちへ行ってみた。泳ぐ魚のように水を蹴る大人たちの脚の間をぬって水の外に顔を出すと、子どもたちが集まっている、そのまん中に来ていた。青いプールの底に白いコインと茶色いコインが散らばっていた。私より大きい男の子と女の子が、プールの底にコインを投げて、誰がたくさん拾ってくるかというゲームで盛り上がっていた。私はすぐに水に潜って、コインを五つ拾った。大人みたいなメリハリのある体つきの女の子が、胸元で揺れる水の中に立って私に言った。「人魚みたい！」。

私は得意になって、自然と口の両端が持ち上がった。
そうやってコインを投げては拾って遊び、また飛び込み台まで泳いで戻ってきて、どれだけそうしていただろう。いつの間にかコイン投げゲームをしていた子たちは行ってしまい、そこには別の子どもたちが遊んでいた。水からあがってタオルで体を拭き、壁の時計を見ると三時半だった。

違うの、お母さん。ちょっと吐きそうなの

プールのどこを見回しても母の姿はなかった。もしかしたらと思ってロッカールームにも行ってみたし、休憩室にも何度も行った。母は遅刻魔だ。休憩室の公衆電話で母に電話をかけた。携帯電話の呼び出し音が鳴り続けるだけで、母は出なかった。母に言われたとおり、売店のおばさんにロッカーキーを見せてアイスクリームを買って食べていると、コイン投げゲームで一緒に遊んだ子たちがにぎやかに売店に入ってきた。もう、みんなシャワーを浴びて服に着替えていた。その中には、私に人魚みたいと言った、大人びた体つきの彼女もいた。ハンバーガーを一つずつ手にした仲間と一緒に出ていきかけた彼女は、向きを変えて私のところに来て聞いた。

「まだいたんだね。お母さんは？」

「もうちょっとしたら来るって」

私はわざと元気に答えたのかもしれない。彼女は「しっかりしてるね。一人でも遊べるんだ。じゃあね！」と、すぐにほかの子たちを追いかけていった。

アイスクリームのコーンまでバリバリかじって食べ尽くした私は、トイレに行って、またプールに入った。一周、二周、三周……。いくら泳いでも母は来なかった。体がぶるぶる震えた。タオルで体を拭いてプールサイドに座って休んでいると、一人の男が私の隣に来て座った。白い顔にめがねをかけていた。

「きみ、本当に泳ぐのが上手だね。水泳選手？」

「いいえ。水泳選手じゃないです」

「それなのにそんなに上手なの？　手足も本当にすらりとしてるね」

男は私の腕をなでると、ひじの内側をぎゅっと押した。

「どうして一人でいるの？　お父さんやお母さんはどこにいるの？」

男はやさしそうに聞いた。壁の時計はいつの間にか五時を指していた。

「お母さんは買い物してて、五時に迎えに来るんです」

男は壁の時計をちらっと見て、周囲をぐるりと見ると、さっと私の腕から手を離した。私は素早くプールに飛び込んだ。一気に遠くまで泳いでいって顔をあげると、男は見えなかった。どこにいるのだろうと思っていると、突然、男が私のすぐ前にぬっと頭を出した。水にぬれた顔を拭って、にやにや笑いながら言った。

「競争しようか？　おじさんも泳ぐのがうまいんだよ」

私は何も答えずに水中に潜っていった。見えるものは泳いでいる人たちの手足だけだった。どこに隠れようかと見回していると、誰かが私の足を引っ張った。振り返るとさっきの男がにやにや笑っていた。私はありったけの力を込めて脚を伸ばした。私の踵が男のあごを蹴った。私は後ろも振り返らずに泳いで、人がたくさんいる所で立ち止まった。そして、男はどこにいるのか探した。水の上も、水の中も。そのとき、誰かが私を呼んだ。

「ファヨル！」

コーチのお兄さんがプールの上から私に向かって手を振っていた。私はそちらに泳いでいき、コーチが差し出した手につかまってプールからあがった。

「一体いつから泳いでいるんだい？　唇が真っ青だよ」

私は男がどこにいるのか気になって辺りを見回した。

「あのおじさんは誰？　知ってる人？」

コーチはあの男と私をしばらく見ていたようだ。私は首を振った。コーチは怒った顔をして、険しい目つきでプールのあちこちをにらみつけた。私は寒いのと、吐き気がするのとで、唇をぎゅっと結んだ。体中がぶるぶる震えた。

「お母さんはどこにいるの？」

私が答えないでいると、コーチの顔がこわばった。

「ファヨル、一人でシャワーを浴びられるよね？　寒いから、シャワーを浴びて、まずは服に着替えよう」

コーチが私の手を引いてシャワー室の前まで連れていってくれた。シャワー室は子どもたちとその母親でごった返していた。五時四十分から子ども水泳教室があるはずだ。シャワーが空くにはずいぶんかかりそうだった。私はそのままロッカー室に行き、服に着替えた。シャワー室の外に出ると、受付のおばさんと何か話していたコーチが私のところに来て聞いた。

「家の電話番号はわかるかい？」

わかるけれど、私は首を横に振った。家に電話などしたら、一諸に住まわせてくれている父方の伯母と母がけんかになるのではないかと心配だったからだ。

「じゃ、お父さんの会社の電話番号は？」

私はまた首を横に振った。

「一人で家に帰れます」

「本当に？」

コーチがほっとした顔で聞いた。

「歩いて帰るの？」

「いいえ、45番バスに乗ればいいんです」

すると、今度はコーチが首を振った。

「困ったな。僕はもうすぐレッスンに入らなきゃならないし……」

壁の時計を見上げてどうしたらいいのか考えこむコーチの後ろで、コツコツとヒールの音がした。

「ファヨル！　楽しく遊べた？」

母だった。コーチの顔が明るくなった。

「お母さん、いらっしゃいましたか。これで安心です」

「まあ、すみません！　道がすごく混んでいたもので」

プールから出ていくときはアップにしていた母の髪は、ほどかれて長く下がっていた。母は若い娘のように見えた。

「レッスンがあるので、僕はこれで失礼します。ファヨル、またな」

「はい、ありがとうございました。どうぞ行ってください」

母が満面の笑みを浮かべて手を振った。コーチは軽く頭を下げて挨拶し、すたすた歩いていった。

「あら、ファヨル。髪もちゃんと乾かさないで出てきちゃったのね。風邪をひいたらどうするの」

母は私の髪の間に指を入れて水気を払った。そう、お母さんが来たからもう大丈夫。母は私の手をぎゅっと握って歩いた。プールの廊下で、私は母の手を振りほどいてしゃがみこんだ。

「ファヨル、怒ってるの？」

当惑した母は私の横にしゃがむと、心配そうに私の顔をのぞきこんだ。

「ううん、ちょっと吐きそうなの」

私はその場で少し吐いた。「どうしよう、どうしよう」と私の背中をさする、母の不安げなささやき声を耳元にうっとりと聞きながら。

幼い母

母は浪人時代に父と出会った。狎鴎亭《アックジョン》ロデオ通りにあるカフェで。おばの話によると、映画学科に進みたがっていた母は、進学予備校よりもモデル学院に熱心に通ったそうだ。当時、父は外資系銀行の課長代理だった。職場の同僚とカフェに入った父は、若い女の子たちの明るい笑い声に目を向けた瞬間、母に一目惚れしてしまった。モデル学院に通うスタイルのよい華やかな女の子たちの間に、一人、清純な顔立ちの小柄な母の姿を認めた途端、胸がキュンとして心臓がバクバクしたという。母も、すらりとして澄んだ目の父が嫌でなかったらしい。何よりも父の声がよかったという。父の兄嫁である伯母に言わせれば、お固い職場に勤め、羽振りがいいうえに、見た目も人柄もいいので、金持ちの息子だと思って母が父を捕まえたとかなんとか。

「立派な五階建ての家を持った韓方医院の息子だから、相当な金持ちだと思ったんでしょ。実は見かけ倒しだったなんて知らないで」

父方の祖父が脳卒中で倒れたとき、お見舞いに来た親戚のおばさんに伯母が話しているのを偶然耳にしたことがある。

「うちの義弟は、あの嫁のせいでダメになったのよ」

父のプレゼント攻撃は母の心をつかむのにひと役買っていただろう。だとしても、進学を諦めて結婚を決めたということは、母も父を愛していたという証拠ではないだろうか？ 母をとても大事にしていた父親、つまり私の祖父は結婚に反対したものの、ついに娘を説得することはできなかった。祖父は、母の結婚式の日取りが決まると「あいつは俺を裏切った!」と叫び、五日間飲まず食わずで床に臥せっていたそうだ。結婚式に列席した父の友人たちは、ほくほく顔を隠しきれなかった。新婦の友人はみんな、初々しい二十歳の娘たちだったのだから。

父と母は、父の職場に近い狎鴎亭に新居を構えた。新婚当初、母は義父をはじめとする父の家族からとてもかわいがられた。伯母は言った。

「いいところがいっぱいある人だったの。若いのにおおらかで、情に厚くて、物腰がやわらかで」

それくらい人当たりがよかったので、義理の父となる祖父も、相嫁となる伯母も、母が嫁いできたことを喜んだ。二人とも母が本家にまめに顔を出さないことを寂しく思うほどだった。しかし、母は、目に入らなければ何事もすぐに忘れてしまう人だった。

五歳のとき、母と私はこの父方の祖父の家で暮らすことになった。結婚後、父は勤めていた銀行を辞め、いくつか事業を手掛けたものの、ことごとく失敗してしまった。そして、ある日、帰ってこなくなった。

「銀行を辞めて事業を起こそうとしたのは、嫁の贅沢をカバーしきれなかったからでしょ。起業なんて誰にでもできること？　もうひどい有り様よ。ただでさえ、この家の末娘が食いつぶしてすっからかんだったのに、お義父さんが事業資金に充ててやるんだと言って家を抵当に入れて、私の実家からもお金を借りたのよ。あのお金、まだ返せていないんだから、私は実家に頭が上がらないわよ」

伯母が言うには、母は父が「あれこれやろうとする」のを止めたそうだ。そして、母も実家や姉に借金をして、結局返せなかったという。父はもともと大胆で、サラリーマンには向かない性格だったとも言った。

運のない人でもあり、計画性のない人でもあった父は、ヤミ金からも大金を借りていた。家に帰らない父の代わりに、怖い顔をした男たちが毎日のように訪ねてきた。泣き通して疲れた母は寝込んでしまった。母の小さな車にも、ピアノにも、テレビにも、クローゼットにも赤い札が貼られた。母と私は赤い札のつかなかった荷物をまとめて、父方の祖父の家に転がりこんだ。祖父も父のことを心配して寝込んでいた。伯母は涙をにじませて私と母を抱きしめ、私たちを屋上に増設した部屋に案内した。

「だいたい揃えておいたから。ちょっと休んだら下りてきて」

伯母が出ていったあと、母はベッドに身を投げ出した。そして、うつ伏せになったまま腕を伸ばした。「ファヨル、こっちにおいで」。母が私を引き寄せた。母の横にぴったりくっついて横になった私は、母の腰に腕を回した。そうして、私たち母娘は眠りに落ちた。

世にもめずらしい二人

ひと月が過ぎ、ふた月が過ぎても、父は帰らなかった。一年が過ぎても、二年が過ぎても同じだった。私が小学校にあがる時期がくると、母は伯母に私を私立に入れると言った。

「そんな余裕はないでしょうに」

伯母はかわいそうなものを見る目つきで首を振った。母はそれよりももっと強く首を振った。

「お義姉さんには迷惑をかけませんから」

私の学校の問題で伯母と母はしばらく言い合った。「まったく、自覚がないのね。とにかく見栄っ張りなんだから」。伯母があきれ返った。

私の学費は、母方のおばが出してくれた。あちらの家にお世話になってばかりで面目がないと言って、ときどき伯父に内緒で伯母が厚ぼったい封筒を母に渡していた。私が四年生になった年の秋、私と母は祖父の家を出て孝子洞《ヒョジャドン》に引っ越した。一階にパン屋のある、昔ここを占領していた日本人が残していった家の二階だった。公立学校に私を転校させる日の朝、母は泣いた。

母はまともに会社勤めをしたことがなかった。しかし、母はお金を稼がなければならなかった。祖父の家で暮らすようになって一年ほどたったとき、伯母が「ファヨルは私が面倒をみるから」と、知り合いの会社の秘書の仕事を見つけてきた。が、母はわずか一週間で辞めた。それがおそらく母の人生で最も長い会社勤めだったはずだ。

「お義姉さんにはわかりませんよ。行き帰りのバスがどれだけ混んでると思います？　私にはまだそんな気力はないんです」

母が悲しそうな声で言った。

「じれったいわね。バスで十分の通勤もできないようで、どうしようっていうの？」

伯母が大きくため息をついた。

「仕事も私に合わないんです。勤務時間も長いし……」

「まったく。私だったら、使ってさえくれるんなら、大喜びで通うけどね。もったいない！　若いんだから、何としてでもやってみなきゃ。ファヨルもいるんだし」

母が涙ぐむと、伯母は口をつぐんだ。

「いっそのこと家政婦でもします。日に四時間ずつ、週に二回だけ働けば……」

母が悲壮な表情で言うと、伯母はあきれたとばかりに噴き出した。

「家政婦なんて無理。あれは家事の達人でないと務まらない仕事なの。あなたが？　あはは！」

伯母が笑うと、母も小さく笑った。

「お義姉さん、私がきれい好きなのを知ってるじゃないですか。お掃除もピカピカにしてます」

「きれい好きなのは認めるわよ。でも、それは自分の家の中の話。お金を払って家事を任せる人たちがどれだけ厳しいか知ってるの？　こき使われるんだから、力仕事だってしなくちゃならないし。バカな話はやめましょう」

しょっちゅう口論しているようでも、伯母と母は仲がよかった。「あんな人はめずらしいわ」。母方のおばが幾度となく言ったように、伯母は包容力のある人だった。母は穏やかで素直だった。

母はデパートの店員、テレビショッピングのモデル、イベントコンパニオンなどの仕事に就いては、三日と続かずに辞めた。そんなある日、やっぱり大学に行こうと思うと言って、予備校に通いだした。それから後は、伯母の言うには「家に寄りつく暇もないほど」母は忙しく過ごした。ウェブデザイナーになると言って、コンピューター教室にも登録した。母はほとんど毎晩遅くに帰ってきては、明け方まで音楽を聴きながらパソコンの前に座っていて、眠りについた。私が幼稚園に行く時間になっても母は起きてこなかった。伯母が何度も上がってきて起こすと、ようやく目をこすりながら起き上がり、正午近くになってやっと出かけていった。思い切りおしゃれをして。母は翌年、ある大学の美術科のオープンキャンパスに登録し、ひとしきり学業に意欲を燃やし、熱心に通った。画材を持ち歩くのがうっとうしくなったのか、辞めてしまうまでの短い間のことだが。

いつも母に寛大だった伯母がついに爆発した。母が実の姉にしつこく頼み込んで開業させてもらったビンテージショップをたったの二ヵ月でたたみ、その間に店の保証金を使い込んでしまったのだ。

「あんなに長いこと店を開けないでいたら、お客さんが来るわけないでしょ。立地もよかったのに！」

それだけでなく、伯母から借りたクレジットカードで一千万ウォン近く使い、それも返さなかった。祖父が倒れたとき、お見舞いに来た親戚のおばさんに、伯母はこんな愚痴もこぼした。

「どうしてあんなに分別がないのかしら。もともとおしゃれが好きな人だし、どれだけ寂しいかと思ってカードを貸したら、あんなに使いまくるなんて」

「いなくなった義弟の話を持ち出したのは、私が悪かったわよ。あんまり腹が立ったものだからね。だけど、ひどいでしょう。それっきりパッタリ寄りつかないの。私は姉妹がいないから、あの人を実の妹のように思っていたのに。いえね、実の妹にだって、あんなにはしてやれないわよ」

祖父の家から出る日、伯母は涙を流して私を抱きしめた。「ファヨル、こまめに遊びに来なさいね」。それから何年か後に祖父が倒れるまで、私は祖父の家に行けなかった。

父とのカラオケ

私が小学校に通っている間も、中学校に通っている間も、父は帰ってこなかった。二十歳になった今でも、父を知る人は誰一人として父の話をしない。ときに事情を知らない人が父の話をすると、みんな暗い表情で黙りこんだ。行方知れず、それが父だ。ときどき母は悲痛な声で嘆いた。

「生きている人がどうしたらこんなに影も形もなく消えてしまうの？　ミステリーだわ。どうしたらそんなことになるの？」

おばは悲しそうに首を振った。母はぎゅっと目をつぶって頭を振り、「ちがう！」と叫んだ。

「密航船に乗って外国に行ったんだわ。そこで人知れず元気に暮らしているんでしょう」

「そうかもしれないね……」

おばが言葉をにごした。

「南太平洋のどこかの島で、村長にでもなって暮らしているんだわ」

母は夢見るようにつぶやいた。

いなくなる何日か前、父は私を連れてカラオケに行った。父と私は高らかに「まぁるくまぁるく」と「前に」を歌った。私は一人で「あたま、かた、ひざ」と「パパとクレヨン」も歌い、オム・ジョンファの「わからない」とイ・ジョンヒョンの「変えろ」も歌った。オム・ジョンファそっくりに、イ・ジョンヒョンそっくりにダンスもつけて歌った。

「ファヨルはまるで歌手だな、とってもうまい！」

父がパチパチと拍手をした。父も何曲か歌った。ときどき父は家でも歌を歌ったが、そういうときに選ぶのはいつもポップスだった。そんな父を私はとてもかっこいいと思った。「私はあの歌に乗せられちゃったのよね」。ベッドに腰かけてほほえむ母の膝に顔をうずめていると、母は私の髪をなでながら体を揺らした。丸いスツールに座って、鏡台を指先で叩きながら歌う父のメロディーに合わせて。鏡越しに母と私を見つめる父の口許のリズムに合わせて。

父と二人きりでカラオケに行っていたその時間、母は美容室でパーマのロットを髪に巻いていたはずだ。「何があっても私を守るって言ったじゃない。幸せにしてやるって言ったじゃない！」と泣きわめきながら父と口論をした末に、「もう知らない、頭が痛い。髪型でも変えてくるわ」とどなって出ていった後だった。

大雪の日

しんしんと雪の舞い降りる日、ヘジョさんに初めて会った。その日の午前中、〈笑うネコのお隣さん〉のミスター・レジェンドがメッセージを送ってきた。

「新築アパートのインテリアの仕事が入ったんだけど、君の家の近くみたい。お茶でも一杯もらえるかな?」

似たような建物のあいだに屋根を渡した薄暗い市場のアーケードの一角、四階建ての建物の三階にある、台所付きの一室が私の家だ。周りの建物はたいていい上の階に人が住んで、一階は店舗になっている。しかし、肉屋がひとつと、自然派健康食品店がひとつ、魚屋がいくつかと、ごま油と麺を売る店がいくつか命脈をつないでいるだけで、ほとんどの店は閉まっていて、市場は落ちぶれて久しい。かつては靴屋や八百屋があったという所に入った家内工業の作業場を除けば、人影もまばらだった。ソウルにこんな所があったのかと驚くくらい寂れた場所だが、そうでなくてもミスター・レジェンドを私の部屋に入れるなど、できない相談だ。「図書館に用事があるので」と返信したら、ミスター・レジェンドは図書館の前まで来るという。

南山《ナムサン》の木々も、通りの下の家も白く雪におおわれていた。足首までズブズブ埋まる雪の上に、白い幕でも下りてくるかのように雪は絶え間なく降り注いだ。車道を時折、車がのろのろはっていった。雪をかき分けて図書館に着くと、よりによって休館日だった。うろたえてあたりを見回すと、閉まっている図書館の前で、長いマフラーで顔までおおった女性が携帯電話で話をしていた。通話を終えた彼女はぼんやりと雪に見入った。そのとき、白い雪の上を何かがちらついたような気がした。その何かは図書館の進入路の中央にある花壇まで上ってきて、きょろきょろ辺りに目をやった。黒と茶色の混ざったサビ猫だった。ちょうど坂道の猫にやるために持ち歩いていたキャットフードがあった。私は忍び足で猫に近づいた。猫は逃げずに、悲しそうに鳴いて私を見上げた。そこはあまりにも吹きさらしなので、どこか雪を避けられる所はないかと見回した。大きなもみじの木の下に乾いた草の茂みが見えた。「こっちにおいで」。手で呼んで茂みのほうに歩いていくと、猫はちょこちょこついてきた。バッグからレトルトごはんの空き容器を出して、キャットフードを入れて地面に置いた。猫はすぐさま食べ始めた。

「こんな所に猫が住んでいるんですね。ずいぶんお腹が空いていたみたい」

いつの間にか近づいてきていた彼女が言った。近くで見ると、マフラーにおおわれた彼女の笑顔はとてもきれいだった。

「キャットフードを持ち歩いているんですね」

「ごはんをあげている猫たちがいるもので」

「私も、家の前の猫たちにごはんをやっているんです」

「本当ですか?!」

彼女は妊娠した猫を家に連れてきて面倒をみたことがあり、仔猫が四匹生まれて、全部里子に出したと言った。

「四匹もですか？　里親探しってとても大変なのに」

「そうみたいですね。でも、すぐに見つかったんです。そのときは私も猫の世界は初心者だったので、まわりに猫を飼っている人がいなくて、もらってもらいやすかったんです。これからは少しずつ空きがなくなるでしょうね。でもまだ五ヵ所ぐらいは残ってるかな」

「その人たちは、自分のところに猫がやってくるかもしれないことを知っているんですか？」

「もちろん知りませんよ」

私たちはくっくっと笑った。おいしそうにごはんを食べる猫を見ながら、猫に関するあんな話こんな話をしていると、ミスター・レジェンドがやって来た。

「ごめん、待ったでしょ？　大雪のせいで道が混んでてさ。下に車を停めて歩いてきたんだ。あっ、猫だね」

ミスター・レジェンドは、彼女に向かってぎこちなく頭を下げると、足元の猫に視線を移した。雪に降られるままに猫を眺めていたミスター・レジェンドは、ブルッと体を震わせ、図書館に入ろうと言った。

「あの、今日、休みなんです」

すると、彼女もバッグを肩にかけて「私も休館日だって知らないで来たんです。今日こそはと思って久しぶりに来たのに、無駄足になっちゃいました」と言った。

猫に別れを告げ、私たちはゆっくりとバス停に向かって歩いた。一緒にお茶でも飲みたかったが、彼女は行くところがあると言った。私は彼女に自分の電話番号を書いて渡した。彼女も電話番号を書いてくれた。メモ用紙にはさらっときれいな筆跡で「ユン・ヘジョ」と書かれていた。

「有名な方じゃありませんか？　どこかで聞いたような気がします」

私が首をかしげると、彼女はにやっと笑った。

「変わった名前のせいか、よくそう言われます」

彼女はバスに乗るために道路を渡っていき、ミスター・レジェンドと私は南大門市場のほうに歩いていった。

「さっきの誰？　きれいな人だね」

ミスター・レジェンドが聞いた。

「初めて会った人です。彼女も〈笑うネコのお隣さん〉の会員だそうですよ」

「そうなの？　何てハンドルネーム？」

ミスター・レジェンドがうれしそうに聞いた。

「さあ。書き込みはしないで見ているだけの幽霊会員だそうです」

「そうなの？　ハンドルネームは何だろうね」

ミスター・レジェンドの声に失望の色があらわれた。

「ここに来たついでに」と言ってミスター・レジェンドが私を連れていったのは、南大門市場の中の狭い路地にある食堂だった。太刀魚の煮つけがおいしい店だそうだ。青いトウガラシを丸ごと乗せた太刀魚が大きめの土鍋の中でぐつぐつ煮込まれていた。でかでかと切られた大根もよく煮えていた。「この店、ほんとうまいんだぜ」と、ミスター・レジェンドは甘辛いスープの中から大きめの魚の身を取り出して、私の皿によそってくれた。

食堂を出て、ゆっくり歩きながら服の問屋街にさしかかったとき、ミスター・レジェンドがまた「ここに来たついでに」と言って、私に服を買ってくれようとした。

「結構です!」

私は大あわてで断った。ミスター・レジェンドはチッチッと舌を鳴らした。

「君もはやりの服を着たらいいのに。一番おしゃれしたい年頃だろう?」

「そういう服、私は似合わないんで」

「君って子はまったく……。雪、なかなかやまないね」

「そうですね」

私たちは雪に降られながら黙々と歩いた。ミスター・レジェンドと二人で会うのは初めてだったので、何の話をすればよいのかわからなかった。私はほかの約束があると嘘をついて、あわただしくミスター・レジェンドと別れた。

虹の橋を渡った仔猫

コンビニの勤務は午後七時から午後十一時まで。時給四千百ウォン。そのほかに、お金でもらえるわけではないが、一日につき二千ウォン、店内の商品を買って食べられるように食事代もついていた。オーナーのおばさんはやさしい人だ。よく、一緒に食べようと言って私の分までお弁当を買ってくれた。その浮いた食事代で、家で食べるものや日用品を買ったりした。最初はそういうのは図々しいように思えて遠慮していたが、オーナーは持って帰るようにと言った。オーナーは、流通期限[*10]が切れたばかりのヨーグルトや豆腐なども、たっぷり包んで持たせてくれる。真空包装されて冷蔵庫で保管されているので、食べても問題ないものだ。

市場の家に引っ越してひと月ほどたった頃だった。夜になると市場に猫たちの姿が見えたが、あげるものもなかったので無視して通り過ぎていた。コンビニの仕事を始めて流通期限切れのソーセージなどが手に入るようになり、猫たちのことを思い出した。ときどき持ち帰った食べ物をあげているうちに一、二匹の猫と顔見知りになった。そうやって何日かたつと、私が帰る時間に、猫たちが階段の入口で待っているようになった。ソーセージが毎日あるわけではないので、思い切ってキャットフードを一袋買った。坂道の猫に出会ったのは、その頃だった。

夏の終わりだった。車道には夕方の日差しを浴びて車が長い列をなしていた。その横をだいぶ歩いても車は一向に進まなかった。せっかちなクラクションを聞きながら、私はその道を外れて細い路地に入った。初めて通る道だった。道はすぐに坂道になって、狭い十字路に出た。その十字路をどちらに行こうか迷って坂道を見上げると、少し離れた所に三毛猫がじっと立っていた。三毛猫は私と目が合うと、追いつめられたような声で長く鳴いた。空腹で耐えられないと訴えるかのようだった。バッグには、帰り道に備えて持っていたキャットフードがあった。私は坂道を急いで上った。猫も私に向かって下りてきた。痩せこけた猫だった。坂のわきの甕置き場にごはんを置くと、猫はわき目も振らずに食べた。それから一週間後、コンビニに行く途中で、ふとその猫のことを思い出した。もしかして今日もいるだろうかと思って行ってみた。猫はいた。ゴミ袋を漁りながら。

私が「ニャンコ!」と呼ぶと、猫はちらりと振り返ったが、ゴミ袋を漁るのをやめなかった。キャットフードを見せて「こっちを食べな、こっちの」と言うと、ようやく近づいてきた。しばらくすると、別の猫がきて、頭を突き合わせて食べ始めた。私はキャットフードをもっと出してやった。

それからは、四日に一度ずつ坂道に寄った。私にとっては市場の猫が優先で、坂道の猫たちにまで毎日ごはんをやるのは正直、手に余る仕事だった。最後まで面倒をみきれないのだから、猫たちが自ら生きていく力まで奪ってはいけないと考えていた。だから、ごはんをやると、すぐにその場を離れた。猫たちが私になつくのが怖かった。猫たちの顔までは見なかったが、それでもごはんを食べにくる猫の数が増えているのはわかった。甕置き場と、もう少し上がったところの婦人会館のコンテナハウスの前、この二ヵ所がごはんをあげる場所だった。

夕方の日差しが少しずつ温もりを失って秋になり、それも終わりに近づいていた。坂道に寄る日だった。私は甕置き場にごはんを一皿置いて、コンテナハウスに向かって急いで上っていった。

「あぁーっ!」

思わず屈みこんだ。お腹の底のほうで叫び声があがり、続いて涙があふれてきた。

「どうしよう」

私は足もとも覚束なくなって、大声をあげて泣いた。涙をこらえることができなかった。コンテナハウスの前に幼い三毛猫が倒れていた。見たことがあるような気もするし、ないような気もするが、私のごはんを食べていた猫にちがいなかった。猫は皿に頭を向けて長く伸びていた。誰かが毒を入れたのか、棒で叩いたのか、それとも車にひかれたのか。人々が恨めしかった。

た。悲しくて狂いそうだった。死にそうになって、よたよたと来る場所がここしかなかったとは！　毎日ならまだしも、四日に一度だけごはんを食べるここが、この子にとって最も安らぐ場所だったのだ。死に向かいながら、自分を助けてくれる人がいるとしたら私だと考えたのだろうか。思いついたのがせいぜい私だなんて！　ここは人の目を避け切れもしないのに。あぁ、あぁ、あぁ。

私は、近づいたり離れたり、泣きながらその猫の周りをぐるぐる回った。運よく、周囲の家の窓はみんな閉まっていた。その間、通ったわずかな人たちは、コンテナハウスの横のくぼみで泣きじゃくる私を、関わらないでおこう、と見向きもせずに過ぎ去っていった。

どうにか心を落ち着かせ、かたわらにしゃがんで猫をそっとなでた。体はまだ完全には硬直していなかった。ごめんね。本当にごめんね。これまで、この子は私の顔を覚えていただろうけれど、私はわざとこの子の顔を見ようとしなかった。

このままにしておけば、明日、ごみ収集車が回収していくはずだ。そのまま置いていくわけにはいかなかった。私は坂道を下って、ある車庫の前に捨てられていた発泡スチロールの箱を拾ってきた。その箱に入れようと猫を持ち上げると、そこに黄色い尿のあとが残っていた。再び涙がこみ上げてきた。雨がしとしと降り始めた。箱のふたをしっかり閉めて、コンテナハウスの裏に持っていった。そこには、坂道に沿った石垣の下に、小さな花壇があった。私は花壇の隅の石の上に哀れな猫をおろした。コンビニに行かなければならない時間だった。明日また来よう。誰かが先にこの箱を見つけてふたを開けたら、腰を抜かすかもしれない。知ったことか、勝手に驚け！

　私はひりひり痛む心を抱えてコンビニに向かった。そのとき、決心した。猫の自立心だとか言っていないで、これからは毎日ごはんをやろう。短い生涯を閉じた猫が、毎日食事だけでもまともに取れていたら、どれだけよかったことか。その晩、コンビニの仕事を終えて帰宅し、言いようもない悲しみを持て余していた私は、〈笑うネコのお隣さん〉をノックした。その日以降、坂道に毎日顔を出し、三毛猫三姉妹とベティとアビに欠かさず会った。

オフライン

〈笑うネコのお隣さん〉で、私はすてきな人にたくさん出会った。江南の住民センターで自活労働者[*11]として働くバリイモさんとその家族、翻訳の仕事をしている方眼紙さん、フリーランサーとして中小企業の会計の面倒をみているクロッチョロさん、出版社に勤める干物女さん、動物病院の獣医ローラさん、インターネットショッピングモールを運営するヤンヤオンさん、絵描きのティンクルさん、それから、インテリアデザインと設備を扱うミスター・レジェンドなど……。

ミスター・レジェンド以外は、バリイモさんを中心にときどきオフ会をするメンバーだ。ミスター・レジェンドは二十代後半の独身で、〈笑うネコのお隣さん〉でアニキ役として振る舞う人気者だ。ミスター・レジェンドが書き込みをすると、コメントがたくさん並ぶ。彼はよく、夜中に突然「今から飲みたい人！」と呼びかけるのだが、けっこう多くの人が参加しているようだった。私も四、五回行った。よく知らないミスター・レジェンドから、突然お誘いのメッセージが送られてきて、行くようになった。私がドドを抱いて撮った写真をつけて、ドドの話をアップした後だった。かっこいいだけでなく、旅行と音楽と酒を愛し、よく奢ってくれるロマンチックな男性と、〈笑うネコのお隣さん〉での評判がよかったので、私も好感と好奇心を抱いていた。

コンビニの仕事が終わってから、遅れて新村《シンチョン》に行った。ビアホールのドアを開けると、たちこめていたタバコの煙が音楽に乗ってゆらゆらと踊った。最もやかましく大勢の人が座っている所がミスター・レジェンドのグループだった。男性三人、女性八人だった。両脇に座った女性の肩に腕を回し、頭を深く垂れているのがミスター・レジェンドだった。髪をボブスタイルにした女性が私をじっと見つめた。

「ここ、〈笑うネコのお隣さん〉の集まりですか？」

「ええ。どちら様？」

何人もが私を振り返った。

「私も会員なんですけど、よくご存じないと思います。ヘッサルトッタンベです」

「あ、ヘッサルトッタンベさん！」

呂律のまわらない舌で親しげに言ったのは、私と同年代らしい女の子だった。ウンギョンにも負けない無邪気で天真爛漫な表情で、彼女は「どうしてこんなに遅いの？　私、タボンネよ」と、私の腕を引っ張った。

「ここに座って。私の隣」

タボンネは甘えたような声で言った。手をつかまれたまま、空いた席を探して見回すと、ミスター・レジェンドがぱっと頭をあげた。彼は「俺、酔った！」と大声で言うと、姿勢を正して片手で目をこすった。それから中腰になって「ヘッサルさん？」と聞いた。

「はい。こんばんは」

私が少しほほえむと、ミスター・レジェンドはにっこり笑った。リチャード・ギアのように目を細める笑い方だった。タボンネの横にいた人が席を空けてくれた。私が席につくと、ミスター・レジェンドがほかのみんなを紹介してくれた。大半はミスター・レジェンドへのコメント欄で馴染みのある名前だった。かなり親しい間柄のようだった。

バリイモさんの集まりが家族的なごはんの会だとすれば、ミスター・レジェンドの集まりは未婚男女の活気あふれるお酒の会だった。タボンネだけが私と同年代で、ほかの人たちは三十代以上らしかった。

「大学生？」

ミスター・レジェンドの左に座ったボブヘアの女性が聞いた。ちがうと答えると、ワイシャツにネクタイ姿の男性が「じゃ、高校生？」と言った。一同は笑った。

「子どもをお酒の席に呼ぶのはやめてよ」

ミスター・レジェンドの右に座ったランジェリーふうファッションの女性が冷ややかに言った。ミスター・レジェンドはただにっこり笑った。

「出た、出た、ピンクさん！　私よりお酒飲めないくせに」

タボンネがごくごく飲み干したビールのジョッキを私の前にゴンッと置き、愛嬌たっぷりに言った。ミスター・レジェンドがそのジョッキにビールを注いでくれた。「ビール、飲めるでしょ？」と聞きながら。私は頷いた。

「お腹空いてない？　この店、うまいものがいっぱいあるよ」

ミスター・レジェンドが店員を呼ぼうとすると、ワイシャツにネクタイのめちゃ強さんが止めた。

「料理長が帰ったの、だいぶ前ですよ。乾きものしかないんじゃないですかね。場所を変えましょう」

タボンネが私の肩に頭をもたせかけて何やらぶつぶつ言った。「ナンナナ、ナンナナ〜」。しばらくして、タバコをぷかぷかふかしていたスーツ姿の女性が言った。

「今日はこれでお開きにしよう。七時から飲んだんだもの」

「ええ？　まだ宵の口なのに、もう帰ろうって？」

「じゃ、帰帰残残《かえかえのこのこ》！　帰りたい人は帰って、残りたい人は残る！」

一同が騒いでいる間、ミスター・レジェンドは私を見つめてほほえんだ。私はビールを一口ゴクリと飲んだ。

「とりあえず、ここにあるお酒を全部飲んでから決めよう」

誰かの提案で、あちこちから瓶が集められてコップを満たしていった。ミスター・レジェンドの目がとろんとして、うつらうつらし始めた。タボンネも私の肩にもたれかかったまま、軽くいびきをかいた。めちゃ強さんが聞いた。

「浪人生？」

特に知りたくてというよりは、私がみんなの騒ぎに入れず、お酒も飲まないでぽつんと座っているので、気になって声をかけたという感じだった。そういうおざなりな質問には答えたくなかったが、礼儀知らずと思われそうなので返事をした。

「いいえ」

「じゃ、働いてるの？」

「ええ」

「いやー、返事短いね！」

めちゃ強さんは笑って聞いた。

「何の仕事？」

私も笑って答えた。

「コンビニです」

「あ、そうなんだ？」

コンビニの仕事はよく知らないのだ、すまない、というニュアンスの笑みを浮かべて、めちゃ強さんは質問をやめた。「グラスが空いたら、もう行こうか？」という誰かの呼びかけで、ランジェリーふうファッションのピンクさんがミスター・レジェンドを揺り起こした。「うんうん。わかった」とミスター・レジェンドは目をしばたたかせると、私を見て改めてうれしそうに言った。

「ヘッサルさん、よく来たね！」

そして、再びじっと見ると、ボブヘアのほうに顔を寄せてささやいた。

「あの子の目、憂いに満ちてるだろ？」

するとその場にいた全員の視線が私の目に向けられた。どうしてあんなことを言うのだろう。私は愉快ではなかった。薄暗い照明とよどんだタバコの煙越しに向けられた酔っ払いたちの視線にすぎないが、私には居心地が悪かった。ビアホールを出て、彼らはどこか別の飲み屋に行き、私は家に帰った。

バリイモさんは、私がミスター・レジェンドに会ったことを知って、気に入らないようだった。出会い探しが目的のそんな集まりに、純真無垢な私がどうして行ったのだと、ずいぶん心配した。

あの猫はあの猫じゃない

布の手提げ袋に、豆腐の空き容器をいくつかと、水筒とキャットフードの袋を入れた。死んだ猫をどこに埋めようか、誰かが箱を片付けてはいないだろうか、あれこれ心配しながら家を出た。雨がしとしと降っていた。発泡スチロールの箱も雨に濡れているだろう。その中に眠る小さな猫のことを思ったら、また胸が痛んだ。

でもいい、これからはもう寒くないし、お腹も空かない、怖いこともないのだから。一雨降るごとにだんだん寒くなって、真冬になる。もうすぐ、おまえがこの世で一度も経験できなかった冬がやってくる。ねえ、仔猫ちゃん。この殺伐とした町で、それでも少しは楽しくて幸せな時間はあったの？　人間が誰も通らない真夜中には、走り回って遊んだりもした？　おまえの兄弟やママは、おまえが死んだことを知っているの？　ひょっとして、もうみんな虹の橋を渡ってしまったり、別の町に行ってしまって、一人で残っていたの？　猫は記憶力が悪いらしい。半年もすれば、すべて忘れてしまうという。それでいいのだ。でなかったら、こんなにつらいことだらけで、どうやって生きていくというのか。

坂道の甕置き場も雨が降っていたので、反対側に停められた車の下にごはんを置いた。猫たちが食べ終わるまで車が動き出さないことを祈りつつ。雨のせいか、猫たちは見えなかった。コンテナハウスの下にもごはんを二皿押しこんだ。猫は鼻がきくから、自分で見つけて食べるはずだ。コンテナハウスの裏に回った。発泡スチロールの箱が雨に打たれていた。ふたを開けると、猫が体を丸めて横たわっていた。少し大きくなったような気がする。前日にたっぷり泣いたせいか、もう涙は出ない。ただ途方に暮れた。この子をどこに埋めたらよいのか。

私は決心した。この花壇に埋めよう。今すぐ埋められるところはここしかないし、この子が慣れ親しんだ場所だから。狭くて、大きく傾斜した花壇。小さなウイキョウの花に縁取られた中は、一年草がぎっしりと埋め尽くしていた。ツツジと思われる木の下に、小さなまな板くらいの平らな石が埋まっていた。あの石の下に埋めよう。私は地面に箱を置いて、傘をさしかけてやった。それから花壇に入って石を取り出した。それほど深く埋まってはいなかった。その下は柔らかい土より石ころが多かった。スコップでもあれば楽に掘れただろう。手提げ袋から、缶詰をやるときに使うプラスチックのスプーンを取り出した。けっこうよく掘れた。大きな石は手でよけて、途中でスプーンが折れてしまったので、とがった石を拾ってきて掘り続けた。誰かに見られたら大騒ぎになるだろう。道から見えにくい所だったので、よかった。雨が降っているのも幸いした。ここでホームレスたちが酒を飲んでいることもあったが、雨のせいか誰も姿を見せなかった。しかし、近所の家のどの窓から見られているかわからない。急いで掘るには掘ったものの、さほど大きな穴ではなかった。箱はどうせ埋められない。箱の中に猫を閉じこめておきたくもない。私は布の手提げ袋を空にして、そこに小さな猫を入れた。手提げ袋は雨を含んでしっとり重く、缶詰からこぼれた汁でしみができていた。仔猫ちゃん、悪くないよね？　君たちの大好きな缶詰の匂いだよ。食べたくても食べられなかったごはんをいつも運んできた袋だよ。

もう一度、箱を見た。猫が横たわっていた箱の底に黄色いしみが見えて、ギクリとした。もしかしてまだ死んでいなかったのに、私がここに閉じこめてしまったの？　そうなの？　ため息がこぼれた。

穴にどうにか猫を入れた。掘り出した土と石では隙間が埋まらなかったので、その辺から草や木の葉をむしってきて、ぎゅうぎゅう詰め込んで石をかぶせた。掘り起こした跡がなくなるように、その上をきれいにした。いつ花の植え替えをするかわからない場所だ。けれど、あの石はそのままにしておくだろう。そうなることを祈るばかりだ。いずれにせよ、もう冬は目の前だから、春が来るまでは誰もあの花壇をいじらないだろう。そう、それで十分。死んでしまえばそれきりだ。死んだ後に体がどうなろうと、どうでもよいことだ。仔猫ちゃん、私もいつか死ぬんだよ。寂しがることはない。誰でもみんな死ぬのだから。けれど、もし魂というものがあって寂しいというのなら、私のところにおいで。仔猫ちゃん。さまよわないで私のところに来るんだよ。私のところにおいで。

猫を埋めて、坂道を下った。春までは大丈夫なはず、と信じた。ところが二月頃、誰の何の思いつきか、花壇は掘り返された。私は花壇を掘り返す作業員たちの横をそっと通り過ぎた。うず高く積まれた土砂の片隅に、あまりにもよく知る布の手提げ袋が置かれていた。息が詰まった。敢えて手提げ袋を取ってくる気にはなれなかった。取ってきたところで、どうすることもできなかった。手提げ袋は翌日もそこにあった。そのまた翌日もあった。あの猫は、あのときの猫じゃない。私は考えた。私はどうすべきだったのだろう。どうすることができただろう。

大丈夫だよね、仔猫ちゃん、大丈夫でしょう？

四日目、手提げ袋はなくなっていた。情け深い作業員さんが、こっそりとまた埋めてくれたことを願った。ああ、私がそうすればよかった。そうすべきだった。あのときは、どうしてそれを思いつかなかったのだろう。誰かがまた埋めてくれていますように。誰にもわからないように、あの場所に。

ごはんをやるのはしんどい

ごはんをやるのがだんだん大変になってきた。甕置き場にも、その向かいの車の下にも、コンテナハウスの近くにもごはんを置けなくなってしまった。それでも、たまたまコンテナハウスの上の通りに長く停まっている車があって救われた。

その白いソナタの下でごはんをやっていると、ときどき車の持ち主がやってくることがあった。Tシャツに綿パンの三十代の男性がすたすた車のほうに歩いてきたので、最初はとてもあわてた。怒られて、これでまた一ヵ所ごはんをやれる場所が減る、と覚悟した。しかし、彼はたじろぐ私に何も言わず、無表情のまま車に乗り込んでエンジンをかけた。まるで私が見えないかのように。ごはんの皿も猫たちも見えないかのように。一度だけ、彼が私に意識を向けたことがあった。車の前にしゃがみこんで食事中の猫たちに気をとられていると、突然何かの影がかぶさってきた。見上げると、彼が車のドアの横に立って私を見下ろしていた。目が合うと、彼は視線を逸らした。

「すみません！」

私は謝って、すぐに車の前から離れた。エンジンがかかると、猫たちがその下から逃げ出してきた。車が動き出し、車の下にあった皿は地面にひっくり返り、あるいはタイヤに踏まれてぺしゃんこになった。私は皿を集めて、少し上の通りにあったトラックの下に移動した。猫たちがついてきた。車の持ち主が、ごはんを置こうが置くまいが気にしないでいてくれるだけでも、ありがたいことだった。

ここの婦人会長さんのような人に会うのが何よりも気が重く、疲れる。交番に届けるといつも言うけれど、猫にごはんをあげることは警察の関与することなのか。

「あの猫たちを見てみぃ！　あれ、全部で何匹おるの？」

「えさをやったらいかんって何回言った？　なんで人の言うことを聞けんの？　交番の知り合いが、現場ですぐ電話しろ、そしたら、駆けつけて捕まえてやるって言っとるよ。これまで我慢してあげたろ。でも、これ以上はいけんよ！」

おじにも負けない方言丸出しで婦人会長さんがどなりつけると、町内の人たちが一人、二人と出てきて加勢する。

「そんなに猫がかわいいんやったら、連れて帰ればよかろうに。なんでよその町に来てまで迷惑かける？」

「そうだ、全部連れていけ！」

「ここに住んでる人じゃないの？　自分の家の前でやればいいのに、なんでここでやってるの？」

「若いのに、そんなに暇なのかしら。そんな時間があったら、困っている人でも助ければいいのに。世の中に困っている人はいくらでもいるんだから」

「多いなんてもんじゃない。気味が悪い。二十四はいるさ」

「二十四もいないでしょ。十四くらいだと思うけど？」

「あの倉庫の家だけでも仔猫がうようよいますから、二十四はいるでしょう！」

「猫は縁起が悪い！　どうしてえさをやるんだ？」

まだまだ達者そうなおじいさんが杖を振り回して大声で言う。

「えさをやっているのがあと一回でもわしの目についたら、ただではすまないぞ！」

すると婦人会長さんはさらに鼻息を荒くする。

「あのおじいさんは怖いよ。また見つかったらおおごとよ。猫が何か人の役に立つ？　気は確かなん？　なんで時間もお金も費やして、こんな迷惑をかけるのかいね？」

私が腑抜けたようにぼんやり突っ立っていると、やさしそうなおばあさんが私の腕をそっと引っ張り、気の毒そうにささやいた。

「ばかみたいに立っていないで、早くお行きなさい」

言われてようやく体が動いた。私はそのおばあさんに目礼をして、やっとのことで歩き出した。足は鉛のように重かった。猫たちのごはんをどうしよう……夜になったらまた来ようか……それまでの間ひもじいだろう……。とぼとぼと坂を下っていくと、さきほど逃げ出したベティがどこからともなく現れ、無邪気にニェ～と鳴きながらついてくる。背中の視線が痛い。

何度かこんなことがあってから、私は完全に小心者になってしまった。特に婦人会長さんに出くわさないかと、いつもびくびくしながら歩いている。あるときは、白いソナタがなくて、少し上のトラックの下にごはんを置いていたら、通りにあの怖いおじいさんの姿が見えた。ギクリとしたが、おじいさんはしばし立ち止まってこちらを見ていただけで、そのまま去っていった。坂を駆け上がるにも、大声でどなりつけるにも少し遠かったので、面倒になったのだろうか。

猫のせいで文句を言われるようになるまで、誰一人として、私をこんなふうにぞんざいにあしらう人はいなかった。猫にごはんをあげるようになってからは、吐き気がするほどひどい言葉を投げつけてくる人もいた。それでも私は人間だから、命を脅かされるわけではない。しかし猫は、彼らがその気になれば、いくらでも痛めつけることができた。その悪意と力を思うと、暗澹たる気持ちになる。一年近くごはんをやり続けて、たいていのお年寄りは猫をとても嫌っていることを知った。若い人たちは猫に好意的か、どちらかといえば無関心だ。

ときどき、白いソナタの下に見たことのない缶詰を発見することもある。缶のままだと縁で猫が舌を切るおそれもあるので、欲を言うなら、紙か何かの上にあけてほしいところだけれど、心がなごむ。誰か近くで猫を飼っている人が、坂道の猫にもよくしてくれるのだ、そう考えると、心に温かいものが湧いて、気持ちをほぐしてくれる。

野良猫姫

アビが坂道を去り、心にぽっかり穴のあいた数日後だった。バリイモさんがおかずを持ってきてくれると言うので、坂道の猫たちを紹介するつもりで、近くの地下鉄の駅で会うことにした。

「ヘッサルさん!」

ユギョンが先に気づいて手を振った。バリイモさんの娘のユギョンは小学校五年生だが、年よりも大人びている。

「今日は学校がない土曜日だから、ユギョンも連れてきた」

「ええ、大歓迎です。ユギョンはこの前よりも背が伸びたんじゃない？」

「クラスで一番大きいのよ」

「そうなんですか？」

「私より大きい子、一人いるよ」

ユギョンが母親の腰に腕を回して、甘えた声で言った。

「それじゃ、その子は大変だね」

母親の言葉にユギョンはふふふと笑った。

バリイモさんが一緒なのでとても心強かった。日の光をたっぷり浴びたコンテナハウスの前に、三毛猫姉妹の次女とベティが寝そべっていた。じっと目をつぶったベティは、前足と後ろ足をそろえて横になり、次女がベティにかぶさるように寝て、ベティの頭を舐めていた。

「すっごいかわいい！」

ユギョンが歓声をあげ、バリイモさんもにっこりした。

「明るいうちはそこで遊んだらだめじゃない。早くこっちにおいで！」

私が声をひそめて呼ぶと、猫たちはぱっと起き上がって駆けてきた。ニヤォ〜ン、ニェ〜と鳴きながら。白いソナタの下で待っていた猫たちもちょっと首を出したが、バリイモさんとユギョンを見ると、また奥に戻った。

「ヘッサルが面倒をみている子たちね」

バリイモさんが慈しみとやさしさに満ちた表情で猫たちを見た。

「ええ、もう一匹いたんです。その子はアビシニアンだったんですけど」

「アビシニアンってどういう猫か知らないな」

バリイモさんは、もともと猫が怖くて、今でも好きかどうかわからないという。にもかかわらず、猫を二匹飼っている。大きいほうの「五光《ごこう》」は、近所の食堂でネズミ捕り用に飼われていた猫だった。食堂が移転するときに捨てられ、しばらくごはんをやっていた後、家に連れてきたそうだ。小さいほうの「五鳥《ごどり》」は動物病院からもらってきた猫で、ケージの隅でふにゃふにゃしているのをかわいそうに思ったユギョンが、バリイモさんにせがんで連れてきたそうだ。名前を五光と五鳥にしたのは、インターネットで花札[*12]を楽しむバリイモさんのユーモアだ。

「私たちがいるから怖がってるのね。ユギョンと私は離れてる」

バリイモさんがユギョンを連れて坂道の反対側に渡った。三毛猫姉妹とベティが頭を突き合わせてニャンニャンおいしそうに食べているのを見ていたら、どこからか悲しくて鋭い鳴き声が聞こえてきた。見回すと、トラックの下に初めて見る灰色のしましまの猫が座っていた。痩せ細った若い猫だった。私がそちらに足を向けると、ベティがついてきた。灰色のしま猫は逃げ出す体勢をとった。

「ベティ、あっちで待ってて」

私は手で追い払って、足を踏み鳴らした。ニェ？　ベティが訳がわからないと首をかしげてついてくるので、しかたなく缶詰をあけてやった。缶詰をあける音を聞いて、三毛猫姉妹も集まってきた。その間に急いでトラックまで行き、その下にキャットフードをひと握り置いて戻ってきた。灰色のしま猫はトラックの奥深くに逃げこんだが、すぐにこそこそと出てきて食べ始めた。

「あの子、かわいそう」

ユギョンがかすれた声でつぶやいた。

「うちに連れてこなかったら、五光も五鳥もああやって暮らしていたかもしれないね」

バリイモさんも沈んだ声だった。やさしいユギョン。そういえば、灰色のしま猫はどこか五鳥に似ていた。痩せ細った体も、怯えた表情も。

「今日は誰にも会いませんでしたね。やっぱりバリイモさんと一緒だと運がいいですよ」

坂道を下りて、思わずため息をもらして、ほっとした声で言うと、バリイモさんは聞いた。

「ここに来ると、いつもそんなふうなの？」

「ええ。毎日のようにののしられて、完全に厄介者扱いです」

私が訴えると、バリイモさんはしばらく無言で歩いた後で言った。

「厄介者だなんて思わないで、猫のお姫様だと思うようにしたら？　もともとは高貴な一族なんだけど、没落して迫害にあっている猫族のお姫様」

それを聞いたら、心が明るくなった。

「いいですね！　野良猫姫ですか？」

「そう。野良猫姫」

バリイモさんが笑顔で頷いた。ユギョンが楽しそうに笑って繰り返した。

「野良猫姫〜！　野良猫姫〜！」

猫も自分もひたすら哀れなだけの存在に思えていたが、バリイモさんの言葉を聞いたら、俄然、元気が湧いて、どちらも高貴で美しいものに思えた。

絶対に幸せになるんだよ

何日かベティの姿が見えなかった。大きなお腹をしていたから、どこかで子どもを産んでいるのだろうか。心配だった。ベティ、何かあったの？　どこに住んでいるのか知らないから、会いにも行けない。アビはアビで心配だった。アビはいつでも坂道で私を待っていて、前よりも私を慕った。食事など後回しで、ニャァ〜ンと鳴いて私を帰さなかった。婦人会長さんに出くわさないように気をつけながら、アビを外れの駐車場に連れていってしばらく遊んでやった。アビはじゃれて私の手をかぷかぷ噛んだ。

そこへ頭上から「おい、それ、おまえの猫?」と声をかけられて、びっくりした。見ると、ドクロ柄のバンダナを頭に巻いた若い男の子が、バイクの横に立っていた。「べべチキン」の配達員だった。コンビニの近くでチキンを配達しているのを見たことがあった。いきなりおまえ呼ばわり? 私より年下に見えるのに。私は返事をしないで、アビと遊び続けた。しばらくすると、その子が憎たらしいことを言った。

「こいつ、マジで叩きたくなる顔してるな」

「何ですって?」

私がぱっと顔をあげてにらみつけると、その子はくすくす笑った。あんたこそ、殴られるような口を聞くのね。私も噴き出した。すると、その子が聞いた。

「おまえ、この辺に住んでるの?」

その子が路地をふさいでアビと私をのぞきこんでいる姿を、婦人会長さんが遠くからでも見つけて飛んできやしないかと気になって、私はぴりぴりした。私が答えずに顔をしかめると、その子はきまり悪そうな顔でもじもじしていたが、バイクを押して離れていった。アビ、私はもう行かなきゃ。アビの前におやつの缶詰をたっぷりとあけ、缶詰には目がないアビを残して、思い切り走った。胸が痛んだ。獰猛なオス猫が出没したのか、アビの頭にはさんざん噛まれて皮膚がむき出しになっているところがあった。不安だった。

「アビを捕まえるの、ちょっと急いだほうがいいかもしれない」

私の電話に、ヘジョさんは快く応じてくれた。それから二日後、ヘジョさんがケージを持ってきた。ヘジョさんは「野良猫保護協会」の会員になっていて、そこから借りてきたという。

「新しく改造したもので、失敗する確率はゼロだって」

「ほんとなら、いいんだけど」

「うん。今日は必ず捕まえよう」

「試してみた?」

「うん」

ヘジョさんは自信満々だった。形は普通の捕獲用のケージと同じだったが、扉の上の小さな輪っかを押すと、するりと扉が下りて閉まる仕組みだった。

「ケージの中にごはんを入れて、誰でも自由に食べられるようにしておくの。順番に食べて出てくるのを放っておいて、アビが入ったところでパタン、というわけ」

「いいね！　ほかの子が無事に出てくるのを見たら、いくら疑り深いアビでも警戒しないで入るだろうし」

「その通り！」

ヘジョさんと私ははしゃいだ。

白いソナタの後ろにケージを仕掛け、その中に缶詰をまぶしたキャットフードを入れた。三毛猫姉妹の食い意地の張った末っ子がすぐに入っていき、クチャクチャ音を立てて食べた。派手な模様のその子は、ゆっくりとお腹いっぱい食べて出てきた。空になった皿に急いでごはんを足した。次は三毛猫の長女が入って食べた。三番目、ついにアビが入った。ヘジョさんと私は、瞬息を止めて目を見合わせた。すばやく輪っかを押すと、するりと扉が閉まった。万歳！

ヘジョさんと私は飛び上がって喜んだ。アビはぱたっと食べるのをやめて、困惑した様子で私を見た。そして、ケージを引っかいて鳴いた。

「アビ、ごめんね」

アビは「冗談だろ？　やめてくれ！」という顔で鳴いた。

「早く行こう！」

ヘジョさんはケージを持って颯爽と歩いた。ほかの猫たちが食事を続けられるように、車の下にごはんを置いてから、ヘジョさんの後に続いた。なぜか心が重かった。もう少し食べさせてから閉めればよかった。アビは鳴き、三毛猫の次女が心配そうについてきた。いつの間にか辺りは暗くなり、車道は車でいっぱいだった。アビの入ったケージを路地の入口の塀にぴったり寄せて置き、ヘジョさんは電話をかけた。ラッシュアワーだった。タクシーはしばらくつかまりそうにない。アビは生気を失った顔で悲しそうに鳴いた。電話を終えたヘジョさんが晴れやかな表情で言った。

「この子は、鳴き声まですてきなのね」

それは本当だった。

「ジェームスとヒヨンさんに電話したよ。ヒヨンさんも今からジェームスの家に来るって」

「よかった」

私も明るい声を出したが、心は泣きそうだった。

「ねぇ、コンビニの時間は大丈夫なの?」

「もしかしたらと思って、今日は休みにしてもらった。私もジェームスさんの家に一緒に行っていいでしょ?」

いつまた会えるかわからないのに、このままあっさりアビを手放したくなかった。

「アビも私が一緒なら少し落ち着くと思うし。すぐに帰るから」

「もちろん。だけど、病院に寄ってからのほうがよくない? ついでにシャンプーもしてもらって」

「ジェームスさんの家にはほかに猫がいないから、このまま連れていくのがいいと思う。アビにノミはついていないよ。何度も抱っこしてるけど、一度も刺されたことないもの。病院はあとでゆっくり連れていくように言って。シャンプーは私がするから」

「できる？　じゃあ、そうしよう。それはそうと、タクシー来ないね」

ヘジョさんは混み合った車道に目をやり「これはムリだ」と言ってどこかに電話をかけた。電話を切ったヘジョさんは、にっこりして言った。

「近くに住んでいる友達が、ちょうど家にいて、車を出してくれるって」

「本当？　ああ、助かった！」

私はアビのそばにいたたまれず、路地を行ったり来たりした。忙しいヘジョさんは、また誰かと電話していた。三毛猫の次女はいつの間にかいなくなっていた。

ごめんね、アビ。全部おまえのためなの。ベティは何をしているの？　おまえなら知っているんでしょう？　ベティにさよならも言えないままお別れだね。でも、そのほうがいいのかも……。最初はおまえ、私のことを怖がっていたよね？　いつからおまえと仲良しになったんだっけ。あの寒い冬に、私に会うとニャァ～ンと鳴いて、どこまでもついてこようとするから困ったよ。雪の上をぴょんぴょん跳び回っていたおまえの姿を、今でも鮮明に覚えている。それはそれは愛らしかった。恋しくなるよ。おまえのいない坂道は、どれほど寂しいだろう。けれど、おまえの幸せのほうが大事だから！　三毛たちもベティもおまえがいなくなったらとても寂しがるだろうね。どんな人間もどんな猫もおまえに悪さをしないのだったら、ここで今までどおり暮らすのが一番幸せなのだろう。いや、そんなことはない。去年の冬は恐ろしく寒かったではないか。みんなが無事に冬を乗り越えられて、本当にありがたかった。心からほめてやりたかった。アビ、私は知っているよ。おまえが一緒に暮らしたがっている人間は私だということを。でも、私にはそんな余裕がないの。ごめんね。アビ、ごめん。ごめん。これから行く所は、本当にいい家だよ。ジェームスさんがおまえを大切にしてくれるからね……。

ジェームスさんに会う

ヘジョさんがアビのそばに座り込んでいた。近寄ると、ヘジョさんはアビの鳴き声に合わせて「ごめん。ごめんよ。ごめんってば」と謝っていた。

「そうだ、ジェームスさんの家に、アビのキャットフードとトイレの砂はあるの？」

私が聞くと、ヘジョさんは立ち上がって明るい声で答えた。

「もちろん！　トイレの砂も一番高いのを準備してあるよ。キャットフードはオーガニック。

全部私が注文したの。ジェームスはアビの名前ももう決めているんだよ」

「そうなの？　なんて名前？」

「アリー。エジプトの猫だからイスラムふうの名前にしたんだって」

「アリー？」

「うん。アリー」

　ヘジョさんと私は上機嫌だった。

「ジェームスはずっと前からアビを連れていくのを待っていたの。私が忙しくてのびのびになっていたんだ」

　一段と心が軽くなった。

「そうだったの！　この前、このケージを持ってきていたらよかったのに。ほんとに、よくできたケージだね」

「よくできてるでしょ？　あのときはこんなものなかったの。今日だって成功したからよかったけれど、アビは鋭いから、もしかしたら失敗するかもって思ってた」

　また心に雲が広がった。それほどアビは私を信頼していたのだ。アビ……。

　二十分ほどしてクラクションが鳴った。三、四台向こうに黒い[*13]グレンジャーが見えた。「やっと来た」とヘジョさんはうれしそうにケージを持って走った。ヘジョさんは急いで後部座席のドアを開け、ケージを抱えて乗り込んだ。私もあわてて助手席に座った。車はのろのろ運転だったので急ぐ必要もなかったが。

「お待たせ！　ずいぶん待ったでしょ？　すさまじい渋滞でさ」

ヘジョさんの友達が元気よく言った。この豊かな声の持ち主は、快活な性格のようだ。挨拶するようヘジョさんに促されて「はじめまして」と言うと、その人は頷いて、ヘジョさんに向かって「現金なやつ！　用事があるときだけ連絡してくるんだから」と文句を言った。言葉遣いは荒くても、ほがらかな感じだった。アビはずっと鳴いていた。

「おや、かわいい鳴き声だね。赤ちゃんなの？」

「ううん。大人の猫だよ」

「そうなんだ」

「アビシニアンだよ」

「エジプトの猫？」

「よく知ってるね」

「知り合いにそれを飼っている人がいるんだ。高級そうな猫だよね、すらりとしてて」

彼女が答えながら後ろを振り返るので、ヘジョさんが大声をあげた。

「ちゃんと前を見て運転してよ！　ファヨルがしっかり食べさせて、この子は太ってるから、普通って感じかな」

二人が話している間、ぼんやり窓の外を見ていた。あんなに待ち望んでいたことなのに、どうしてこうも泣きたくなるのか。どうかジェームスさんがアビをかわいがってくれますように。アビは今どんな気持ちだろう。私を恨んでいるだろうか。裏切られたと感じているだろうか。あれこれ考えて憂鬱な気分になった。すると、「ったく！　どれだけ速く行こうってんだか！バカ野郎！」とヘジョさんの友達が突然大声を出したのでびっくりした。続いて後部座席からヘジョさんのささやき声が聞こえた。

「おまえに言ってるんじゃないからね、アビ。大丈夫だよ」

ヘジョさんの友達がくすくす笑った。

予想より長い時間かかってジェームスさんの家に着いた。しかし、ジェームスさんもヒヨンさんも家にいなかった。あちらもきっと渋滞してるのだろう。ジェームスさんの家は、弘益大学からほど近いビルにあった。アビは車を降りてもケージの中にうずくまったままで、見知らぬ路地の地面におろされた。共同住宅がぎっしり並んだ路地だった。街灯は薄暗かった。アビの鳴き声は次第に不安の色が濃くなっていく。ジェームスさんに早く来てほしかった。早くアビを家の中に入れてやりたい。それはそうと、ジェームスさんはどんな人なのだろう。外国人に会うのは初めてだ。話しかけられたらどうしよう。ヒヨンさんとヘジョさんが通訳してくれるだろうに、私ったら何を心配しているのだ。

ヘジョさんの友達が車を停めて戻ってきた。ヘジョさんと友達は、入り口の壁に寄りかかってぼそぼそと話をした。私はケージの前にしゃがんで、アビのうら悲しい鳴き声にただ耳を傾けていた。

急ぎ足の靴音が近づいてきて、外国人のイントネーションで「アニョハセヨ」という声が聞こえた。

「ジェームス!」

ヘジョさんが壁から体を離して迎えた。グレーのスーツを着たこざっぱりした青年がヘジョさんに「ハイ!」と挨拶をして、ケージをのぞきこんだ。暗くてアビはよく見えないだろう。

「この子、小さいですか?」

思いがけないことに、ジェームスさんは韓国人だった。国籍はアメリカかもしれないが、見た目は東洋人で、発音は少し変だったけれど、確かに韓国語を話していた。

「いいえ、大きいです」

ジェームスさんは頷くと、向きを変えて建物に入った。私たちが続こうとすると、ジェームスさんは階段を駆け上がって、ヘジョさんに向かって言った。

「先に入ってちょっと片付けますから、少しだけ待っていてください」

「突然来ちゃったからね。アビが今日捕まるとは思ってなかったの」

ヘジョさんが肩をすくめて説明した。見知らぬ人が家の前で待っていて戸惑っただろう。さらに、そのありがたくない客を今すぐ家に通さなくてはならないのだから。しかし、申し訳ない気持ちと同じくらい、アビの新しい家に対する好奇心も大きかった。


幸せになってね、アビ……


いくらも待たないうちに、ジェームスさんが私たちを呼んだ。彼の家はビルの二階にあるワンルームだった。ドアを開けて入ると、狭い玄関のわきに段ボール箱が散らばっていた。ワンルームなので、すぐ向こうにベッドも見えた。思ったより早く私たちを呼んだのは、きれいに片付けるのを断念したからのようだ。目につくものだけ大雑把に足で押しのけたのだろう。

「散らかってるでしょ？　普段からあまり片付けをしないもので」

ジェームスさんが恥ずかしそうに言った。

「ジェームスはとても忙しい人なの」

ヘジョさんがちょっとばつの悪そうな表情でとりなした。

「平気です、このぐらい」

ヘジョさんの友達が頷いて口ごもった。

「ヘジョさん、アビのシャンプーをしちゃうね。タオルを貸して」

「そう？　ジェームス、タオル！」

ケージを持ってバスルームのドアを開けた。ドアを開けるとすぐ洗面台があって、隅に便器がある、狭くて暗いバスルームだった。私は複雑な思いでケージの扉を開けた。アビは中ですっかり縮こまって出てこようとしなかった。

「アビ」

私はケージに手を入れて、アビを無理やり引き出した。

「アビ、怖がらなくていいよ」

アビをぎゅっと抱きしめた。ヘジョさんがタオルを一枚持って入ってきた。

「怖がってるね」

ヘジョさんが憐れむように言った。

「私が一人でやる。外で待っていてくれたほうがいいと思う」

「そう？」

ヘジョさんが出ていった。私は洗面台の蛇口をひねった。水がお湯になるのを待って、洗面台の上の壁からシャワーヘッドを取って振り返ると、アビの姿が見えない。いつの間にか便器の後ろに隠れていた。アビをどうにかそこから出した。アビは完全にパニック状態で、体が硬直していた。このまま体を洗うのは無理だった。私はタオルを熱いお湯につけて、きつく絞って、ぶるぶる震えるアビの体を拭いてやった。泣きたかった。

「アビ、ごめんね。アビ、ジェームスさんはいい人だって。実際、いい人に見えるでしょ。これからは大好きな缶詰もお腹いっぱい食べられるよ。アビ、大丈夫だよ」

何度言っても、アビの耳には届かないだろうと思えた。

よれよれになったタオルを片付ける気力もなかったので、そのまま床に置いて、アビを抱いて出た。ヘジョさんとその友達が拍手した。その間にヒヨンさんが来ていた。ヒヨンさんはアビに向かってやさしく笑いかけた。

「シャンプーは難しかったので、濡れタオルでざっと拭きました。何日かして、ジェームスさんに慣れてきたら、洗ってやってください」

ジェームスさんもアビを見てにっこりした。アビは、私が床におろすや否や、部屋の隅にあるキッチンのガスコンロに駆け上がり、そこにうずくまった。

「何日かすれば慣れるでしょう」

ヘジョさんが言った。

「うん、そうだね」

ジェームスさんが夕飯を食べに出ようと言った。ぼんやりした頭でも、これ以上彼の邪魔をしては悪いと思った。

「私は帰ります」

すると、ジェームスさんはコーヒーでも飲まないかと聞いた。頷くと、彼がマグカップにコーヒーをなみなみと注いでくれた。私は熱いコーヒーをごくりと飲んだ。あの快活なアビがあれほど萎縮するとは思わなかった。胸が締めつけられ、切なくなった。

「アビのトイレはどこに置きましたか？」

わざと明るい声で聞いた。

「ああ、ベランダに」

ヘジョさんについてベランダに出てみると、ほこりの積もったベランダの片隅に黄緑色のトイレがあった。

「アリーが来る前に大掃除ができればよかったんだけど、突然決まったから……ちょっと汚いでしょ？　この週末にヒヨンさんと二人で全部きれいにしておくね」

ヘジョさんの言葉に私は頷いた。これからはアビではなくてアリーだ、ジェームスさんの前で別の名前で呼ぶのは失礼だ、と頭ではわかっていたけれど、私はアビをアリーとは呼べそうになかった。ジェームスさんがヘジョさんとヒヨンさんに向かって早口の英語で何か言った。

「オッケー、オッケー」と頷きながら聞いていたヘジョさんが私に言った。

「ジェームスがね、アリーをベッドに移してやったらどうかって。何日間かは隠れているだろうから、ベッドの下が落ち着くんじゃないかって」

「あ、それがいいね！」

なぜかずっと黙っていたヘジョさんの友達が、大きな声で賛成した。彼は心のやさしい人なのだ。ようやく少しだけ気持ちが明るくなった。コーヒーを飲み終えて、その家を出る前に、まだガスコンロの上にうずくまっていたアビを抱いた。アビは激しいパニック状態の中でも私の手に素直に抱かれた。そこにアビが信頼できる人間は私しかいなかったからだろうか。自分を連れて帰ると思ったのだろうか。みんなが見守る中、私はアビを抱いてベッドまで行き、そっとおろした。アビは稲妻のようにベッドから飛び降り、その下にもぐりこんだ。

ヘジョさんの友達も帰ると言ったので、ヘジョさんが私たちを階段の下まで見送ってくれた。

「今日はありがとう。アビがすぐに捕まったのはヘジョさんのおかげです」

「どういたしまして。アビのことは心配しないで。ジェームス、本当に猫好きな人だから。いい人よ。アビを気に入ってもいるし」

「うん、そうだね」

私は頷いた。

「ねぇ、ジェームスさんに、後で一度私を招待してくれるよう頼んでもらえない？　ヘジョさんと一緒に。そのときはアビをちゃんと洗ってあげるから」

「わかった。もう一度会えるようにするね」

私はアビにまた会えることを切に願った。一日でも早く。ヘジョさんと別れた後、私はヘジョさんの友達の車に乗った。

「どっち方面？」

ヘジョさんの友達が聞いた。

「解放村《ヘバンチョン》です」

「お、うちの隣町だね」

ヘジョさんの友達がラジオをつけた。弦楽協奏曲が響き渡った。黙々と運転していたヘジョさんの友達が突然口を開いた。

「さっきの家、猫を飼うにはちょっと狭くない？」

「ワンルームで何匹も飼っている人、たくさんいますよ」

私の答えに彼女は「ふーん」と言い、納得するようでも、しかねるようでもあった。そして、軽くため息をついてつぶやいた。

「なんか、ちょっと、あれだね」

私はゆっくり頷いた。アビ、元気でね。幸せになるのよ！　アビとこんなふうに別れることになるとは思っていなかった。生きることはどうしてこうも悲しくて切ないのだろう。アビ……。

学生街のカフェ

壁は落書きでぎっしり埋め尽くされている。多くは黒いペンだったが、私が座った席には紫色で殴り書きされた文章があって目を引いた。

「しかし、時間は空間ではなく、過去は我々の前にある。過去を離れるといったところで、その距離が遠ざかるわけではない」

過去……そうかもしれない。私は一歩も未来に進めないいま、毎日、毎日過去を生きているのかもしれない。ぼやけていく過去を。父の顔も、もううろ覚えだ。私を連れて祖父の家を出るとき、母は父の写真をすべて持って出てきた。幼稚園、小学校、中学校、高校、大学の写真。母が祖父の家のアルバムから父の写真をはがして、新しいアルバムに貼りかえていた姿を思い出す。もう二度とこの家には足を踏み入れないと言った。母は銀色の繻子の風呂敷にアルバムをしっかりと包んだ。その後、何回か引っ越しているうちに、母はアルバムの包みをなくしてしまった。たぶん忘れてしまったのだろう。

母は秘苑《ピウォン》[*14]の近くに新しくできたオフィステル[*15]に住みたがったが、誰が家賃を出すのだとおばが反対したので、孝子洞《ヒョジャドン》の、戦前に日本人が建てた家に住むことになった。チョンセ金[*16]は安城《アンソン》[*17]の田舎に隠居した母方の祖父が桃の果樹園を売って出してくれた。その家に住むことになったのは、私にとっては悪いことではなかった。しょっちゅう夜中に帰宅する母に代わって、大家のおばさんが私の面倒をみてくれたから。その家で二年暮らした。いつからか、母はチョンセ金の半分以上を返してもらい、その後はウォルセで払っていたようだ。

私が中学生のとき、光化門《クァンファムン》のオフィステルに引っ越し、それからしばらく母は生き生きしていた。ウォルセ契約で入居したオフィステルの保証金を払っても、前の家のチョンセ金がたくさん手元に残ったからだ。一年後、母と私は安宿で数ヵ月過ごした。漢南洞《ハンナムドン》の半地下の部屋でも暮らし、あるときはホテル暮らしもした。あるときは一週間、またあるときは一ヵ月ほど、私一人だけ母の友達の家に預けられたこともあった。

ホテルで暮らしているときだった。ある日、母が私をホテルの地下にあるバーに呼んだ。重いドアを押して入ると、ジャズが鳴り響いていた。母のいる場所は一目でわかった。光沢のあるビーズが刺繍された黒いワンピースを着た母は、身なりのいい男性たちに囲まれて華やかに笑っていた。私は上下グレーのスウェット姿だった。私はなぜか「お母さん」と呼ぶのがためらわれて、黙って母の肩に手を置いた。母は顔をあげると、愛おしそうに私を見た。

「ごはん食べた？」

私は頷いた。

「なにを食べたの？」

「トッポッキ食べた」

「まぁ、この子ったら。あなた、すき焼き好きでしょう。二階の日本料理屋ですき焼きを食べなさい」

「後でね」

男たちのうちの一人が「お嬢さん？」と聞いた。「ええ、美人でしょ？」と母がにこにこ笑って答えた。

「お母さんも美人で娘さんも美人、二人は姉妹みたいですね」

母はその言葉を聞いて、無邪気に喜んだ。

「お嬢さんのほうが大人だね」

「でしょう？　この子、本当にしっかりしてるんです。真面目でいい子で。私に似てないんです。勉強もよくできるし」

母はまたはしゃいだ声で笑った。後半のやり取りをした男の人は、そのときは知らなかったが、母とは特別な仲だった。彼に引き合わせることを突然思い立った母が、私を呼んだのだった。


「ファヨル、来てたんだ」

突然誰かが私の首に抱きつく。ウンギョンだ。

「会いたかった！　なんでぜんぜん遊びに来ないの？」

相変わらず甘えん坊のようなウンギョンの声。「元気だった？」とウンギョンが私の髪に鼻を寄せる。本をひと抱え持った女子大生たちが現れて、ウンギョンとともに席につく。

「私の友達」

「ハイ！」

「ハロー！」

私も「はじめまして」と挨拶した。

「妹のファヨル」

ウンギョンが紹介すると、友達が「妹がいたの？」と聞くので、「正確にはいとこです」と答えた。

「こっちはスジンで、こっちはミリム。同じ科の友達」

私は軽くお辞儀をした。

昨夜、久しぶりにウンギョンから電話があった。大学を休学してアメリカに語学留学するという。

「おばさんは西部にいるんだったよね？　私、時間をつくって訪ねてみるね。ああ、おばさんったら！　住所はそのままなのかしら」

心がスーッと冷たくなる一方で、カッと熱くなるようでもあった。胸がずきずき痛んだ。

「おばさんから連絡ないよね？」

「うん……」

私が長いこと黙っているので、ウンギョンも戸惑ったようで、次の言葉が出てこなかった。

「ファヨル……」

「うん……」

ウンギョンはためらってから、ようやくのことで「明日、時間ある？　ちょっと会わない？」と言った。そうやってできた約束だった。ウンギョンの一行は生ビールを注文した。

「ファヨル、お腹空いたでしょ？　ここ、パスタも豚足もおいしいけど、なに食べる？」

ウンギョンが聞いた。私がパスタにすると答えると、ウンギョンは「あ、そうだ、トッポッキも好きだったよね？　ここの宮中トッポッキ[*18]、おいしいよ！」と言って、豚足と宮中トッポッキとパスタを注文した。

「ファヨル、なんでそんなに顔が真っ黒なの？」

ウンギョンが大げさに言った。猫のごはんをやりに昼間歩き回っているうちに日に焼けたようだ。

「そう？　そんなに黒い？」

「うん！　日焼け止めを塗りなよ」

ウンギョンはバッグから日焼け止めクリームを出して、私によこした。

「これあげる」

「いいよ、大丈夫」

私は手を振ったが、ウンギョンは無理やり私の手に日焼け止めクリームを握らせた。私がそのチョコレート色の小さなチューブをいじっていると、ウンギョンの友達が「メアリー・ケイだね。私もそれ使ってるよ」と言った。それから彼女たちはあれこれ化粧品に関する話をマシンガンのようにしゃべった。ウンギョンとその友達は、みんなきちんと化粧をした白い肌をしていた。ウンギョンは前より大人っぽく、きれいになったようだ。

犬でも猫でも

ウンギョンは八月初めに出発だと言った。

「いいな。うちはお父さんが絶対に一人では行かせないって言って、だめになっちゃった」

「だけど、あんた、イギリス文化院の語学センターにもずっと通ってたじゃない。私も行ってみたかったけど、申しこむ勇気もなかったよ。それはそうと、早く就職しなきゃいけないのに、困ったな。私、どうして法学部に入ったんだろう。さっさと専攻を変えて、教職課程でも取ればよかった。あーあ！　バイトに明け暮れているうちに、いつの間にか四年生だもんね」

「語学センターはウンギョンも通ってたよね。ウンギョンは小学英語教室から通ったんだっけ？」

「ウンギョンのお母さんは学校の先生だから、放っておいてもどんどん探してきて習わせたでしょうけど、うちの母さんはまともに育てられもしないくせに、子どもを三人も産んじゃって！」

ウンギョンは恵まれてるよ。英語は得意でしょ、なんでまた語学留学するの？」

「まだまだよ。読むのと話すのはそこそこできるけど、書くのがね」

ウンギョンとその友達は、英語力と語学留学と就職について、自慢と嘆きと不安をあれこれ語った。

「ミリムはロースクールに行くんでしょ？」

「そのつもりではいるんだけど、やっぱり大変」

「いやみ〜！」

ウンギョンたちが司法試験に受かった誰かをうらやましがる話、ロースクールの話、外交官試験廃止の話をしていると、ペタペタと足音がして、額にのせた緑色のゴーグルが人目を引く人が近づいてきた。

「オンス君！」

子どもを三人も産んだ母親を恨んでいたスジンが彼を見て喜んだ。ウィンクをして舌をペロリと出したショートヘアの女の子がプリントされた白いTシャツに、グレーのショートパンツ、固いビニールのサンダルをはいたオンスという人は、三人の女子大生を順々に抱きしめた。そして、腕を広げたまま私を見た。

「ウンギョンのいとこだよ」

スジンが私を紹介した。オンスという人は私に会釈をすると、スジンの横に座り、「腹が減って死にそう！」と言った。スジンがトッポッキの入った自分の取り皿を差し出した。彼はためらいもなくスジンが使っていたフォークでトッポッキを刺して自分の口に入れた。ウンギョンが店員を呼ぶベルを押した。

「オンス君、私の服、どう？」

スジンが立ち上がって、気取ってくるりと回った。ふくらはぎの中ほどまでの長さの、黒地に大きな赤い花柄のシフォンのワンピースだった。オンスという人はトッポッキをもぐもぐ噛みながら何度もこっくり頷いて、それをごくりと飲みこむと言った。

「うん。十九世紀のモンマルトルみたい」

「ふふっ、十九世紀！　モンマルトル！」

スジンはうれしそうに言って、満面の笑みになった。

「モンマルトルの、おならで演奏する人と一緒にいる女みたい」

みんなげらげら笑った。スジンも笑って彼の肩をパンと叩いた。

「おならで演奏する人？」

「うん。映画で見なかった？　十九世紀のモンマルトルの劇場におなら演奏家がいたの。その舞台でアシスタントをしてる女がそんな服を着てた」

スジンは不満そうだ。ウンギョンがくすくす笑いながら私に耳打ちした。

「オンス君は中学生のとき、パリにいたの。今は出版社のブックデザイナー」

オンスという人はにこにこして自己紹介をした。

「僕は、梨大《イデ》を出てる男です」

「え？　梨花女子大《イファヨデ》を出てるんですか？」

私が驚いて聞くと、みんなは爆笑した。ウンギョンが笑って私の誤解を解いてくれた。

「美大《ミデ》を出てるの。美術大学を出た男」

「きみも法学部？」

オンスという人が私を見て聞いた。

「私は学校に行ってないんです」

私が答えると、しばしぎこちない沈黙が流れた。

「じゃ、浪人生？　それとも休学中？」

ミリムが聞いた。

「休学じゃなくて、高二のときに……」

ウンギョンが私に代わって後を続けた。

「ファヨルは高二のときに大検に受かったの。この子、ちょっと特別なの」

「すごいじゃん！　このオネエサンたちは誰も司法試験に受からないのに」

オンスという人の言葉に、みんなはまた笑い転げた。

「私のクラスにもそういう子が二、三人いたよ。一年早く大学に入った」

ミリムが言った。私は曖昧に笑って頷いた。

「志もなく大学に通って何になるのさ？　お金の無駄。犬でも猫でも大学に行く時代に、きみは信念を持って生きている。きっと大成するよ。単に大学修学能力試験[19]の成績がもったいないからって法学部に入ったこっちのオネエサンたちよりマシ」

オンスという人がこう言うと、スジンは心配そうな声で「だけど、みんなが行くんだから行ったほうがいいと思うな。大学を出ていても食べていけるかどうかって世の中なんだから……大変だよ」と言った。

今日は夜勤なので十一時までにコンビニに行けばよい。ときどき夜勤の人に頼まれて、土曜日の夜勤を代わることがあったが、今日は私のほうからお願いした。カフェの前まで見送りに出てきたウンギョンが封筒を差し出した。

「ママから」

「私、お金あるよ」

「もらっておきなよ。それから、たまに家に寄って、おかずとか持っていきなさいって。何かあったら必ず連絡して。ファヨル、ごめんね。私のほうから遊びにも行かないで。パパとママもいつも心配してる。まめに顔を見せて、お小遣いもらっていきなよ」

「大丈夫だよ。おじさんとおばさんに、私は元気に楽しくやってるって伝えて」

「そんな感じには見えるけどね」

ウンギョンは私を頼もしそうに見て笑った。

「私が出発する前に、パパとママとみんなで一緒にごはん食べようね！」

ウンギョンは私をぎゅっと抱きしめた後、手を振ってカフェに戻っていった。うなるような喧噪に包まれた金曜の夜の学生街だった。

街灯の明かりの下

反対方向の地下鉄は満員だった。それほどではないが、私の乗った地下鉄もかなり混んでいる。携帯電話を確認してみるとメールが二件来ていた。二件ともバリイモさんだ。

「豚骨だしのウゴジタン[*20]をつくったよ。仕事が終わったら食べにおいで。ティンクルとヤンヤオンも来るよ。食べて、ちょっと遊んだら、映画館に行って深夜映画を見よう」

「ヘッサルの好きなスイカも大きいのを一つ買っておいたよ」

私は返信した。

「今日は夜勤なんです。みなさんで楽しく遊んでください」

イタリアの女優みたいに目尻の上がった大きな目のティンクルさん。はちきれそうな体をしているが、「私は太っていてもバランスが取れているから大丈夫。くびれる所はちゃんとくびれているもの」と言う。ふふふ。本人は自信満々だ。ティンクルさんは何年か講師を務めていた美術学院を去年辞めたそうだ。小説を書くために。〈笑うネコのお隣さん〉に彼女がアップする文章はなかなか味わい深いと思うが、果たしていかに。

ティンクルさんは猫を四匹飼っている。全部メスで、そのうち三匹がサビ猫だ。黒と赤茶がごちゃ混ぜになった猫をサビ猫と呼ぶが、だいたい暗くてどんよりした感じがするので、あまり人気がない。白地に黒、茶、薄茶色の模様が調和をなしている三毛猫がかわいくてよく知られているのとは対照的だ。

サビ猫はその印象とは違って繊細でおとなしい性質だという。美大を出たティンクルさんがサビ猫に惹かれるのは、その毛色が乾いた絵の具のこびりついたパレットを連想させるからかもしれない。稼ぎもないのに猫を食べさせていこうと思ったら暖房費を節約するしかないと、ティンクルさんはあれほど寒かった去年の冬、一度も暖房をつけないで過ごした。自分は寒さに強いと虚勢を張っていたが、バリイモさんの家では暖かい床に寝転がって「あ〜、最高!」を連発していた。

ティンクルさんは派手に見えるが生活は質素だった。熱しやすい性格だけど、善良で責任感が強い。飼っている猫の一番古株のティンクルは十歳を超えているというから、彼女が二十代の初めに出会ったことになる。必ずしも平穏とは限らない日々をうまく乗り越えてきた、ティンクルさんの強さは尊敬に値する。彼女が早く小説家になれればいいと思う。どんな小説を書いているのか読んでみたい。ふとみんなに会いたくなった。しかし、今は九時十一分、バリイモさんの家に着く頃には十時。とんぼ返りでなければ十一時までにコンビニに着けないだろう。諦めよう。

猫たちのいる坂道に来た。車の下に置いた発泡スチロールの弁当箱と豆腐の容器を、誰かが道のわきにきれいに集めてあった。見知らぬ誰かの善意が感じられて胸がじいんとした。みんなごはんは食べただろうか。この時間帯なら「ニャ～ン」と鳴いてアビが出てくることもあった。アビは元気にしているだろうか。どこからかしゃがれた鳴き声が聞こえた。コンテナハウスのほうから猫が一匹近づいてくる。丸顔で毛の長い茶色のトラ猫だ。この子に会うと複雑な気持ちになる。

初めてこの子を見たのは去年の冬のある晩だった。当時は、コンテナハウスの周りにごはんを置いていた。猫たちがボリボリ、ガリガリ食べていると、コンテナハウスの下からひどく悲しげな鳴き声が聞こえてきた。腹ばいになってのぞいてみると、普通の野良猫とはちょっと感じのちがう猫がいた。コンテナハウスの下にごはんを入れてやると、ニャンニャン鳴きながら食べる音が聞こえた。数日後、ほかの猫たちがごはんを食べているとき、また悲しそうに鳴きながら坂道を上ってきたので、別にごはんと水をやった。ところが、ピチャピチャ音を立てて勢いよく水だけ飲むと、ごはんには口もつけずに、悲しそうに鳴きながら、また坂を下りていってしまった。「なんで食べないの？」と呼んで皿を持って追いかけてみたが、何度も立ち止まっては悲しげに鳴くだけで、いつの間にかいなくなってしまった。あまりにも鳴いたせいで、声がかすれていた。

今でもかわいいが、仔猫だった頃はどれほどかわいかっただろう。それはそれは愛らしかったはずだ。愛されていたのに突然捨てられてしまったような、このさまよえる猫とは、坂道からバスで停留所一つ分くらい離れた小学校の前でも二度会ったことがある。そこからこの坂道までを鳴きながら歩き回っているようだ。昔住んでいた家がその間のどこかにあるのだろうか。捨てられたのも知らずに、少しすればまた迎えに来てくれると思って待っていた場所が、その間のどこかなのだろうか。

前に会ったときは昼間だったが、とても痩せていて病気みたいだった。毛もひどく汚れてボソボソしていた。「ニャンコ～」と呼ぶと、ぱっと立ち止まって私に顔を向け、しゃがれた声で鳴いた。地面にごはんを置いたが、匂いをかいだだけで、悲しげに鳴いてそのまま行ってしまった。あんまり不憫で「水だけでも飲んで」と追いかけたが、私を避けて走っていってしまった。ただ怖がらせるだけのような気もして、私はそれ以上ついていかなかった。

「まだ生きていたんだね」

捕まえたからといって、それからどうしたものかわからないが、捕まらない程度に距離をとって鳴く猫だ。どうか食べてくれますように。祈るような気持ちでキャットフードと水をやった。水だけでも飲んでおくれ……。食べないのなら、いっそのこと虹の橋を渡ってしまえ！　そんなに孤独に悲しそうにさまよっていないで、石を投げつける怖い人もいない、寒さも空腹も感じない、天国においき！

もう二度とその猫に会えないような気がした。街灯がオレンジ色に照らす坂道をとぼとぼと下りていった。涙がつうっとこぼれた。もしかしたら、あの日だろうか。ガーフィールドみたいに丸顔のあの猫に初めて会った頃、コンテナハウスの前に布製の小屋と赤いプラスチックの皿が捨てられていた。ごはんをやる人がいるから飢え死にすることはないだろうと、小屋と皿と一緒にあの猫を捨てたのだろうか……。あれは冬が始まる頃だった……。どうして。どうしてそんなことができるんですか。どうするんですか、あの子を。どうしてくれるんですか！

「ウゥゥ！」

大きなうめき声がこぼれていた。私は急いで咳払いをした。坂道を上がってきた年配の女性が、歩みを緩めて何気なく私のほうを見た。敵か、味方か。こんなときでも、その女性が「いいところで会った、どうして猫にえさをやるのだ」と文句をつけてくるのではないかとびくびくした。わき目も振らずに、私は足早にさっと通り過ぎた。

私はめったに泣かない人間だ。なのに、猫たちに出会ってからは、しょっちゅう泣いている。

夜のコンビニ

この辺りは学生街のわりには閑散としている。それでも今日は金曜の夜だからか、コンビニの前のテーブルは三つとも埋まっている。開けるたびにチリンチリンと鐘が鳴るドアを押して入ると、エアコンの冷気が一気に襲ってきた。レジの前には五人並んでいた。「あら、早いね」とカップラーメンのバーコードをスキャンしていたオーナーが喜んだ。

「タバコを補充してもらえる？」

「はい」

挨拶をして、タバコの棚をチェックした。ディス・プラス、マルボロライト、バージニアスリム1ミリの棚はほとんど空になっていた。タバコを取りに倉庫に行くと、開封していない段ボール箱が山のように積まれていた。ワイン、ミネラルウォーター、ビール、カップラーメン、お菓子、ストッキング……。その中からタバコの箱を探し出して持っていった。バリイモさんはティンクルさんを「コルチョ」と呼ぶ。コルチョというのは、匂いが体に染みつくほどのヘビースモーカーをいう。ティンクルさんが好んで吸うのはマイルドセブンだ。マイルドセブンは二種類あって、ティンクルさんはボックスよりソフトケースを好んだ。ティンクルさんこそ折り目正しいかっちりした人なのに。

　タバコを補充して、倉庫に戻ってユニフォームを着た。ハンカチを出そうとしてバッグの中身をかき回していたら、ウンギョンからもらった封筒に気がついた。開けると、ぱりっとした五万ウォン札が十枚入っていた。気分がよくなった。ものすごいお金持ちになったような気がした。銀行口座には二百万ウォン近く入っている。コンビニで働き始めて十ヵ月ほどになるが、猫のごはんと公共料金と交通費のほかには使うことがないので、お金が貯まった。普段会う人たちも私より年上のせいか、みんな私に何かくれるばかりで、私は食事代も出させてもらえなかった。母もまわりの人に何でもよくあげていた。父方の伯母も母方のおばも、母に対する怒りが収まってくると、母なら財閥の娘に生まれても十分務まっただろうにと惜しがった。

　お金の入った封筒を徐東煜《ソ・ドンウク》[*21]の詩集『ランボーが詩を書くのをやめた日』にはさんだ。『ランボーが詩を書くのをやめた日』はティンクルさんの家に遊びに行ったときに借りてきた。「ランボー」という文字に惹かれてパラパラ見ていたら、「家猫」という詩と「野良猫」という詩があったので借りてきたのだ。

棚にジュースを並べて、空いたテーブルを片付けに出ると、カップラーメンの容器が倒れてスープが地面にポタポタこぼれていた。容器の横には麺とスープの湖ができ、そこにタバコの吸い殻が突っ込まれていた。ティンクルさんならこう叫んだはずだ。

「うげ〜、こんなふうにしたいかね？」

テーブルをきれいに片付けて店内に戻ると、一人の女子大生がバッグを閉めながらクレジットカードの伝票をのぞきこんでいる。彼女が出ていくなり、オーナーがぐったりした声で言った。

「九百九十ウォンのキンパプ一本とサイダー一缶買うのにカードを出してきたわ」

昔は一万ウォン以下なら現金が普通だったのに、いつ頃からか、タバコ一箱でも、生理用ナプキン一袋でも、ひどいときには缶コーヒー一本でもカードで払う客が増えた、とオーナーは嘆いた。少額でいちいち伝票を切るのは国家的な浪費だとオーナーは強く主張した。「会計に時間もかかるし」。オーナーの言葉に私は頷いて同感だと伝えた。

ここに雇われたとき、オーナーから厳しく教え込まれた。いくら少額でもクレジットカードを断ってはならないと。その客が告発すれば、罰金を払うことになるそうだ。それから、絶対にしてはならないもう一つのことは、商品を入れるビニール袋をただでやること。袋をただでやると罰金になる。「袋にお入れしましょうか？　袋は二十ウォンです」としっかりと伝え、お金を受け取る姿が天井の防犯カメラに写るようにしなければならない。オーナーはいつだったか、大荷物を抱えたおばあさんが、買った商品を手に持ち切れず、お金もないというので、善意で袋を差し出したところ、罰金を払う羽目になったことがあるという。様々な状況をつくってわなを仕掛け、ひっかかれば通報して褒賞金を稼ぐのを仕事にしている人たちがいる。そして、そういう人たちが主に狙うのが私のようなアルバイトなのだそうだ。アルバイトがミスをしても、罰金を払うのはオーナーなので、神経をとがらせるのも当然だ。

レジの締めをして、カウンターを私に任せると、オーナーはユニフォームを脱いで倉庫へ行った。しばらくして戻ってきたオーナーが最後の指示をした。

「夜中に食費を使わないで、手づくりキンパプの残ったのを食べなさいね。ああ、キンパプ、いっぱい売れ残っちゃってどうしよう……。ファヨルが二本食べて、残りは返品だね。キンパプ屋さん、がっかりでしょうね。四時にキンパプ屋さんが来るから、じゃこキンパプとキムチキンパプは七本ずつ、ハムキンパプは五本、卸してもらってね。じゃ、よろしく！ そうだ、明日は来ないんだったね？」

「はい。次は月曜日です」

オーナーはやつれた顔に静かな笑みを浮かべて出ていった。

猫柄スカートをはいて

テーブルを片付け、店の隅々までモップをかけた。店の前もきれいに掃いた。ついでに隣のキンパプ屋の前も掃いた。ほかのスタッフが見たら、どうしてライバル店の前まで掃除をするのだと非難するだろう。インテリアにこだわった、カフェみたいな雰囲気のキンパプ屋だった。ガラス越しにちらりと中をのぞくと、広々とした店内はがらんとしていた。普段からそれほど客はいない。オーナーの言うように、うちの店に損害を与えながら、一方で自分たちの赤字もばかにならないだろう。キンパプ屋の前で二、三度、店の主人に会ったことがある。眼鏡をかけて、やつれた顔の初老の男性が、どこか場違いな感じで立っていた。退職金をはたいて出した店だというが……。

倉庫でストッキングの箱を開けていると鐘の音がした。急いで立って出ていくと、うれしい顔ぶれだった。バリイモさん、ヤンヤオンさん、ティンクルさん！ ヤンヤオンさんは紙袋を、ティンクルさんは風呂敷包みを持っていた。

「どうしたんですか?!」

「バリイモさんが、ヘッサルにウゴジタンを食べさせたいから店に遊びに行こうって。おかげで私、家までずいぶん遠回りになっちゃった」

ティンクルさんがわざと愚痴っぽく言って、レジカウンターにどかっと風呂敷包みをおろした。

「これもヘッサルさんの」

ヤンヤオンさんが紙袋をその隣に置く。

「キムチの浅漬けとじゃこ炒め。じゃこ炒めは、胡桃と落花生入りだよ」

バリイモさんが説明して、店内をぐるりと見回した。

「お客さん、いないね」

「この時間帯は少ないんです。いいタイミングでいらっしゃいました」

バリイモさんの顔を見ると、濃い化粧をしていた。私は笑顔になる。

「バリイモさん、お化粧したんですね？」

「うん。ティンクルがやってくれたの。スモーキーメイクだっけ？　ヤンヤオンも、ほら」

バリイモさんは恥ずかしがって顔をこすった。

「あ、メイクが崩れちゃう」

ティンクルさんがバリイモさんの手をつかんで押さえた。

「すてきですよ、みんなすてき」

バリイモさんは目鼻立ちのはっきりした美人なのに、ローションひとつ塗りもせず、服装も適当だった。本人曰く、初対面のときに男だと勘違いする人もよくいるそうだ。

「その服、ちょっとやめましょうよ」

いつだったか、ぶかぶかのグレーのジャンパーを着て現れたバリイモさんに、ティンクルさんが手厳しく言ったことがあった。バリイモさんはこう言い訳した。

「体が大きいから、男物じゃないと合わないの」

女物でも大きいサイズのすてきな服はたくさんあるはずだ。しかし、自分ひとりの力で子ども二人を育てていくには、自分にかけるお金を削らざるを得ないバリイモさんなのだ。

「バリイモさんがメイクすると、本当にきれいでしょ？」

ティンクルさんが自慢げに言った。バリイモさんはほんのり顔を赤らめた。

「私、肌が弱くて、こういうのを塗ると吹き出物ができるんだよね。ローションも塗れないんだから」

口ではそう言っても、まんざらでもないようだった。

「クロッチも来てるよ」

「えっ、クロッチさんもですか？　どうやって？」

クロッチさんのハンドルネームはクロッチョロだが、略してクロッチと呼ぶ。クロッチさんは*22富川《ブチョン》に住んでいる。

「うん。クロッチってカルグクス[*23]が好きでしょ。カルグクスをつくってあげるって誘ったの。車を停めたら来るよ」

バリイモさんがそう言い終わった途端にドアの鐘が鳴った。クロッチさんだった。すっきりとした白いポロシャツがよく似合う、おしゃれなクロッチさん。入ってくるなりバリイモさんに紙袋を差し出した。

「これ、はくんでしたよね？」

クロッチさんの言葉にみんな楽しそうに笑って「ああ、まったく！」と言う。

「何ですか？」

「クロッチがヤンヤオンのショッピングモールで買ったんだって」

バリイモさんが答え、袋から青っぽい服を取り出して一枚ずつ配った。タオル地に猫の絵が描かれた長いスカートだった。

「わ、かわいい！」

私が歓声をあげると、ヤンヤオンさんが満足そうな声で言った。

「このあいだ仕入れで日本に行ったときに買ってきたの」

「クロッチが私たちのためにいくつか買ったんだって」

バリイモさんが教えてくれた。

「夏の贈り物です。値段もリーズナブルでしたから」

クロッチさんはズボンの上にスカートをはき、大したことないというように謙遜して言った。私たちは「サンキュー！」「ありがと！」「大事にします！」とお礼を言って、それぞれ猫柄のスカートをはいた。

「クロッチがいちばん着こなしてる。似合うね」

「ほんとですね」

「ふふふ、本当にスカートがよく似合うね」

「XSサイズの男！」

みんなでクロッチさんをからかった。クロッチさんは楽しそうに笑った。

全員で猫柄スカートをはいて、外のテーブルをぐるりと囲むと壮観だった。

「クロッチさん、ウゴジタン食べますか？」

私が聞くと、クロッチさんは満腹だと辞退した。

「クロッチにも包んで持たせてあるの。クロッチはさっきカルグクスをたっぷり食べたから、お腹いっぱいでしょう」

バリイモさんが言うと、クロッチさんがお腹を叩いた。

「三杯も食べたのさ」

クロッチさんが言うと、ヤンヤオンさんとティンクルさんが盛り上がった。

「すごい食べてたよね！　クロッチさんって、カルグクス狂だよね」

「クロッチ兄さん、カルグクスの一言で富川より駆けつける！」

クロッチさんがそれを受けて答えた。

「カルグクスなら、いつでも、どこでも駆けつけま～す！」

すると、バリイモさんがクロッチさんに言った。

「本当は私たちに車を出してくれるつもりで来たんでしょ？　猫のスカートも渡すついでに」

「忙しいときは来られませんけど、ちょうど暇でしたから」

クロッチさんがやさしい声で言った。

「みなさん、どうぞ食べたいものを召し上がってください。せっかくですから、私がご馳走します。クロッチさん、ビール飲みますか？」

「僕は運転しなきゃいけないから遠慮するよ。お腹もいっぱいだし」

「ヘッサル、お金ないくせに何を言ってるのよ？」

バリイモさんが止めた。

「大丈夫ですよ。ここは私におもてなしさせてください。何を召し上がりますか？」

私が見回すと、クロッチさんが提案した。

「僕がおごるよ。ティンクル、お酒飲めるよね？　ヘッサルの商売を手伝うつもりで、僕以外の人たちでちょっと飲んだらどうかな」

バリイモさんが笑った。

「ティンクルは飲めないのよね。タバコはやたら吸うくせに。ビールが好きなのはヤンヤオンだよ」

「そう、飲めないんですよ。体が受け付けないんです。だけど、クロッチさんのおごりなら、なにか飲んでみようかな」

ティンクルさんが立ち上がると、クロッチさんとヤンヤオンさんがそれに続いた。

「私は濃いコーヒーを一杯ちょうだい」

バリイモさんが脚をまっすぐに伸ばして言った。バリイモさんを残して私たちは店に入った。


私が負け組だって？

ヤンヤオンさんがハイネケンを取ってくると、クロッチさんは「じゃ、僕も一本だけ」といってハイネケンの缶をもう一本持ってきた。ティンクルさんは甘いレモンウォッカカクテルを選んだ。アーモンドとピーナッツとバターいかまでをクロッチさんが会計して、バリイモさんとクロッチさんのための一番濃くて高いコーヒーは、どうしてもと言い張って私がお金を払った。

カクテルの瓶を傾けて一口飲んだティンクルさんが「きゃあ！」と声をあげた。

「それ、アルコールは入ってるの？」

クロッチさんが聞いた。瓶を眺めまわしてティンクルさんが答えた。

「五度ですって」

「けっこう強いんだね」

「うん。甘くていい香りがして、なかなかいけるわ」

ティンクルさんはおいしそうにゴクゴクと飲んだ。

「ヤンヤオンさん、遠いところわざわざどうも」

「兄が江南まで英語を習いに行ってるから、ついでに乗せてきてもらったの」

「江南まで遠くないですか？」

「うん、道が混んでいるときは二時間もかかるよ」

「わぁ、すごい大変！」

「[*24]一山《イルサン》には英語学校ないの？」

バリイモさんが聞いた。

「一山でも何ヵ所か登録したけど、ちゃんと続かなくて。でも、今度の所は頑張って通ってますね。まだわかりませんけど。ようやく一ヵ月になるというところだから。評判のいい学校みたいで、大田《テジョン》[*25]から通ってくる人もいるらしいですよ」

「大田？　いやあ、冗談抜きですごいね。一体どんな学校なの？」

「有名なんですって。エロ英語っていったかな」

「エロ英語」の一言に一同は沸き返った。

「それ、いいねぇ！　大田からでも通う気になるわ」

「英語がボンボン頭に入ってきそう」

「どこ？　私も通いたい。おもしろそう」

私たちのにぎやかな反応を満足げに見ていたヤンヤオンさんは、ティンクルさんの「男の人が喜びそうだね」という言葉に、首をかしげて「女の人もいっぱいいいるって言ってたけど」と答え、戸惑ったように言った。

「そのエロじゃなくて、えーと……矢って意味の……」

「ああ、アロー（arrow）！」

ティンクルさんがははと笑った。

「エロって何よ、エロって！」

ティンクルさんがヤンヤオンさんをからかった。みんな大笑いした。ヤンヤオンさんも照れくさそうに笑った。

「私、舌足らずなの。アロー、アロー。だけど、ロゴもハートに矢の絵ですよ」

「だったら、実際にエロだと誤解して登録した人もいるかもね」

「あり得るね。エロスが愛の矢を背負っていたり、弓を引いてる絵もあるもの！」

「うん。キューピッド！　キューピッドってエロスのことでしょ？」

「ヤンヤオンのお兄さんも誤解して登録したんじゃないの？」

ヤンヤオンさんが笑って言った。

「そうかも！　というのは冗談。貿易の仕事をしてると英語ができないと困るんです。以前から、英語を勉強するってお金もだいぶつぎこんだんですけど、まったく上達しなくて。だから、私がからかうんです。大学を出てる人が、どうして大検組の私より英語ができないのかって。英語の書類とか、私が全部見てるんですよ」

「ヤンヤオンはもともと頭がいいから」

バリイモさんがほめた。ヤンヤオンさんは独学の日本語も、日本人とだいたいの会話ができるくらいに上手だった。

私も大検出身だということを、このコミュニティサイトの友人たちはまだ知らない。なんとなく話す機会を逃してしまった。大検にパスしなかったら、ヤンヤオンさんと私の法的な学歴は中卒になっていた。中卒が二人、バリイモさんは高卒、ティンクルさんは大卒、クロッチさんも大卒。私たちの平均学歴は高卒か。ここにベベチキンのピルヨンがいたら、四捨五入しないと高卒にならない。ピルヨンは中学校を中退したので小卒ということになる。

愛すべき仲間の顔を見ているうちに、いきなり平均学歴を計算してしまったのは、ウンギョンの友達に会った後だからか。一点の陰りもない彼女たちは、私たちのように大学とは縁遠い人を見て、「ま」で始まる単語を思い浮かべるかもしれない。

去年、バリイモさんの家で忘年会をしたときにも話題になった「ま」で始まる単語。あるテレビ番組に出た女子大生が、身長百八十センチ以下の男は負け組だと言ったという。「我、まさに負け組なり〜」とクロッチさんが苦笑して唱えた。「我は非常に情けない！」。

もちろんその女子大生が、そして彼女が代表する大韓民国の若い女性の一部の精神世界が情けない、ということである。俗物。幼いころから聞き慣れた、母の「俗物！」という声。

俗物という言葉を母以外の人の口から聞いたことはないように思う。母の考える最大の悪口は、俗物だった。考えてみると笑えた。母こそが俗物そのものだと罵倒する人も多いだろうから。国語辞典を引くと、俗物とは「世間的な名誉や利益にばかり心を奪われている人をあざけっていう言葉」と書かれている。わからない。母はそんな人だろうか。いずれにしても、母はその女子大生とは似ていなかった。母は決して誰かを負け組だなどと考える人ではなかった。

私が思うに、俗物とは、ほかの人を負け組と呼ぶ人だ。なんと失礼でばかげた考え方だろう。この中の一体誰が負け組だというのだ。一人いるとしたら、私か？　この人たちはみな堂々たる勇士。それぞれ自分の人生を自分の力でひるまずにまっすぐ生きている。自分だけの立派な人生。そして健全な生き方！　まだ若い私がこういう素晴らしい人たちと友達になれたのは恵まれている。誰にともなく感謝の気持ちがじんわりとこみ上げてきた。

猫を飼う男

「そうだ、ヘッサル。袋の中から白いビニール袋を持ってきて」

バリイモさんが言うと、ティンクルさんとヤンヤオンさんが歓声をあげた。

「あ、クロッチさんもいるのにいいんでしょうか？」

ティンクルさんが思い切りもったいぶった声で心配してみせると、バリイモさんがにやりと笑った。

「クロッチはまあ、名誉女性だから」

クロッチさんがにっこりして頷いた。

「僕はスカートをはいた男ですよ」

「だけど、ちょっとどす黒いんじゃない？」

ティンクルさんがそれでももったいぶっていると、バリイモさんが言った。

「どす黒いだなんて！　むしろ鮮やかでしょう！」

「何なんですか？」

「持ってきたらわかるって」

三人の女性の意味ありげな微笑。私は冷蔵庫に入れておいた紙袋から白いビニール袋を取ってきた。ビニール袋を受け取ったバリイモさんが袋の中身をテーブルの上にあけた。

「やーん、どす黒い！」

ティンクルさんが両手で大げさに顔を隠して、恥ずかしそうなふりをした。「どす黒い」というのは、「こっそり隠したい性的な何か」に対するティンクルさんならではの表現だった。テーブルの上に色とりどりの紐がひと山できた。

「これ何ですか？」

クロッチさんが聞くと、三人の女性はくすくす笑った。

「紐パン。Tバック」

バリイモさんの答えに、クロッチさんは思わず身を引くと、「女のやることときたら！」と言いたげな笑顔になった。

「こんなのどうやってはくんですか？　あそこはちゃんと隠れるの？」

ヤンヤオンさんがTバックの山に手を突っ込んで首をかしげた。

「意外と楽ちんよ」

ふむ。もったいぶっていたティンクルさんは持っているようだ。

「下着屋をやっていた人が廃業申告をしにきて、ひと山置いていったの。高級品らしいよ。生地はいいと思う。江南だから、おしゃれな女の子たちに売れると思って店に置いてたみたい」

「これ、ヘアバンドにしたらかわいいかも」

真っ黒いレースのTバックを前髪に当ててヤンヤオンさんが言った。

「ほんとだ！　かわいいよ」

ティンクルさんが相槌を打つ。ヤンヤオンさんは本当にヘアバンドとして使うつもりなのか、レースのばかり三枚選んだ。

「夏に薄い服を着るときにいいのよ。下着の線が出ないし」

ティンクルさんが勧めるので私もひとつ取った。

「残りは全部ティンクルが持っていって」

「そうしましょうか」

バリイモさんに言われて残りを袋にかき入れていたティンクルさんが、ふと手を止めてクロッチさんに笑いかけた。

「クロッチさんもおひとついかが？」

「いや、そればかりはご勘弁を」

クロッチさんは手振りでも断った。

「ま、サイズも大きいでしょうしね、XSサイズのお兄さんには」

ティンクルさんが小柄なクロッチさんをからかい、ビニール袋を丸めてバッグにしまうと、バリイモさんがテーブルの下に屈みこんで叫んだ。

「ここに一枚落ちてるよ！」

バリイモさんがTバックを拾ってティンクルさんに渡した。みんなこらえきれず噴き出した。

「これ、気がつかなかったら、後で誰かが見て驚いただろうね」

「そうだね。道端に紐パンが落ちているんだもの、何事かと思うわよ」

「世も末でござる！」

「コンビニの前のテーブルの下に！」

「また戻しておこうか？」

ティンクルさんが笑いながらＴバックを地面に投げつけるふりをすると、クロッチさんが目のやり場に困って笑った。

クロッチさんの家には猫が三匹いる。一番大きいブーツはシャム猫で、二番目のユノはアメリカンショートヘアのミックス、一番小さいカスはサビ猫だ。クロッチさんの人生に猫という存在が初めて入ってきたのは兵役時代、兵営内をうろついていた一匹の黒猫にごはんをやり始めたときからだ。除隊とともに別れたその猫が後々まで忘れられず、猫を飼うようになったという。

一番小さいカスは、もともとティンクルさんがときどき見かける仔猫だった。

「私には、どうしてこんなにサビ猫が寄ってくるのかしら」

ちょこちょこついてくるので仕方なく連れ帰ったが、とても五匹目を飼う余力はないとティンクルさんが頼みこんで、クロッチさんが飼うことになった。五ヵ月前のことだ。クロッチさんのお父さんは、クロッチさんが結婚をせずに一人で猫を飼って暮らしているのを苦々しく思っていた。しかし、今では向こうから先にカスの様子を聞いてくることもあるそうだ。「あいつはかわいいな。三匹はちょっと多いから、あいつだけ飼ったらどうだ？」と言うくらいだから、カスのかわいさは並大抵ではないのだろう。カスは人に対しても猫に対しても愛嬌を振りまいた。

一番上のブーツは五歳だが、二歳のときにクロッチさんのところに来た。「里子に出されている猫が二匹いて、そのうち二匹がかわいかったから、かわいいほうを予約して行ったのに、太っていてかわいくないほうを連れていけって言うんだ。よく見ると、ブーツは愛情に飢えているのか、憂鬱そうな顔をしているのが切なくてさ。何にも言わないで、ただ連れてきたんだ。猫のくせにどうしてこんなに太っているんだと思いながらね」。ブーツは今も相変わらず太っている。それでも一生懸命ダイエットさせてスリムになったのだという。

やはり二歳でクロッチさんの猫になった二匹目のユノ。ブーツが寂しいだろうと、遊び相手として連れてきた猫だった。しかし、前の飼い主が何度もよその家に預けたせいか、ユノは人にはよくなついたが、自分と同じ猫は嫌った。

「ブーツと遊ぶどころか、顔を見るたびにシャーッて威嚇するからがっかりしたけど、あっちの家、こっちの家と連れ回されてきた子をまた送り出すのもかわいそうだし……。血を見るほどのケンカをするわけではないからね……」。転々とした先々で、そこの飼い猫たちにいじめられたせいではないかと、同情するクロッチさん。

なぜかわからないが、猫を飼っているのはたいてい女性だった。六万人を超す〈笑うネコのお隣さん〉の会員の中でも、男性はわずかだった。直接会ったことがあるのはミスター・レジェンドとクロッチさんくらいだが、〈笑うネコのお隣さん〉にアップされる記事だけを見ても、猫を飼っている男性には特徴があった。彼らはたいてい、こざっぱりして、善良で、ロマンチックで、友達が多く、お酒が好きだった。

メレンゲを踊りましょう

ヤンヤオンさんがビールをもう一本買って飲んだ。

「あぁ、酔ってる！　ちょっと酔いを覚まさなくちゃ」

レモンウォッカを半分くらい飲んだティンクルさんが、頭を振って、ぱっと立ち上がった。そして、バッグからMP3プレーヤーを出してテーブルの上に置いた。MP3から、クン、チャーチャチャチャン、クンチャッと、リズミカルなラテン音楽が流れてきた。音楽に合わせてティンクルさんが膝をゆらゆら、お尻をぷるぷる、頭をこくこく、前に行っては後ろに戻り、ぐるぐる回って踊った。

「メレンゲかな？」

クロッチさんが知ったかぶりをすると、ティンクルさんが返した。

「そう。フアン・ルイス・ゲラ！　最近ダイエットも兼ねて踊っているダンスです。クロッチさんも一緒に踊りましょう！」

ティンクルさんがクロッチさんを引っ張ったが、クロッチさんは足を踏ん張って首を激しく振って抵抗した。

「僕は踊れないよ！」

「そんなこと言わないで、私のまねをするだけでいいの！」

クロッチさんはティンクルさんにずるずる引っ張られていき、及び腰で心もとなく体を揺らした。その姿を見てバリイモさんはお腹を抱えて笑った。ヤンヤオンさんも笑って立ち上がり、踊りだした。それは目を見はるほど素晴らしかった。バリイモさんも音楽に合わせて手を叩き、ヤンヤオンさんから目が離せなくなった。

「うわ、ヤンヤオンさん、サイコー！　プロのダンサーみたい」

ティンクルさんが右のかかとを上げ下げしながら絶賛すると、ヤンヤオンさんがその横で左のかかとを上げ下げしながら、息を切らして言った。

「私ね、昔、ハッハッ、サルサを習いに、ハッハッ、行ってたんです、ハッハッ」

「どうりで！　ハッハッ、私は、ハッハッ、ユーチューブ、ハッハッ、見ながら、ハッハッ、習ったの、ハッハッ」

ティンクルさんから解放されたクロッチさんは、入り乱れてメレンゲを踊る二人を驚嘆の眼差しで見つめ、手拍子を打った。そして、こっそりとまねをして踊った。腰に巻いた青っぽい猫柄のスカートをはためかせながら。メレンゲ〜、メレンゲ〜、メレンゲ〜。

タクシーが停まって、後部座席からスーツを着た中年の男が二人降りてきた。酔ってご機嫌の二人は、メレンゲの音楽に合わせて楽しそうにおかしな踊りをした。そして、タバコを一カートンとビールを一箱買うと、またタクシーに乗って去っていった。メレンゲ〜、メレンゲ〜。

ダンスが終わり、音楽がやんで、一息ついていると、キンパプ屋さんが来た。私がキンパプ屋さんと一緒に店内に入ると、バリイモさんもついてきた。

「ほかの店も注文が減りました。夏はいつも少し減るには減るんですけどね……」

「でも、このキンパプを食べたことがある人は、やっぱりこっちを買いますよ。本当においしいですもん」

「はい。私は材料には嘘をつかないで、真心をこめてつくってますから」

キンパプ屋さんと私の会話を聞いていたバリイモさんが、在庫のキンパプを買うと申し出た。キンパプ屋さんは穏やかに笑って断った。

「新しく持ってきたものをどうぞ。つくりたてなのでおいしいですよ」

「いえいえ、まだ傷んでないじゃないですか。私たち、今すぐ食べるので大丈夫です」

キンパプ屋さんは断固として首を縦に振らなかった。

「そういうわけにはいきません。流通期限が過ぎているのにお金をいただくわけには。では、ただで召し上がってください」

結局、バリイモさんは新しいキンパプを三本買い、在庫のキンパプをおまけにもらった。在庫のキンパプのうち二本は、コンビニのオーナーから食べるよう言われたものなのでお金を払った。明るく笑って出ていくキンパプ屋さんの背中が、入って来たときよりも丸まって見えた。

「九百九十ウォンのキンパプはずっとまずいんですけど、そっちを買う人が多いんです。さっきのおじさんのキンパプは手づくりだけど、千五百ウォンだからあまり売れなくて。私だったら千五百ウォン出してこっちを食べますけどね」

「みんな、やっていくのが大変だね。生きているのが奇跡みたい」

バリイモさんの言葉に私は頷いた。キンパプをお盆に乗せて持っていくと、ティンクルさんもヤンヤオンさんもクロッチさんも歓声を上げて手を伸ばした。今日の分のキンパプも昨日の分のキンパプも、ほっぺたが落ちそうにおいしい。クロッチさんが温かい汁物が飲みたいというので、ウゴジタンを温めに立った。遠く、ビルの向こうの東の空の果てに、夜明け前の青紫色が広がった。

軍隊より怖い三振アウト

楽しかったメレンゲパーティーの後、バリイモさんとティンクルさんに重大な変化があった。まず、バリイモさんの息子のヨンインがついに入隊した。

ヨンインは、生活の苦しい母子家庭で、男兄弟がなく、母親が四十五歳を過ぎていて、妹も小学生なので、兵役を免除してもらうこともできた。バリイモさんがこの事実を教えずに、敢えてヨンインを軍隊に入れたのには理由があった。去年、工学部に入ったヨンインは、二学期連続でひどい成績だったのだ。もう一度だけチャンスをもらえれば挽回してみせるとヨンインは土下座をしたけれど、賢いバリイモさんはその手に乗らなかった。

「次回もそんな成績だったら三振アウトなのに、宝くじよりも低い確率で冒険するわけにはいかないでしょ？」

「私ね、話すのも恥ずかしいんだけど……。今でも出勤するときにインターネットの線を引っこ抜いて持って出るのよ。すっかりゲーム漬けで、へたばるまでやっているから、ただでさえ寝坊助のやつが毎日遅刻、欠席よ。出席だけでも真面目にしていれば、あんな成績にはならないだろうに。だからよけいに腹が立つ。あの子、このままじゃダメね」

工学部の必須科目で、ヨンインの弱い数学を基礎から叩き直す時間と、それ以前に根本的な精神面の教育が必要だ、というのがバリイモさんの考えだった。軍隊に行って苦労しなければ自覚が出ない、たるんだヨンインの精神を改造してくれる所は軍隊しかない、それも普通の部隊ではなく、一番きつい所に入れなければならない、とヨンインのいないところでバリイモさんは厳しいことを言った。それがバリイモさんの母親としての愛情だった。その愛情をもってバリイモさんは、二年生の一学期が始まると同時にヨンインを休学させ、軍入隊プロジェクトに突入した。

「銀行から借りたおまえの学費、元金だけでいくらだと思ってるの？　入隊前に真面目にアルバイトして返しなさい！」

母親がうるさく言わなくても、ヨンインはアルバイトを真面目にやっていた。入隊の運命を避けられなくなって、コーヒー専門店で働くだけでなく、時間ができれば宴会場のスタッフとしても働くなど、アルバイトに励んだ。同時に勉強からの自由も満喫した。公然とコンピュータゲームに明け暮れ、おしゃれも楽しんだ。そんなヨンインを誰かがとがめると、バリイモさんは鷹揚に言った。

「軍隊に入れば苦労するんだから、その前に思いっきり遊べばいいの。これが最後のチャンスだもの」

最初、ヨンインは陸軍儀仗隊に志願した。勤務地がソウルの中心地であるうえ、儀式に華を添える、顔のよい、すらりとした青年だけを募集するかっこいい部隊だ、と母親に説得され、その気になったのだ。すべて事実だが、バリイモさんは軍紀が非常に厳しいことはヨンインに言っていない。

「あそこに入れれば最高なんだけど、身長百八十センチ以上でないとダメらしくて。ヨンインは二センチ足りないのよ」

「ティッシュペーパーを何枚か折りたたんで靴下の中に入れて、背を測れって言ってください」

「それと、背筋をピンと伸ばして、首も伸ばせって」

「頭の上に何かテープで留めて髪の毛で隠したらダメですかね?」

知恵を出し合って、ヨンインの背を二センチ高くする方法をいろいろ考えた。あと一学期だけチャンスをもらえるように母親を説得してくれ、というヨンインの頼みを聞き流し、むしろ入隊プロジェクトに母親よりも積極的な私たちを、ヨンインはいささか恨んでいた。特に自分と年の近い私には腹を立てた。

儀仗隊の身体検査の日、バリイモさんは靴下の中に入れろと、ヨンインに底上げ靴の中敷きを渡した。しかし、ヨンインは自分の背を高くするのにこれっぽっちも誠意を見せなかった。

身体検査が済むと、ヨンインはどうせだめだからと、儀仗隊志願を取り下げた。どうやらユギョンが、兄が苦労するのを心配して秘密を教えたようだ。

がっかりしたバリイモさんを慰めるのも兼ねて、バリイモさんの家で夕食会をした日だった。ヨンインは母親に見えないように、私にVサインを送ってよこした。真っ黄色の髪に黒いピチピチのTシャツ、スキニージーンズのヨンインは、バッグを小粋に斜め掛けして、玄関でスニーカーをはくと、大声で言った。

「楽しい時間をお過ごしください」

「どこ行くの？　デート？」

「バイトです」

「日曜なのにバイト？」

「はい。どうぞごゆっくり遊んでいってください」

「おまえ、何時に帰ってくる予定？」

「バイトが終わったら、クンシクの誕生日パーティーがあるから、帰りは夜中になると思う」

「お酒はほどほどにしなさい！」

がやがやと挨拶を済ませてヨンインが出ていくと、バリイモさんは大きくため息をついた。

「まったく、二センチ足りなくて負け組になったわ」

私たちは爆笑した。

「私は百七十四センチあって、あの子の父親も大きかったのに、身長が足りないなんて……。ちゃんと食べさせてきたのに」

「まだまだ育つ年齢じゃないですか」

バリイモさんがしきりに残念がるので、方眼紙さんがなぐさめた。

「うん、こうなったら、海兵隊に入れよう」

バリイモさんの決意に満ちた言葉に私たちは仰天した。

「海兵隊は半端なく厳しいって言いますけど、能天気なヨンインにはつらくないですか？」

ティンクルさんが心配すると、バリイモさんはきっぱりと言った。

「軍隊は、どこでも厳しいでしょう。どうせ苦労するなら、しっかり苦労してもらわなきゃ。それに、早く軍隊に入れないと。ぶらぶら遊んでいるのも目障りだし、ぼやぼやしている場合じゃないわ。海兵隊は七月に選出だから……」

「かわいそうなヨンイン……」

「何がかわいそうなのよ？　海兵隊は実際に入ってしまえば、むしろ悪くない軍生活よ。海兵隊のプライドってものがあるじゃない」

「そうでしょうか？　ヨンインはあんなガリガリで、訓練に耐えられますかね？」

ティンクルさんが真剣な声で聞いた。

「ヨンインは肉体労働なら大丈夫。子どもの頃から家の中の大変な仕事は全部ヨンインがやってきたんだから。今どきのあの年頃の子たちとはちがうわよ」

バリイモさんがそれまでとはちがう、やや沈んだ声で言った。

「ヨンインは孝行息子ですもんね。やさしいヨンイン……」

方眼紙さんがもの悲しい声でつぶやいた。

「あ〜あ、勉強ができないのだけが玉に瑕なんだよね」

ユギョンが残念そうに叫ぶと、ティンクルさんがほほえんで、ユギョンの髪をぐしゃぐしゃにした。

「ユギョンにとっては、かけがえのない、いい兄さんやね。この世のどこに、あんなにいい兄さんがおるっていうの？　わかっとる？」

晋州《チンジュ》出身のティンクルさんが、突然お国言葉で言った。ユギョンが頷く。

「いつ大人になるのやら……。やることを見てると、どっちが兄でどっちが妹かわからないわ」

バリイモさんの言葉にまたユギョンが頷く。それはともかく、その晩のメイン料理のキムチチムはほれぼれする味だった。たっぷり肉のついた豚の背骨と、よく熟成させたキムチを丸のまま入れて、四時間も煮込んだそうだ。しなしなになったキムチの葉で炊きたてのご飯をすっぽり包んで食べた。肉はとろけるようだった。

一口目でそれぞれに「おいしい！」と賛嘆の声をあげると、みんなキムチチムに夢中になった。ヨンイン、どうする？　軍隊に入ったら、このキムチチムが恋しくなるよ。

やっぱり、ヨンインだ

やむを得ずヨンインは海兵隊に志願した、というよりは、志願させられた。バリイモさんが書類をそろえて出してしまったのだ。

「まず受かるかどうか。倍率が高いから。偵察兵は十五対一、一般兵は四対一だって」

バリイモさんが心配そうに言った。偵察兵というのがどういうものなのかわからないが、倍率がはるかに高いというのだから、一般兵よりいいのだろう。平和でのん気なヨンインの顔に不安が漂った。母親がまさか愛する息子を死地に送りこみはしないだろうと、それだけを信じてどうにか平常心を保ってきたのだ。まぶたがかすかに震え、唇の端がぴくぴくするのを私は見てしまった。ヨンインは二十歳になったばかりだ。私が軍隊に行かなくてはならないとしたら……想像するだけで恐ろしい。ヨンインがとても不憫に思えた。バリイモさんの立場ではなおさらだろう。しかし、ヨンインの海兵隊面接試験の日、バリイモさんは軍隊だけがヨンインを生かす道だと、改めて確信することになった。

「一時に試験だから遅れないようにって、あれほど言ったのに、わかったと返事だけは立派にしておいて、一時五分前になって電話してきたの。ボラメ駅にいるんだけど面接会場はどこかって」

バリイモさんは携帯電話に向かってどなり散らしたという。電話を切った後、もしかしたらヨンインは受験番号も知らないのではないかという不吉な予感がして、メールで教えたそうだ。そんな調子で臨んだ試験会場は、なんと真摯で熾烈な雰囲気であったことか、ヨンインは衝撃を受けた。

「A4用紙四枚に面接でしゃべる内容を書いてきて、海兵隊の歴史がどうとか、何がどうとか、ブツブツ暗記してる奴。じいさんと父さんが海兵隊出身なので自分も海兵隊に入るんだっていう奴。大田で落ちたので、ソウルに住所を移して再受験したっていう奴。控え室に座って、頭の上で両手を合わせて、どうしても偵察隊に入りたいって祈ってる奴。全部が全部、熱狂的な海兵隊ファンばかりなんだ。普通の人たちはどうしたら軍隊に行かないですむかって大騒ぎしているのに、これは夢なのか現実なのか、信じられなかったね」

「体力試験は自信あったけど、腕立て伏せを超高速でやる奴らばかりで……。もうこうなると、行くか行かないかじゃなくて、果たして僕がそんな熾烈な競争を勝ち抜いて海兵隊に合格できるのか、心配になるよ」

バリイモさん親子は初めて心を一つにして合格を祈願したという。

バリイモさんは〈笑うネコのお隣さん〉に、ヨンインの面接試験風景をおもしろおかしくレポートした。


現役兵志願書類をぱらぱらめくって好意的な表情をしていた面接官。

――海兵隊に志願した動機は？

――志願してみたかったからです！

――……海兵隊については知っているのか？

――知りません！

――なのに、なぜ志願した？

――早く兵役につきたくてです！

――……そうやって入隊したら、お母さんが苦労するのでは？　家族が気にかかって、落ち着いていられないと思うが。

――母もかつて軍にいたんです。男は軍隊に行ってこそだ、志願しろって言われました！

――そうか。お母さんは、どこに？

——陸軍です!

——ならば、陸軍に志願すればいいのに、なぜ海兵隊に?

——ですよね~! (バカ! しなくていい返事を……)

——海兵隊に志願した動機をもう一度きちんと言ってみたまえ。

——どうしても行きたいです! 採用してください!

はぁ……面接まで代わりに受けてやるわけにもいかず……合格できるのか……。


バリイモさんの書き込みを読んだ会員は、大笑いして、応援のコメントをいっせいに残した。女性部隊出身のバリイモさんはユーモアたっぷりに書くのが上手だ。何年か前には、あるデパートが募集した「家族に送る愛の手紙」で一等に選ばれ、賞金三百万ウォンをもらったこともある。偶然だろうか、オフラインでバリイモさんを中心に集まる人たちは、みんなとても読書家だ。バリイモさんに会うと、いつもおいしい食べ物を楽しみながら、本を交換する会になる。

私の本棚には、方眼紙さんと干物女さんとヤンヤオンさんからもらった本がずらりと並び、冷蔵庫はバリイモさんからもらったおかずでいっぱいだ。そういえば、私の中型の冷蔵庫もバリイモさんが使っていたのをもらい受けたものだ。

ヨンインは、一回目の志願で海兵隊に合格できなかった。すると、海兵隊に対するヨンインの評価はにわかに高まり、愛着まで持ち始めたようだった。

「二回目の志願には加算点がつくから、もしかしたら期待できるかも」

世の中を知り尽くしたようなバリイモさんはこう言ったが、息子が海兵隊に入隊できないかもしれないという覚悟もしたようだった。

そわそわと結果を待ちわびていたある日、バリイモさんとユギョンと私が南山韓屋マウル[*26]をせかせかと歩いているときだった。バリイモさんの携帯電話からカササギの鳴き声がした。メールを確認したバリイモさんが、あふれんばかりの笑顔で私に画面を見せてくれた。

「合格！　人生、予測不能なり」

ヨンインからのメールだった。うれしくもあり、誇らしくもあり、一方で、改めて不安に思う気持ちが複雑に織り交ざったメールだった。飛び跳ねて喜ぶユギョンとはちがい、バリイモさんの口許が一瞬、ぴくぴくと震えるのを私は見た。その日は、バリイモさんが勤める住民センターからもらったチケットで「国楽ハンマダン」[*27]を見に行くところだった。公演の間じゅう、バリイモさんは心ここにあらずのようだった。

方眼紙さんがおしゃれなイタリアレストランで主催した送別会で、ヨンインは頼もしく挨拶をした。

「母には〈笑うネコのお隣さん〉のお友達がいるので安心です。母とユギョンをよろしくお願い致します」

テーブルを囲むみんなの顔に万感の思いがじわじわと広がった。私は泣きたい気持ちをどうにかパスタと一緒に飲みこんだ。しかし、たちまちヨンインは鶏の胸肉をめぐってユギョンとけんかになり、私たちを笑わせた。ヨンイン、頑張れ。

海兵隊の訓練所に入所する前日まで、ヨンインは必死に遊びまくった。バリイモさん曰く、入所前の十日間は、中学に入って以来、ヨンインがアルバイトをせずに過ごした最も長い期間だったそうだ。

入所するに当たり、ヨンインがもっとも別れを惜しんだのは、友達でも彼女でもなく、学校などではもちろんなく、母親でも、妹でもなく、限界までグレードアップさせた、オンラインゲーム「ダンジョン&ファイター」のキャラクターだった。バリイモさんとユギョンは、それを知ってもさほど悲しそうでなかった。やっぱり、ヨンインだ。

就職もうまいのね

ティンクルさんから電話がきた。

「合同で一度、厄払いをしよう。バリさんも大変だけど、私もメチャメチャ」

力なく沈んだ声だった。わざと冷笑するような口ぶりだが、虚ろな乾いた声だった。それもそのはず。ティンクルさんがここ一年近く専念して書き続けてきた小説が、全部消し飛んでしまったのだ。一瞬のうちに。ノートパソコンのキーボードにコーヒーをひっくり返したという。それも熱くて砂糖たっぷりのコーヒーを。

「よく調べたら、復旧させる方法があるはずですよ」

「あちこち聞いて回ったけど、ダメみたい。お陀仏だって」

ノートパソコンはキーボードの下に本体があるので、こういうとき、一発でこわれてしまうのだそうだ。

「どのくらい書いたんですか？」

「千枚ちょっと。もう少しで仕上がるところだったの」

「そんなぁ」

その小説はティンクルさんの夢であり生き甲斐だった。ティンクルさんの密かな自慢であり、人生を劇的に変えてくれる確かな拠り所だった。ティンクルさんは自分の小説の才能を確信した。私たちバリイモファミリーは、とっくの昔からティンクルさんを小説家として認めていた。

「ＵＳＢに保存しておかなかったんですか？」

言っても仕方のないことだと知りつつ、気の毒なあまり、ついそんな言葉が出てきた。

「ほんとにね」

「別に保存したものは全くないんですか？」

「ノートにざっと書いたものがあるから、筋書きは残っているけど、よみがえらせる気力もないし、そんな気分にもなれない。あんなに苦労して書いたのに……小説を書くなっていうお告げなのかも……」

ティンクルさんの目尻の上がった大きな目には、涙がうっすらにじんでいるに違いない。

「いえいえ、そんなことないですって」

「私、生きる道をまちがえているんじゃないかって、ふとそんな気になる。もう小説を見るのも嫌。疲れたわ……」

ティンクルさんはそれから間もなく就職した。規模の大きい入試対策の美術教室で、よい条件で働くことになったという。バリイモさんが冷麺屋でお祝い会を開いた。

「私、お店で冷麺を食べるのって、すごくもったいない。原価を考えると。つくるのもとても簡単なのに」

これが普段からバリイモさんの持論なので、いつもだったら家で冷麺をつくってくれたはずだ。しかし、このときは引っ越しの直前だった。バリイモさんは、家の中もごちゃごちゃしているし、家とよそよそしくなってしまって、お客さんを入れる気分でないと言った。

「就職もうまいのね」

バリイモさんが感心して言うと、干物女さんが相槌を打った。

「辞めるのもうまいですよ」

「そうなの。この業界、意外と移動が多いんです。私みたいに実力のある講師なら、いつでもどこでもやっていけるんです」

ティンクルさんが長いまつ毛を見せつけるように目を伏せて、得意そうに言った。

「うちの業界も同じ。仕事きついからね。残業も当たり前だし。胃潰瘍の人、多いよ。いよいよ倒れそうになったら辞めて、転職先が見つかるまでが休息期間だよね」

頼りなげな干物女さんが弱々しい声で言った。

「干物ちゃんの会社が特にひどくこき使うわけじゃなくて？　夜遅くまで働いて、休みもないし。顔を見るのだって難しいじゃない。今日も土曜日なのに出勤だし」

バリイモさんの言葉に干物女さんは首を大きく振った。

「いいえ。出版社はどこもそうですよ。うちの会社はこれでもマシなほうです」

「そうなんだ。今の世の中、勤める会社があるだけでも幸せよね。みんな立派だわ」

「ようし、お金稼ぐぞ。冬になる前にマンションに引っ越して、これからは暖かくして過ごしてやる。越したら、みんな遊びに来てくださいね。暖房をガンガンつけて、暖房パーティーをやりますから」

暖房に未練をひきずったティンクルさんの宣言に、一同は強く頷いた。

「そうしよう。ティンクルの猫たちも、暖かく冬を過ごせるね」

バリイモさんが励ますようにほほえんで言った。

「だけど、マンションも暖房費が高いっていうから、ガンガンつけて暮らしてたら、払うのが大変だよ」

バリイモさんが言うと、ティンクルさんがにんまりして真相を明かした。

「私が目をつけているマンションね、ちょと外れにあるんです。それでも教室まで一本で行けるバスがあって、乗り換えが嫌でなければ地下鉄も使えます。そのマンションの近くにゴミ焼却場があって、電気代とかガス代がほかの所の四分の一の値段なんですって。焼却場をつくるときに住民たちが反対したので、そういうことになったみたいで」

「わぁ、四分の一なら、ガンガンつけても大丈夫だね！」

「それ、どこの町よ？」

そういうことか、しっかり者のティンクルさん！　ティンクルさんが元気になったようで何よりだ。私が心配しなくても、ティンクルさんは小説の種を大切にしまっておくだろう。それは、時期がくれば、芽を出してぐんぐん育っていくにちがいない。

誰がその猫を救うか

ヘジョさんに言われたとおり、不動産屋を探してその前で待った。ヘジョさんはすぐにやってきた。なるほど、説明を聞いただけではたやすく見つけられない所にヘジョさんの家はあった。くねくねと路地を何度も曲がり、集合住宅の階段を上がった。一つの階に玄関が二つずつあった。ヘジョさんは二階の片方のドアを押して入っていった。

「えっ、鍵かけてないの?」

「大丈夫。盗られるようなものもないし」

「気をつけて。ちゃんと鍵をかけたほうがいいよ」

「わかった、わかった。大丈夫だって」

ヘジョさんのワンルームはとても狭かった。私の家の半分もないようだった。それなのに家賃が五十万ウォンもするという。

「近くに市場もないし、何にもない。物価がとっても高いの。ほかの町の二倍はすると思う」

ブツブツ言いながらも、引っ越す考えはないヘジョさんだ。

「なんでこんな家にしたの?」と聞いたら、この町に友達が住んでいたので、同じ町内にしたけれど、その友達は引っ越してしまったそうだ。

ヘジョさんのベッドに寝ていたつやつやした大きな黒猫が、頭を上げた。ほとんどの猫がそうであるように、口の端の上がった笑い顔だ。

「あれ? 猫を飼ってたの?」

「ううん。その子は私がごはんをあげてる子なんだけど、おしっこに血が混じっていて、治療のために一時的にここに置いてるの」

「おしっこに血? それは大変……。だけど、おしっこに血が混じっているって、どうしてわかったの?」

「私、猫たちをきちんとチェックするほうじゃないけど、その子の生きたいって気持ちがそうさせたのか、私の目に入ったんだ。私の前でおしっこをして、それが真っ黒だった。病院に連れていったら、腎臓がどうとかで、今、処方された食事をあげてる。一ヵ月たつけど、だいぶよくなったよ」

私がベッドに腰かけて頭をなでると、黒猫はゴロゴロと喉を鳴らした。

「野良なのにずいぶん人になついてるね」

「うん。この子も誰かに飼われていたみたい」

「かわいい。治療費、だいぶかかったでしょ」

「百万ウォンをちょっと超えたかな」

「えっ、留学費用を貯めてるところなのに？」

「ほんと。誰かが出してくれても足りないくらいなのにねえ」

ヘジョさんはため息をついて笑った。いつも笑顔のヘジョさん。小さい部屋の中には、小さいベッドが一つとカバーをかけたハンガー、とても小さい流しと、その横に小さい冷蔵庫があった。それから、これまた小さい折りたたみ式の食卓。これだけでもう部屋はいっぱいだ。そして、こんなに小さいのに、部屋は息苦しいだけで、ちっとも温もりが感じられない。

「ヘジョさん、月五十万ウォンなら、もっといい家を借りられると思うんだけど。ここは雰囲気のいい町でもないし、家もちょっとね……。時間がないなら、私が探してみる。引っ越すつもりはないの？」

「引っ越しか。そのつもりはあったんだけど。家賃もしんどいし。私、ほかの所もこのぐらい高いと思ってたの。自分で部屋を借りて住むのは初めてだったから。今まで留学準備で時間もなかったけど……しばらくソウルにいることになったから、引っ越してみようかな」

ヘジョさんが行くつもりだった大学のドラマセラピーの教授が、九月の新学期からソウルの大学に来ることになり、その教授の仕事を手伝いながら勉強を始めないかという提案があって、そうすることにしたそうだ。

「よかったね。それって、いいことなんでしょ?」

「うん。留学期間も短縮できるしね」

「じゃ、引っ越しなよ、ぜひ」

ヘジョさんを急かしていたら、小さくて殺風景な部屋に申し訳ない気持ちになった。誰からも愛されなかったであろう部屋。ヘジョさんともさほど心が通じ合っていないようだ。同じ部屋でも家賃が手頃だったら、愛情をこめてきれいに手入れをし、愛着を持って住む人がいたかもしれないのに、家賃が高いせいで冷たくされてきた部屋。ヘジョさんは、まるでペルーやトルコの見知らぬ町で何日か泊まるかのように、その部屋で過ごしているみたいだ。獣と雨から身を守れる所に体を横たえられれば十分、思い立ったらいつでも立ち去れる場所……。ここがどんな所だったか、おそらく後で何も思い出せないだろう……。

「この子、治療が終わって外に出したら、すぐに再発しない?」

「私がちょっと関わってる猫の保護施設で、面倒をみてくれることになったの」

「本当? よかったね!」

「でしょ。だけど、そこには一年しかいられないの。それまでにもらい手が見つからなければ安楽死。施設はすごくよくて、職員の人たちも立派なんだけど……。ほかの猫たちも受け入れるには、そうするしかないみたい」

「あ……」

黒猫は床に下りてヘジョさんの脚に頭をこすりつけた。ヘジョさんは「よしよし」と言って、私が買ってきたチーズケーキを二切れ皿に乗せて、折りたたみ式の食卓に置き、冷蔵庫からマンゴージュースを取り出して、ガラスのコップに注いだ。ヘジョさんの小さい冷蔵庫はほとんど空だった。食事も家であまりつくらないのだろう。

「たまらない味！　私、甘いものを食べちゃいけないのに。太っちゃってもう死にそうなんだけど、おいしいわ」

ケーキをほおばりながら、ヘジョさんは何気なくノートパソコンのスペースキーをポンと叩いた。モニターが明るくなったので視線をそらそうとしたが、できなかった。

仁川《インチョン》南東区の地下駐車場で、病気の猫とその仔猫たちが危険な環境で暮らしているそうです。詳しくは、http://cafe.naver.com/poorcat/18762　一時的な保護やその他ヘルプが可能な方は連絡ください。

ヘジョさんは、コミュニティサイトから会員宛てに一斉送信されたメッセージを読んでいる途中で、私を迎えに出てきたようだった。

「悲しいことが多すぎる……」

ヘジョさんはつぶやいて、甘い甘いマンゴージュースをごくごく飲んだ。私もマンゴージュースを一口ずつ、締めつけられるような喉元に流し込んだ。

「誰か連絡したかな」

「そう願いたいね。してるよ、きっと……」

「調べてみてよ」

「調べてどうするの？　仁川に住む会員にもいい人はいっぱいいるよ。信じて任せよう。みんな自分のエリアを面倒みるだけでも大変じゃない」

ヘジョさんはカーソルを「削除」に持っていったが、そのままパソコンを切った。

大人になるということ

三姉妹だと思っていた坂道の三毛猫のうち、一匹はオスだった。二匹は妊娠してお腹がふっくらしてきたが、模様が派手で獰猛なやつだけは痩せていた。オス猫は末っ子のようだった。

体も小さく、ごはんを食べる順番もなかなか回ってこなかった。

三匹はいつも仲良くごはんを食べていたのに、アビが去った頃から、関係が変わっていた。見た目にも頼もしい長女がまず皿を独占し、白い顔のおとなしい次女が隙を見て慎重に頭を突っこんでは、一口ずつその横で食べた。末っ子は二匹が食べ終えるまで、皿に近づくことすらできなかった。姉猫、特に長女が激しく威嚇するのだ。末っ子は顔をしかめて悲痛な声でギャーギャー鳴きわめいた。私は、ちょっと離れた所にごはんをもう二皿置いてやった。三匹がそれぞれ別の皿から食べられるように。これからはそうしたほうがよいかもしれない。けれど、皿をいくつも置いたら、毎回、全部食べ終わるまで待って、必ず片付けてから帰らなければならない……。どうしたものか。自分たちで、それぞれ勝手に序列に従って食べさせるほかなさそうだ。余裕のある日だけ三匹別々にあげることにして。

「どっちみちその子はよそで自分の縄張りを開拓しないとだめ。お姉ちゃんたちが赤ちゃんを産む場所だから。それが、力のない青少年オス猫の悲哀。お姉ちゃんたちもたぶん、二匹ともそこで子育てというわけにはいかないと思うよ。どっちかが動くことになる」

獣医のローラさんに話を聞いた後は、末っ子がますます気の毒に思えた。とりわけ食い意地が張っていて、おいしいものを見つけると、姉たちを差し置いて当然のように独り占めしていたのに、ある日突然状況が一変して、いじめられっ子になったのだから、ずいぶん混乱したことだろう。今さら、どこに行って、何をどうやって食べていけばいいのだろう。

不意に寂しくなった。人間もそうなのか？　和気藹藹と暮らしていた兄弟が、成人して自分の子どもが生まれると、目つきまで冷たくなり、突然他人のような存在になる。それぞれが生存を脅かすライバルにすぎないかのように。大人になるということは、寂しくて恐ろしいことのようだ。動物の世界ではなおさらだ。

三毛たちがごはんを食べているとき、二人のおばあさんが坂道を上ってきた。

「ごはんをやっているのかい？」

私はビクリとして口をつぐみ、おばあさんたちの表情をうかがった。私の警戒心を察したのか、話しかけてきたおばあさんが「猫にまったく敵意なし」と目で伝えてきた。

「この子らの母親が最近見えないねえ」

「この子たちの母親をご存じなんですか？」

「もちろん。茶色の猫だよ」

坂道を縄張りにしている茶色の猫だとしたら、ベティ？

「この子らといつも一緒にいたのにねえ」

私は思わず笑った。

「ちがいますよ。あの子はこの子たちの母親じゃありませんよ。私がこの子たちに初めて会ったときから、四匹とも同じくらいの大きさでしたよ。兄弟の可能性はありますけど」

「嘘じゃないよ。老人会館の屋根の上で仔猫を産んで育てているのを全部見たもの。チビたちを引き連れて歩いていたんだから。そうよね？」

同意を求められた隣にいたおばあさんは、孫の顔でも思い浮かべるかのように顔をしわくちゃにして頷いた。

「そうそう。母親は茶色の猫。この子らはその子ども」

「本当ですか?!」

私に驚くべき事実を教えてくれたおばあさんたちは、坂を上っていった。そんなことってある？　ベティが三毛たちの母親？　言われてみれば、末っ子が凶暴になるまでは、体の小さいベティがどこかボスみたいに見えた。体が小さいのでわからなかったが、もしかしたらベティは意外に大人なのかもしれない。知り合ってからというもの、ベティはいつもお腹が大きかった。今も妊娠中で、私が知っているだけでも三回目だ。これまで、どこで赤ちゃんを産んで、どうやって育ててきたのか……まともに世話はできたのか……。それはそうと、三毛たちがベティの子どもだとしたら、あの末っ子、あれは実に無礼者だ！

最近、ベティのごはんは、下の通りのある路地を入ったところでやっていた。ベティはもう坂道にはあまり姿を現さない。坂の下の通りは、牛乳配達店に美容院、古着屋、仕立て直し屋、食堂、クリーニング屋などが並ぶ一方通行の道だ。その小さな店の主人たちは、ベティをずっと前からよく知っていた。そのうち三、四人から、ベティは地域猫としてかわいがられ、チキンや牛乳などをしょっちゅうもらって食べていたようだ。

たえず妊娠しているのは健康にもよくないだろうと思い、ベティだけは避妊手術をしてやることを考えていた。避妊手術をして、ある程度傷が治るまで面倒をみるとしたら、一週間くらい必要だ。しかし、仔猫たちは生後二ヵ月まではお乳を飲むから、その間は母親と切り離すことはできない。ベティはその二ヵ月も待てずにまた妊娠してしまった。恋多きベティ、あんまりじゃない。

アビがほかの猫たちとうまくやれたのは、性格がよかったからだけでなく、去勢していたことも大きかったと思う。ほかの猫たちにとって、快活で頼もしいお兄さんだったアビ。永遠なる少年アビ。すてきなアビが子孫を残せないのは残念だけど、わからない。みんな手術をして、いつまでも少年少女のようになごやかに暮らすのがよいのか、それぞれ大人になって、自分の家族を率いて散り散りになり、その家族もまた同じ過程をたどるのがよいのか。

個体の幸せだけを考えるなら、手術をするのが正しいような気もするが、わからない。とにかく、ベティ、悪いけれど、おまえは避妊手術をしようね。もう赤ちゃんはたくさん産んだじゃない。その子たちはみんなどこで暮らしているのやら……。

十九歳ですって

ある日、坂道を上っていくと、誰かが地面に膝をついてお尻を高くあげた姿勢でソナタの下をのぞいていた。私は急いで駆け寄った。近くまで行くと、赤いボーダーのTシャツがめくれあがって、ジーンズの上になめらかな腰が十五センチほど見えていた。

「何をしてるんですか？」

なめらかな腰がもぞもぞと上体を起こしてこちらを向いた。べべチキンの配達員だった。

「猫にチキンをあげてるんだけど」

「チキン？　骨は取った？」

「いや、そのまま。骨は勝手に残すでしょ。よく食べてるよ」

「よく食べるでしょうよ、バカ！　鶏の骨を食べたら猫たちが危ないの、知らないの？　鶏の骨は針みたいに砕けるから、飲み込んだら胃とか腸とか、傷つけちゃうんだってば。ちょっとどいて！」

私は、目をぱちくりさせるべべチキンの配達員を押しのけ、車の下をのぞきこんだ。好物を食べるときの「ニャオンニャン、ニャオンニャン」という歓声をあげながら、三毛たちが夢中でチキンを食べていた。末っ子は隅のほうで大きめのチキンにかじりつき、姉たちはチキンの山のすぐ横にいたが、私が手を伸ばすと、一つずつくわえて奥に引っこんだ。私は手の届くチキンをすべて取り出し、婦人会長さんの目も避け、強い日差しも避けられるよう、坂の反対側の路地にある駐車場へ持っていった。アビと遊んでいた場所だ。アビはチキンが好きだったっけ？　よく覚えていない。何かの席でチキンが余れば、持ち帰って、ここの猫たちにやったことも何度かあったけれど……。

チキンは実に大量にあった。肉と皮と軟骨を懸命により分けていると、隣にしゃがんでいたベベチキンが言った。

「わ、おまえ、骨を取るのうまいな！」

「こうやってあげなきゃいけないの。あんたもやってみなよ」

「あ、俺はムリ。骨だけ残るのが気持ち悪いし、怖い」

私はベベチキンを横目でにらんだ。にらみつけようとした相手の目は、とてもきれいだった。まつ毛も牛のように長かった。

「あんた、チキン食べられないの？」

「食べるには食べるよ。好きじゃないけど。炭火で焼いた胸肉は好き。それにしても、こんなきれいに裸にされた骨、初めて見るな」

「私、もも肉は少し食べたけど、猫にあげるために骨を手で取るようになってからは、もも肉もちょっと嫌。鶏肉には抗生物質がいっぱい入っていて体によくないっていうから、特に残念でもないけど」

「ベベチキンの鶏肉はちがうよ。抗生物質を使わないで育てた鶏だけを使うんだ。油もいつも最高級品のきれいなのを使うし」

「そういう宣伝、見たことある。だけど、それを鵜呑みにはできないじゃない」

「うちの父さんと母さんは正直だよ。信じても大丈夫」

「あら、両親がベベチキンをやってるの？」

「うん」

「えらいね。家の手伝いをしてるんだ」

私の言葉にベベチキンは「まあね……」と口ごもり、顔をほんのり赤らめた。

「もうちょっとだけあげて、残りは持って帰るね。冷蔵庫に入れて、後でまたあげる。いっぺんにたくさんあげると、残って虫がわいて臭くなるからだめ。傷んだものを食べてお腹をこわすこともあるし」

「そうなんだ……。おまえ、頭いいな」

私が立ち上がるとベベチキンも立ち上がり、私が歩くとベベチキンも私の隣を歩いた。三毛たちにそれぞれチキンをやって、坂を下りた。べべチキンは塀のわきに停めてあったバイクをずるずる押して、ついて来た。

「おまえの名前、ファヨルだろ？」

「うん。なんで知ってるの？」

「コンビニでそう呼ばれてるの聞いた。俺はピルヨン。ユン・ピルヨン」

「ピルヨン？」

名前を聞いた瞬間、噴き出してしまった。

「ごめん、ごめん」

「いいさ。俺の名前、ウケるだろ？」

「うん。今どき、はやらないかもね。だけど、苗字と一緒に聞くと、偉い人の名前みたい」

「そう？　ユン、ピル、ヨン。そうかな？」

ピルヨンは半信半疑ながらも、うれしそうにした。

「おまえ、何歳？　俺は十九」

ピルヨンが聞いた。

「私は二十歳。お姉さんって呼んでちょうだい」

「俺のほうが年下かあ。だけど、お姉さんって呼ぶのは嫌だ。俺、姉ちゃんいるんだもん。普通にファヨルって呼ぶよ」

「お好きにどうぞ」

よろよろとバイクを押しながら、しばらく黙って歩いていたピルヨンが言った。

「惜しいな。おまえ、誕生日、何月？　やっぱり俺をお兄さんって呼ぶのは無理？」

「バカ言うんじゃないわよ。まったく、失礼ね！」

私は笑い飛ばした。別れ際に、ピルヨンが心配そうに聞いた。

「猫たち、鶏の骨、大丈夫だよね？」

「今回は大丈夫だと思う。すごくお腹が空いているときじゃなければ、骨まで噛み砕いて食べないだろうから」

ピルヨンは素直な表情で頷いた。それから、真面目に言った。

「ファヨル、今日は会えてうれしかった。これから仲良くしよう」

私は笑いながらピルヨンの顔をしげしげと見た。整った、やさしそうな顔だった。

「どうぞお好きに」

ピルヨンが右手を差し出した。私も向き合って手を伸ばした。ピルヨンは力いっぱい握手をした後、バイクに乗ってブルルンという音とともに遠ざかっていった。あ、そうそう、バイクじゃなくて、モーターサイクル。

モッポはハングだ

ピルヨンは、彼が乗りまわすものをバイクと呼ぶとふくれる。

「バイクだもん、バイクって呼ぶよ。でなけりゃ、なんて呼ぶの？」

「モーターサイクルと呼んでくれ」

「いいけど、バイクだろうが、オートバイだろうが、モーターサイクルだろうが、結局同じじゃないの？」

「ま、意味は同じだけど、バイクっていうと配達用のが思い浮かぶだろ？」

「実際、配達用じゃない」

「そうだけど、俺のはほかの配達用とは機種がちがうんだよ」

そして、カブがどうで、五十ＣＣがどうで、四百ＣＣがどうでと、しばらく説明した。つまり、ピルヨンのバイクはほかのベベチキンのバイクより少しハイクラスの百二十五ＣＣで、少し前に小型二種免許の試験を受けたが落ちて、いつの日か千二百ＣＣのハーレーダビッドソンを持つのが夢、と要約できる。

「配達のバイクは免許がなくてもいいんでしょ？」

「あれも原付の免許がいるよ。俺、十六のときに取った」

「すごい！　それで十分じゃないの？　もっと免許が必要？」

「もちろん。排気量が大きくなると最高速度があがるんだ。スーパーバイクのマシンなんかだと、並の自動車よりも威厳があるよ。前に立ったら完全に圧倒されちゃうぜ」

ピルヨンは夢見る目つきになった。

「うん。私もそういうバイク見たことある。かっこいいよね。威風堂々っていうか」

「あ、またバイクって言った！　モーターサイクルは俺のロマンなのに。バイクっていうとなんか、足を引っ張られる気分。おまえも若いくせに、バイクだなんてババくさいな。今どき、誰がバイクなんて言葉使うんだよ、うちの母さん以外に」

私はじっくり考えて答えた。

「みんなバイクって呼んでると思うけど？　モーターサイクルって呼ぶ人、一人もいないよ」

「うげ〜」

もしかすると、私が同年代の人たちと離れて暮らしすぎたのかもしれない。

「ファ《火》ヨ《曜》イル《日》！」

坂道で偶然出会った数日後、コンビニに向かっていると、ピルヨンに後ろから大声で呼ばれた。私はドキッとした。ファヨイルは小学校四年生までの私のあだ名だ。転校後は一度も耳にすることなく、忘れてしまっていたあだ名。私は不思議な気分になって、ぼんやりとピルヨンを眺めた。この子、もしかして、あのとき同じ学校に通っていた友達？

講堂に新入生を集めてオリエンテーションをした日のことだ。背が高いので目についたのか、体をほぐすリズム体操の時間に、先生と一緒に手本を示す生徒として前に呼ばれた。ダンスの先生がマイクで「名前は何ですか？」と聞いた。「ファヨルです」と答えると、先生は「ファ《火》ヨ《曜》イル《日》？」と聞き返した。私は「いいえ、ファヨルです。イ・ファヨルです」とはっきりと答えた。

「あら、ファヨイルかと思ったわ。ファヨル！」

ダンスの先生のほがらかで明るい声が今でも耳に鮮やかだ。鈴を転がすような澄んだ先生の笑い声に続き、講堂内はどっと笑いの渦に包まれた。それから、私のあだ名はファヨイルになった。

ピルヨンってやつは、あだ名のつけ方まで完全に小学生レベルだ。ふふ、かわいい。ピルヨンが自分のあだ名はヨンピルだと教えてくれた。ピルヨンのほうがあだ名っぽい。名前とあだ名の話が出たついでに言うならば、ピルヨンの家の犬の名前はモッポだ。モッポはマルチーズの血が入った白い犬だ。ピルヨンがコンビニに何度か連れてきて、三人で一緒に南山を散歩したこともあった。

「なんでモッポって名前にしたの？」

「最初はハング《韓狗》ってつけたんだ」

ハングは韓国の犬という意味だという。ピルヨンの単純さがわかる。

「俺が〝ハングだよ〟って言ったら、父さんが〝ハング？　映画の「木浦《モッポ》はハング《港》だ」のハング？〟って言うんだ。そのとき、ピンときてね。モッポ、いいじゃない？　モッポはハング《韓狗》だ、覚えやすいし」

うんうん、そうだね、ふふっ……。

ちぐはぐ耳のベティ

ベティが坂の下に縄張りを移した後、私は自然とその通りの人たちと顔見知りになった。ベティが去年の秋、古着屋の屋根に子どもを産んだという話も聞いた。夜通し仔猫たちが天井を駆けずり回ってうるさくて仕方なかった、と古着屋のおばさんは人がよさそうに笑った。

「この子、いい子よ。そんなにかわいがっているなら、連れて帰って飼ったら？」

そんなに猫がかわいいなら連れて帰れと、これまで何度も言われてきた。しかし、こんなに真心をこめて言われたのは初めてだった。

「家で飼うほどの余裕はなくて」

「たしかに。私だって余裕ないわ」

おばさんは頷いた。古着屋のおばさんに負けないくらい、仕立て直し屋のおばさんもベティをかわいがっていた。それで、仕立て直し屋の前でごはんをあげていたが、そのうちベティのキャットフードをその店のおばさんに預けることにした。

「あいつ、もう何匹子どもを産んだかわからん。休みなく次々産んでるみたいだぞ。捕まえて手術したらいいと思うんだけど」

人が飲む牛乳を猫が飲むと下痢するので、あげないようにと頼んでも、しょっちゅうベティに牛乳をやる牛乳屋のおじさんが、心配そうに言った。

「実は私も、子どもを産んでひと月たったから、子どもたちが乳離れしたら、手術してやろうと思っているんです。知り合いに頼んでおきました」

「それはよかった。いつも考えてはいたんだけど、どうしようかと思ってたのさ」

牛乳屋のおじさんが自分のことのように喜んでくれて、うれしかった。それはそうと、ベティは今度はどこに産んだのだろう？　坂の下の通りの人たちもみんな知りたがっていた。

そんなある日、ベティが姿を消した。一日、二日、三日、ごはんを食べに来ないと、仕立て直し屋のおばさんもずいぶん心配していた。四日、五日たって、ベティは忽然と戻ってきた。片方の耳を半分も切られた姿で。仕立て直し屋の前に寝そべっていたベティは、私を見るとニェ～と鳴きながら走ってきた。

「ベティ！　おまえ、どこに行ってたの？」

うれしさのあまりベティの頭をなでようとしたら、ベティが身をすくめた。

「何をされてきたんだか、いつもビクビクしてるよ。前はそうじゃなかったのに。耳も切られちゃって。誰かが言うには、避妊手術したらしいんだけど」

「えっ、そうなんですか？」

ベティのお腹は相変わらずぽっこりしていた。ベティはいつもお腹がぽっこりしている。ベティをひっくり返してみたら、無造作にブスリ、ブスリと六針くらい縫った痕があった。

「本当に避妊手術してあります！　だけど、何ですか、この縫い方は」

「でしょ。適当に縫ったみたいだよね」

仕立て直し屋のおばさんが嘆かわしそうに言った。私は薬局へ走り、消毒薬と軟膏を買ってきた。手術の痕が赤く腫れていた。

人懐っこいベティを捕まえるのは誰でも簡単だったはずだ。手術をしてくれたのはありがたい。そして、何よりもありがたいのはベティが戻ってきたことだ。けれど、一体どんな病院で手術をしたのだろう。飼い主のいない猫だからって適当に処置をしたのだろうか。それとも、腕の良くない医者の手にかかったのか。耳はどうしてまた、あんなにバッサリ切られてしまったのか。野良猫に避妊あるいは去勢手術を施したら、そのしるしとして耳の先を切ることになっている。普通はほんの少し切るだけで、半分近くも切ったりはしない。雨の日は、雨水がベティの耳の中まで入ってしまうだろう。ものすごく腹が立った。でも、帰ってきて、本当によかった。連れていった人が元の場所に戻してくれたのか、手術の後、適当に放されてベティが自力で戻ってきたのか、誰にもわからない。

仕立て直し屋のおばさんは、ベティが哀れだったのか、店の入口の前に発泡スチロールの箱で小屋をつくってくれた。これからはそこがベティの家だ。いつもベティがどこに住んでいるのか知りたかった。会いたくても、どこに住んでいるのか知らないから訪ねることもできなかった。今、私はベティの家を知っている。

それはそうと、ベティ。おまえが最後に産んだ子どもたちはどうしたの？　ベティが捕まっている間に、ベティの子どもたちはどうなったのだろう。

ハッピーバースデー・トゥー・ミー

コンビニの仕事を終え、ちょうどバス停に停まっていたバスに乗った。道は空いていて、バスはすいすい走り、七分くらいで着いた。今にも市場の門から出ていこうとしていた鼻の黒い猫が、私を見てついてくる。魚屋の陳列台の下からも三毛猫が一匹出てくる。市場は薄暗い。奥が住まいになっている肉屋と干物屋のガラス越しに青っぽいテレビの光が漏れてくる。靴屋とお膳屋と鞄屋の先、今は空き店舗になっている所が私の家の一階だ。店のガラス戸には「テナント募集」と書いた紙が貼られている。そのガラス戸に沿って縁側みたいに突き出した陳列台がある。その下が猫のごはん皿を置いておく場所だ。皿を取り出し、キャットフードを山盛りにして、陳列台の奥深くまで押しこむ。人目に触れないように。三毛猫は陳列台の下にもぐり、鼻黒は私の後ろをずっとついてくる。「どうした?」と聞くと、舌なめずりして、じっと見上げる。

「ごはん、自分だけ別に欲しいの?」

鼻黒が頷いているように見える。私はティッシュペーパーを一枚出して、キャットフードを一つかみのせる。鼻黒がコリコリ噛んで食べる。「じゃあね」と挨拶して階段を上る。狭くて急な階段だ。

二階は、私の家の玄関と、隣の家の玄関が向かい合っている。ドアを開けて入り、階段をもう一階分上る。この建物は三階建てで、一階は店舗、二階は台所のほかに大きい部屋と小さい部屋が一つずつある。大家さん夫婦がそこに暮らす。三階には私が住んでいる台所のついた部屋とトイレのほかに、広めの部屋が一つある。そっちの部屋では、大家のおばさんがギターを弾いたり、宅建の試験勉強をしたりする。かつては、旦那さんの両親と妹さん、息子さんも一緒に大勢でにぎやかに暮らしていたが、両親は亡くなり、妹さんたちは嫁ぎ、息子さんは調理師として就職して出ていき、月に一、二回顔を出すだけだそうだ。

私の部屋は、一人で暮らすには十分な空間だ。冷蔵庫、ベッド、オーディオ、テレビ、机、箪笥、すべて入っている。台所はガスコンロのついた小さな流しがひとつあるだけで、何もなくて広々している。セメントを敷いた床には排水口もあるので、洗濯もできるしシャワーも浴びられる。

この市場にある建物は、ほとんどが築四十年以上だそうだ。再開発の話が出始めたのは三十年以上も前だが、今こそ本当にその日も遠くないという。建物はすでにくたびれ果て、客足もほぼとだえた昔の市場の真ん中で、もっぱら再開発だけが夢という生え抜きの住民たちが聞いたら怒るだろうが、私はこのままがいいと思っている。都市ガスが来ていないので、深夜電気を使ったパネルの床暖房だが、四方をほかの家に囲まれているせいか、少ない電気代でもけっこう暖かく冬を過ごすことができた。

だいぶ前に、内職の工場にするために簡単な小さな部屋を二つつくったという屋上は、こじんまりした特別な空間だ。洗濯物を干したり、植木鉢に水をやるとき以外は誰も上がってこないので、いつもひっそりとしている。夕方、屋上に出て西の空を見ると、一面に広がる夕焼けが美しくてくらくらしそうになる。南山や米軍基地や汝矣島《ヨイド》で花火大会をするときの贅沢な眺めも自慢のひとつだ。

古い木製のドアにぶら下がった南京錠をあけて入り、スイッチを入れた。

「ほんとに昔の家だね！」

いまだにこんな南京錠を使っている家があるのかと、ティンクルさんがめずらしがっていた。私はこの南京錠も好きだ。ゴキブリがサササッと流しの下に走っていく。練炭をくべる焚口のついたかまどの上に食卓の天板をのせ、その上に鏡と洗面道具を置いた。食卓の天板は道端で拾ってきたものだ。かまどの中にはまだ練炭の灰が残っている。今は湿気を吸っているだろう白い練炭の灰。最初に見たときは捨てようとしたが、特にそこに入れたいものもなくて、そのままにした。

シャワーを浴びて部屋に入り、パソコンのスイッチを入れた。「お誕生日おめでとうございます！」。メールが来ていた。開けてみたら、インターネットショッピングモールから送られたものだった。

「世界でたった一人のイ・ファヨル様のお誕生日を心からお祝いいたします。すてきな一日をお過ごしください！」

そういえば、今日は私の誕生日だった。思わず、「ありがとうございます！」と返信しそうになった。

私の誕生日はもう何分も残っていなかった。毎年誕生日を祝ってくれるおばは、今、ウンギョンとアメリカに行っている。私の誕生日はあと三分で終わる。私はろうそくを点し、蛍光灯を消した。そして、目を閉じた。

「お父さん、お母さん、私をこうして健康に産んでくれて、ありがとうございます。どこにいようと、幸せでいてください。私を守ってください。神様、母と父を守ってください」

そして、ろうそくを吹き消し、パソコンのモニターをぼんやりと眺めた。毎年、大晦日の晩、どこにいても、除夜の鐘が聞こえてくると誰にともなく祈った。母、父、母方のおばの家族、父方の伯母の家族、そして、私を知るすべての人々、世の中のすべての人々を幸せにしてくださいと。去年からは、バリイモファミリーと猫たちも加わった。今年はピルヨンのためにも祈ろう。

この世に生を受けたすべてのものたちが、どうか幸せでありますように！

ご近所の愛されっ子

ちぐはぐ耳になって帰ってきたベティが、仕立て直し屋の前に家を構えてひと月ほどたった。雑な縫い痕は、幸いきれいに治った。ひと月のうちに、ベティはびっくりするほど巨体になった。みんなから妊娠したのかと言われるくらい太った。そのたびに「ちがいます。太っただけです。赤ちゃんを産めないようにする手術をしたんです。見てください。そのしるしに耳を切ってあるじゃないですか」と力説するのは、ベティがここで暮らすための通過儀礼をパスした猫だという事実を周囲に知ってもらうためだった。哀れにもバッサリ切られてしまったベティの耳は、猫たちが人間界で暮らすための永住権も同然だった。この国ではまともに認めてもらえない永住権だが。

それでも、ただ通り過ぎずにベティに声をかけてくる人たちは、猫がさほど嫌いではない。「そうだったの。どうしてそんなに耳を切っちゃったの？」という人も、「お腹が地面につきそうだけど。やっぱり妊娠してるんじゃない？」という人も、「これが猫？　ブタじゃなくて？」という人も、ベティを見る視線は温かい。実際のところ、ベティは気がかりなほど太っていた。

ちょうど、ある文芸誌で、腕の悪い悪質な獣医が、TNR[*28]の助成金欲しさに、捕獲屋が無作為に捕まえてきた野良猫の腹部をただ切り開き、肝心の手術はせずに縫合してまた放す、という小説を読んだところだった。本当にそんな獣医がいるのだろうか。ベティはそういう獣医にひっかかったのではないか。いずれにせよ、あれほどお腹がふくれているのは、妊娠したか、何かの病気にちがいなさそうだ。私は急に怖くなり、ヘジョさんに助けを求めた。

「うちの近くにTNR病院があって、そこでレントゲンでも撮ってもらおうかと思うんだけど。そこまでベティをどうやって連れていくかが問題なんだ」

ヘジョさんは、アビをジェームスさんのところへ連れていくときに車を出してくれた友達と私をつないでくれた。彼女は、二つ返事で引き受けてくれた。ヘジョさんには、「悪い女。いつも自分が用事のあるときだけ電話してくるんだから」とぶつくさ言っているらしい。

約束の日、少し早い時間にベティを見に行った。ベティは私を見るとニェ〜と鳴きながら寄ってきて、地面にごろりと仰向けになった。丸々したベティがどてっと横になって、あっちにごろり、こっちにごろりと寝転がる姿は、言いようもなくかわいかった。思い切りなでてやった。ベティは私の手をやんわり噛んだ。かぷかぷ。なんて愛らしいのだろう。

「私が濡れタオルでいくら拭いてやったところで無駄だね。そうやって、どこででもゴロゴロしちゃうから、すぐに汚れちゃって」

開け放ったドアの内側で、ミシンの前に座っていた仕立て直し屋のおばさんが、笑いながら大声で言った。通りすがりの小学生の男の子が「かわいい！　触ってもいいですか？」と言って、隣にしゃがみこむ。「いいよ」と答えると、男の子がベティの頭をなでた。ベティは最初はビクリとしたが、じっとしていた。

「ぼく、ねこ触ったの、初めてです。とってもかわいい」

「でしょ？　かわいいでしょ？」

私たちがはしゃいでいると、おじいさんが一人、足を止めて「家で飼ってる猫かいね。かわいいのう」と言った。おばさん二人も「猫のくせにずいぶん人懐っこいね」、「野良なのにおとなしいわね。道の真ん中であんなことして」と言った。にこにこ笑顔で見下ろしていた若い男女も、隣にしゃがみ込んで「かわいいね」とベティをなでた。彼氏のほうが「牛乳を買ってこようか？」と言って立ち上がったので、私がすかさず「猫は人間が飲む牛乳を飲むと下痢をしちゃうんです」と言うと、「そうなんですか？」と言って、残念そうな顔になった。

プップー！　クラクションが鳴った。軽トラックだった。ベティを囲んでいた人々が笑顔で道を開けた。軽トラックの運転手は何事かと、徐行させた車の窓から頭を突き出してじろじろ見た。軽トラックから桃とブドウの香りがぷんと漂った。

「産地からもぎ立ての桃がひと山五千ウォン！　あま〜い果汁たっぷりの桃がきましたよ〜！

あま〜い種無しブドウが一箱一万ウォン！」

何人かが果物売りのトラックのほうへ行き、ベティは私について仕立て直し屋に入ってきた。ベティをかわいがる人たちを見ると、うれしい一方で心配でもあった。人に対する警戒心がなさすぎると、いたずらをされやすいからだ。ベティ、誰にも隙を見せたらいけないよ。まずよく見て、危ない人は避けること。わかった？ 絶対だよ！

ベティは調理台のわきのセメント製の流しに入りこむと、洗面器からぴちゃぴちゃと水を飲んだ。おばさんが声をあげて笑った。

「まったくおかしいよ。水入れにあげた水は飲まないで、必ず洗面器の水を飲むんだから。いつもきれいな水を汲んでおくんだよ」

水を飲んだ後、ベティは流しの上の壁紙を楽しそうにガリガリ引っかいた。何度も引っかいたようで、そこはボロボロになっていた。

「ベティ、やめ！」

わきの下に手を入れて、ベティを壁から引き離した。空中に持ち上げられたベティが、脚をグーンと伸ばして、いたずらっぽく目を光らせた。ベティ、重いなあ。

「そこはいいよ。目立たないから。椅子は引っかかないでほしいんだけどね。全部やられちゃったよ」

「どうしましょう！　爪とぎ器が必要ですね」

おばさんは屈託なく笑ったが、とても申し訳なかった。今ではおばさんのほうが私よりベティと親しい仲かもしれないのに、私が申し訳なく思ってしまうのも、これまた申し訳なかった。

「ここかな？」

声がしたので振り返ると、ヘジョさんの友達だった。

「ベティを病院に連れていってくれる人です」

「ありがたいねえ」

仕立て直し屋のおばさんとヘジョさんの友達が挨拶を交わした。ヘジョさんの友達が「見事なデブ猫だね。何を食べてこんなに太っちゃったの？」とくすくす笑い、私は用意してきた合皮の大きなバッグにベティを入れて、胸に抱えた。心臓がドキドキし始めた。ベティが何かの病気ではないかとドキドキし、また妊娠ではないかと心配になり、おとなしいベティとはいえ、病院まで無事に連れていけるか、病院で素直に検査を受けられるかも、ただただ不安だった。なにしろ、ベティは誰かに捕まえられて病院で手術されたのだ。パニック状態に陥るかもしれない。


ベティ、大丈夫？

車の中でベティが鳴いた。いつものニェ～ではなく、初めて聞く悲しい鳴き声だ。

「ベティ、大丈夫、大丈夫だよ。すぐに帰るからね」

バッグをぎゅっと抱いて、やさしく叩いてなだめた。鳴き声はやんだが、バッグの中でベティが震えているのが伝わってきた。実際にはいくらでもない距離なのに、ずいぶん遠く感じられた。やっと病院の前に着いた。

ヘジョさんの友達は、「外で待ってようか？　それとも一緒に入ろうか？　長くかかる？」と聞いたが、「ま、いいか。一旦ここに停めて、ちょっと入るか」と自分で答えた。病院のドアを開けると、低い柵が膝にひっかかった。中で犬の吠える声がし、猫が二匹走ってきて、柵に前足をかけて出迎えた。白衣を着た獣医さんが、猫たちの後ろからきて、柵の鍵を外してくれた。

「避妊手術した野良猫なんですけど、お腹がすごくふくれてて。妊娠したんじゃないかと……」

「あ、電話をくれた学生さん？」

私は学生ではなかったが「はい」と答えた。獣医さんは私に頷いて、奥の診察台に案内した。その上にベティの入ったバッグをおろした。

「猫を出してください」

「おとなしい子ですけど、外で暮らしてる猫なんで」

私は、とても緊張してバッグを開けた。ベティはぶるぶる震えて、バッグのさらに奥にもぐりこんだ。

「ベティ、大丈夫だよ」

私はベティをやさしくなでながら、少しずつ引き出した。ついにベティの全身がバッグの外に出た。ベティは前足の間に顔を入れて、診察台の上に腹ばいになった。

「ベティ、大丈夫、大丈夫だよ」

ささやきながら、私はバッグを足もとにおろした。動物病院の猫たちが寄ってきて、バッグに鼻先を突っこむと、「あっちに行ってなさい!」と助手のおばさんが追い払った。

「どこで手術したの? 耳、ずいぶん切ってあるね。うちは先のほうを少し切るだけだけど」

獣医さんが憐れんだ。

「お腹、だいぶふくれてるなぁ」

ベティをチェックした獣医さんが心配そうにつぶやいた。

「避妊手術をしないで、ただ縫合することって本当にあるんですか?」

ヘジョさんの友達が聞くと、獣医さんは彼女をちらりと見て、困ったような表情で首を振った。

「さあねえ。そんな話は聞いたことないけど……。まさか、そんなことしますかね？　とにかく、超音波で見てみましょう」

横に立ってめずらしそうにベティを見ていた助手のおばさんに、超音波検査の準備をするよう指示した。助手のおばさんが、いろいろな器具の入った白い磁器のトレーを持ってきた。獣医さんは、磁器のトレーから大きなチューブを取り出すと、私に言った。

「超音波検査をするには、お腹にジェルを塗らなきゃいけないんで、猫を押さえていてもらえますか？」

私にできるだろうか。不安だったが、頷いて、尋ねた。

「検査って、時間かかるんですか？」

「いいえ、検査はすぐにすみますよ。動かないようにぎゅっと押さえていればいいんですけど、うちの助手は野良猫が苦手なんで。この子も学生さんが押さえてくれたほうが安心するでしょう」

私はさっきよりも強く頷いた。

「どうすればいいですか？」

「猫のお腹が見えるように、ひっくり返してください」

私は台にへばりついているベティのお腹の下に手を入れ、そっとひっくり返した。よし！　ベティ、私を引っかこうが噛みつこうが構わない。何があってもおまえを離さない。したいようにしなさい！　私はぎゅっと目をつぶった。目を開けると、いじらしい表情で私を見上げるベティと目が合った。うん、ベティ、私を信じて！

獣医さんが青っぽいジェルをベティのお腹の上に絞り出し、均等に広がるように伸ばした。「毛が長くなくてよかったな」とつぶやきながら。手の甲に少し触れたジェルはひんやり冷たかった。私はベティに顔を寄せ、「ベティ、大丈夫。すぐ終わるからね。大丈夫」とささやいた。ベティは少しも暴れずに検査を受けた。獣医さんはモニターをのぞきこみながら、超音波検査機をベティのお腹の上であちこち動かした。「赤ちゃんはいませんね……。肝臓もきれい……膀胱もきれい……」と言いながら。

ベティはデブ子！　おデブさん！

「はい、終わりです」

こらえていた息を一気に吐き出した。獣医さんはトイレットペーパーをちぎって私に渡し、「この猫、ずいぶんおとなしいね」とほめてくれた。私はトイレットペーパーでベティのお腹についたジェルを拭いてやった。

「猫はそのままにして、手を拭いてください」

「そのままでいいんですか？　ジェルを舐めると思うんですけど、大丈夫ですか？」

「アルコール成分だから、全部飛んでしまいます」

私は急いでベティをバッグに入れた。家で飼われている猫も、ベティほどの病院マナーは持ち合わせていないだろう。恐怖におののいて、獣医だろうが飼い主だろうが関係なく、噛みついたり引っかいたりする猫も多いと聞いた。あちこち逃げ回って、大変なことになるそうだ。

ベティはどうしてこんなにおとなしく、でんと構えているのか。誇らしかった。しかし、そんな騒ぎも、世の中の事情を知らない仔猫や、溺愛されて育った猫たちだからこそ起こせるものかもしれなかった。この世に頼れるもののない野良猫たちは、慣れない診察台の上で、猫を前にしたネズミのように足がすくんでしまうのかもしれない。いずれにせよ、ベティが私を信じてくれて、私は涙が出そうだった。

「お腹に子どももいないし、どこも問題ないですね」

獣医さんが明るい表情で言い渡した。

「じゃあ、お腹はなんであんなにふくれているんですか？」

「肥満です。太りすぎですね。ダイエットが必要です」

獣医さんは笑って診断を下した。ヘジョさんの友達も笑い、助手のおばさんも笑った。ああ、よかった。だけど、ベティ、ただの肥満だとしても、こんなに太っているのは困りものだよ。それはそうと、超音波検査をしたから、診察費はいくらになるだろう。そんな心配をしていると、意外にも、獣医さんは手を振っていらないと言った。ありがたかったが、それでは悪いような気がして、「これだけでも受け取ってください」と、一万ウォン札一枚を助手のおばさんに差し出した。助手のおばさんが獣医さんを見上げると、獣医さんはほほえんで頷いた。

「いや、私が出すよ」

ヘジョさんの友達が、素早く助手のおばさんの手からお札を取って私に戻し、自分の財布からお札を出して渡した。

「これは私が出さなきゃいけないんです！」

私がお札を返そうとすると、ヘジョさんの友達はどうでもよさそうに言った。

「誰が出したっていいじゃない。私が出したいんだってば」

助手のおばさんがにこにこ笑って、「ぐるぐる回るお金ですね」と言った。病院を出てくるとき、心は飛ぶように軽かった。

「ベティ、ベティ、ベティちゃん！　ベティはデブ子！　おデブさん！」

ひとりでに鼻歌がこぼれ出た。ヘジョさんの友達はにっと笑った。

「ベティ、帰るよ。ご苦労さま」

病院では声ひとつ出さなかったベティが、車の中でまた悲しい声で鳴いた。ヘジョさんの友達は車を飛ばして、仕立て直し屋の前で私とベティを降ろし、帰って行った。仕立て直し屋に入ってバッグを開けてやると、ベティはすぐに出てきて、さっさと外にいった。

「避妊手術はちゃんとできているみたいです。妊娠もしてないし、体も健康ですって。肝臓もきれいだそうです」

私が報告すると、仕立て直し屋のおばさんも安心して、ため息をついた。

「食べすぎだよ。私以外にも、ごはんをあげる人がいっぱいいてね。あげないでって言っても、聞いてくれないのさ。あそこに住んでいるおばさんなんて、どこで仕入れてくるのか、毎日、ゆでた豚肉をどっさり置いていくんだから。見つけたらすぐに片付けてるよ」

「冷蔵庫に入れておいて、少しずつあげたらどうですか？」

「私が見てる前であげるんだったら、すぐに冷蔵庫に入れるけど、見ていないところでベティの皿に入れていくから、汚くてそのまま捨てることになっちゃう。わざわざサンマの缶詰を買ってきて、あげていく人もいるよ」

食べ残しのチゲを置いていく人もいるという。汁気の多い食べ物は、ハエが集まるし、すぐに腐って匂いがするので、仕立て直し屋のおばさんはとても嫌がる。猫は腎臓が弱い動物なので、塩分の多い人間の食べ物は、なるべく食べさせないほうがいい。飢え死にするよりは、そんなものでも食べたほうがましではあるけれど。私もベティの皿にいろいろなものを見た。天ぷら、トッポッキ、いか、焼き魚、刺身、スンデ、お菓子、パン、落花生……。干し柿も入っていた。表面に白く粉のふいた、ふっくらした干し柿で、一口かじってからやったのか、とろとろの中身が干からび始めていた。

「誰か値段のはる干し柿を投げ入れていったわ。もったいない」

仕立て直し屋のおばさんは、ベティの皿から干し柿をつまんでゴミ箱に捨て、顔をしかめた。ベティが食べないものもあるし、食べるとお腹をこわすものもあるが、ベティの皿に入れられた食べ物を見ると、道に住む猫に何か食べさせてやりたいという心が読みとれて、じいんとする。でも、ベティの健康を考えるなら、よくないことだ。

「私がちゃんと食べさせているのを知らないのか、夜中にベティの小屋の前にキャットフードを山盛りにしていく人もいるんだよ。ベティはそれもお腹いっぱい食べるだろ。太らないわけがないよ」

食事の制御ができないので、ベティはなす術もなく太ってゆく。何かよい方法はないだろうか。「食べ物を与えないでください。猫がお腹をこわします」と書いた紙をベティの小屋の屋根に貼っておいても、効果はない。

ときどき仕立て直しを頼みにくる近くの会社の女子社員が、ベティに高級キャットフードを一袋送ってきた、とおばさんがうれしそうに教えてくれた。ありがたい、ありがたい。私は一番安いキャットフードしかあげられなかったのに……。

八月のある日

人も車も多い、狭い一方通行なのに、事故が起きてもおかしくないほどスピードを出す車がたまにいる危険な通りではあったが、ベティに自分の住まいができたのは幸運だった。その通りで「口の立つ」信頼される住民である仕立て直し屋のおばさんに守られていることも、ベティの立場を強くした。あるとき、仕立て直し屋でベティと遊んでいるところに婦人会長さんが入ってきて、ぎくりとしたことがある。ところが、彼女にそんな面があったのかと思うほど、婦人会長さんは寛大で穏やかな眼差しでベティを見た。もちろん、私にはきまり悪そうにして、目を向けなかった。

「あら、姉さん、猫を飼ってらしたの」

えっ、姉さん？　仕立て直し屋のおばさんのほうが年上なのか。婦人会長さんは、見たことのないやわらかな物腰で言葉を紡いだ。これまでのいきさつを知っている仕立て直し屋のおばさんは、婦人会長さんと私がひとつの空間にいて、とても気づまりのようだった。それでも、ベティをかばい、ベティに対するおばさんの立場を明言した。

「この子は野良じゃないよ。とても人懐っこいんだから。かわいいでしょ？」

「えさをやり始めると、ほかの猫も寄りつきますよ」

いやみな一言を投げつけはしたが、ありがたいことに、婦人会長さんはベティを仕立て直し屋の「姉さん」の猫として受け入れることにしたようだ。これでもう安心というわけではないけれども。私は居心地が悪くてベティをなでていたが、それもやめて外に出た。ベティがついてきた。よたよた歩くぶくぶくのベティをどうしたものか。ベティを見て駆け寄ってきた幼稚園児が予想通り聞いてきた。

「お腹に赤ちゃんいるの？」

「ううん。太っちゃったの。この子は赤ちゃんができない手術をしたんだ」

子どもは言った。

「ほんとにデブだね。だけど、すごくかわいい！」

子どもがなでるのを偉そうな表情で黙認していたベティが、突然ぱっと立ち上がり、フゥーッとうなった。ベティはしばらくうなっていたが、低い体勢でお尻を振ると、一気に走っていった。まもなく、犬のキャンキャンいう悲鳴が聞こえてきた。

「やだ、ベティ！」

仕立て直し屋さんのおばさんが飛び出してきた。

「あの子、あの犬を見るといつも飛びかかっていくんだよ。ベティ、やめなさい、戻っておいで！」

仕立て直し屋のおばさんが呼び、婦人会長さんも「なんやの、あれ」と大笑いした。ぽかんと口を開けて見てみると、十メートル先にピルヨンとモッポがいた。モッポはピルヨンの後ろに隠れて痛々しい悲鳴をあげ、ピルヨンはリードを持った手を伸ばしたまま、モッポとベティをあきれたように見下ろしていた。ベティはモッポの頬に左右一発ずつ続けざまに猫パンチをくわらすと、意気揚々と戻ってきた。

「わあ、勇気ある猫！　犬と猫がけんかしたら、猫が勝つの？」

子どもが口をあんぐり開けて、ベティを尊敬の眼差しで見た。ピルヨンがモッポを抱いて、とことこ歩いてきた。おかしくもあり、すまなくもあったが、ピルヨンもまたおかしさと腹立たしさの入り混じった表情だった。

「ベティ、嫌だねえ！　どうしてそんなことするの？」

仕立て直し屋のおばさんは、ピルヨンに聞こえるようにもう一度ベティを叱ったが、ふりだけであることは明らかだった。表情と声からは笑いをこらえているのがありありとわかった。

「なんだって猫が犬を追い回して、犬が猫をこんなに怖がるのかね？」。婦人会長さんは首をかしげた。

「だけど、やさしい飼い主さんでよかったよ。ほかの人だったらベティを叱り飛ばしただろうに。ベティ、そのうちいつか犬に噛まれるね」

聞くところによれば、ベティがモッポを追いかけて猫パンチをくらわせたのは、一度や二度ではなかった。仕立て直し屋のおばさんにほめられて、ピルヨンは照れくさそうに笑った。

「まあ……、知らない猫というわけでもないので……ええ、はい……」

「お兄ちゃん、この犬、猫に勝つ？　負ける？」

子どもがしつこく聞くので、ピルヨンは困ったように笑った。

「犬、かわいい！」

子どもは「誰が誰に勝つか」から、モッポのかわいらしさに関心が移った。

「抱いてもいい？」

ピルヨンがモッポを子どもに抱かせようとして体を低くすると、ベティがそろりそろりと近づいてきた。モッポがビクッとした。モッポはもともとおとなしい性格だったが、体格でもベティにかなわなかった。ベティは肉がついただけでなく、骨格まで大きくなったように見える。少なくとも二歳にはなっているから、成長はもう止まっているはずだが、これまで栄養不足で育たなかった骨格が、今になって育っているのだろうか。体格はモッポの一・五倍、体重は二倍以上に見えた。そんな巨体が、それも犬でもないやつが、狩猟本能むき出しで追いかけてきたのだから、モッポはどれほど怖かっただろう。とにかく、犬の飼い主がピルヨンでよかった。

おばさんの顔色を見ながら、ベティの皿におやつをあげた。ベティが皿に鼻先を突っこんで食べ始めた。その隙にピルヨンとモッポを伴って急いでその場を離れた。

「心配だよ。ベティがほかの犬にも飛びかかったらどうしよう。モッポが怖がるから、ほかの犬も自分を怖がると思ってたりして」

「まさか、そんなことはないだろう。猫が犬を怖がるのは本能じゃないのかな」

「じゃ、なんでモッポには飛びかかるの？」

「さあねえ……。俺が最初にベティとモッポを会わせたとき、ベティを噛まないようにモッポをぎゅっと押さえていたら、ベティがいきなりモッポの顔を叩いたんだよ。で、モッポがキャンキャンわめいて。それ以来、甘く見られているのかも。モッポはもともと臆病なほうだし」

「おとなしいからね。だけど、私、ベティのあんなところ初めて見た。驚いちゃった。ベティもおとなしい子なのに」

私は立ち止まってしゃがみ、隣をちょこちょこ歩いていたモッポを抱きしめた。

「モッポ、ごめんんね。怖かったでしょ？　ベティはお仕置きするから」

モッポは息をハァハァしながら私の顔を舐めた。鼻の頭も、唇も舐めた。かわいいモッポ！ 笑い顔がピルヨンに似ている。

「ベティのやつ……。まったく、猫の分際で……」

「でも、猫は噛みちぎりはしないから……。モッポ、今夜はうなされちゃうね」

「いや、こいつはその場では大騒ぎするけど、すぐ忘れちゃうんだ」

「よかった。あんたに似たんだね」

「うん、俺に似てる。悪いことはすぐに忘れる！ ホイホイ～！」

いい声だ！ ピルヨンは歌を口ずさみながらぶらぶら歩いた。モッポがピルヨンと私の間をちょろちょろ行ったり来たりした。

「おまえ、どこに行くの？」

「図書館。あんたは？」

「おまえの行く所」

ふふっ。思わず、ピルヨンの肩を頭で突いた。ピルヨンは私より十五センチくらい背が高い。まったく風のない日だった。空には白い雲がぽっかりと浮かび、アスファルトの熱気がふくらはぎまでムンムン上ってきた。

「私、夏って好き。あんたは？」

「俺も夏、好き」

「ほんと？　私のまねして言ってるんじゃないよね？」

「ほんと。もともと夏が好き。うちの母さんに聞いてみろよ」

私は夏が好きだ。ピルヨンも夏が好きだ。夏、夏、楽しい夏。夏は大好き！　一年中夏だったらいいのに。甘いバラの香りが漂ってきた。顔を上げると、高いフェンスにはわせたバラが見事に咲いていた。私たちは夏の真っただ中を幸せな気分で歩いていった。

図書館の前の藤棚の下で、ピルヨンは私が図書館に入っていくのを見ていた。モッポを抱いて、気恥ずかしそうに立って。もう行くようにと手を振ると、ピルヨンはにっこり笑顔で頷いた。二階にあがり、休憩室のテラスから見下ろした。ピルヨンが図書館の入口を見つめて立っていた。「ピルヨン！」と呼ぶと、モッポと同時にピルヨンが見上げた。

「おーい、ファヨル！」

ピルヨンが勢いよく手を振った。私も軽く手を振った。

「私、もう入るから。じゃあね！」

「うん、元気でな！」

元気でな？　ピルヨンってば！　ふふふ。

「もうちょっと奥まった所がいいんだけど。吹きさらしなんだもの」

私の心配をヘジョさんは一蹴した。

「今の状態がベティには理想的だよ。長いこと外で暮らしてきた猫なんだから、今さら閉じこめられて暮らすよりも、今みたいに暮らすほうが幸せだって」

ベティはうまく適応していると思う。かつて有名なアパレルのデザイナーだったという仕立て直し屋のおばさんは、発泡スチロールの箱を二つつないでベティの小屋をつくる際に、あれこれと工夫してくれた。一目ではわからないが、ベティの小屋は後ろ側も出入りできる。ベティが中にいるときに誰かがいたずらをしようとしたり、捕まえられそうになっても、ベティが逃げられるようにしたのだ。小屋の道路側には植木鉢を二つ置いて、目隠しにした。狭いのが難だが、安全な小屋で、ベティはなかなか気に入っているようだ。たぶん、生まれて初めて手に入れた自分の家だろう……。

大威張りベティ

家ができてから、その通りはベティの縄張りになった。モッポを追いかけていって叩いたのも、縄張りを守ろうとしてかもしれない。最初、獰猛な三毛の末っ子が来ると、ベティはいつも怯えていた。しかし、いつからか、ベティが末っ子を怖がらなくなった。むしろ、末っ子がベティを怖がって、こびるように鳴いた。ベティは、自分の皿のおやつやキャットフードの残りに末っ子が手を出しても、目をつぶってやることがあった。しかし、それも次第に少なくなり、今ではやって来ない。かわいそうに。あの獰猛な末っ子がベティに怖気づいたのは、そこがベティの家のある、ベティの縄張りだからだろう。家があるというのは、そういうことのようだ。

私は最初、ベティをそれほどかわいがってはいなかった。ほかの猫たちが食べているところに遅れてやってきては、頭を突っこんで食べるのがお決まりだったので、遠慮のないやつだと思っていた。目ばかりが大きい薄汚い顔で、でしゃばりな猫がベティだった。ところが、ある冬の晩、雪が白く積もった車の下でごはんをやっていると、体の大きい黒白のオス猫が現れた。散らばってごはんを食べていた猫たちが凍りついたように動きを止め、私も「まずいことになった」と思った。すると、私の足もとで食べるのに夢中だったベティが「ギャオ！」と叫んで、一瞬のうちにその猫を追いかけていった。意外にも、その大きな猫はしっぽを巻いて逃げてしまった。ほかの猫たちは落ち着いてごはんを食べ始め、しばらくしてベティも戻ってきて食べた。私は感動した。チビのくせに、自分の仲間を守ろうと、身の安全も顧みずに飛びかかっていくとは。なんと義侠心にあふれ、勇敢なことか。急にベティがとてもかっこよく見えた。なぜだか、テレビで見た「ベティ・ブルー」[*29]という映画を思い出した。ベティの行動から感じた熱いものが「ベティ・ブルー」を連想させたのだろう。そのときからベティはベティになった。それまでベティはただの猫だった。今思えば、ベティと同じくらいか、ベティより大きいほかの猫たちは、みんなベティの子どもだったのだろう。それで、おチビのベティがボスの役目をしていたわけだ。ベティは強き母だった。

仕立て直し屋のおばさんは、三毛猫の次女もかわいがる。顔もかわいいし、性格もおとなしいと言って。おばさんは、ほかの猫が目につくようになったら近所の人たちから嫌がられないかと心配しながらも、何匹でも食べられるよう、ごはんをたっぷりと入れておく。家でもきっとやさしいお母さんなのだろう。

仕立て直し屋の隣も、向かいの店と同じく食堂で、そこは家庭料理の定食屋だ。その定食屋の角を曲がった路地に入ると、くぐり戸が一つある。この辺りの店が何軒か共同で使うトイレだ。定食屋の壁に沿ってエアコンの室外機を乗せておく棚があり、その棚の下に板切れが立てかけてあった。黒くて湿っぽい板切れだ。その前でベティが二本足で立ち、前足でガリガリ板切れを引っかいているのを見て、猫用の爪とぎ器を買ってやろうと思っていた。麻や綿のひもをきつく巻いてつくったものだ。仕立て直し屋の壁紙と椅子を引っかいていることがわかり、これ以上、先延ばしするわけにいかなくなった。ベティに買ってやりたいのは柱型の爪とぎだったが、置くのに適当な場所もないので、洗濯板状のものを選んだ。紫色のネズミの人形がついた、オレンジ色の爪とぎを持って仕立て直し屋に行くまでのあいだ、ベティが喜ぶ姿を想像してわくわくした。その上に寝転んで昼寝をしたり、ガリガリ引っかいて爪をとぐベティを早く見たかった。

ベティは暑い日差しを避け、向かいの食堂のバイクの陰で眠っていた。おデブさんのベティ。だらしなく横になっているので、巨大な餅をひっくり返したようにも見える。「ベティ！」と呼ぶと、ぱっと起き上がってニェ〜と鳴きながらついてきた。仕立て直し屋のドアを開けて入ると、作業台の前に座って仕事をしていたおばさんが振り返って笑顔で迎えてくれる。ベティが入った後、ドアを閉めた。

「ここでエアコンの風に当たるのが気持ちいいのかい？　ドアを閉めると、開けてくれって大騒ぎよ」

見つめるおばさんの足もとにベティがゴロリと横になる。

「涼しいだろ、ベティ？　たまに、大の字になって眠りこけているときもあって、笑えるったらないよ。ところで、それはなに？」

「爪とぎ器です。猫の好きなおもちゃで、これがあれば、椅子をガリガリやらないはずです」

洗濯板状の爪とぎを床に置き、ベティを連れてきた。おばさんと二人、期待でわくわくしていると……え、そんな！　爪とぎの上におろすや否や、ベティはダダダッと飛び降りて、遠くに行ってしまった。

「ベティ、なんで？」

もう一度連れてきて、今度はベティの前足をつかんで触らせてみる。

「ベティ、こうやるんだよ」

ベティは爪とぎには目もくれず、死にもの狂いで暴れて私の手をすり抜けると、外に出してくれとドアを引っかく。

「あ～あ、だめだね。ベティ、怖がってるよ」

「なにが怖いんだろう。ベティ、見てごらん。こう、こういうふうにやるんだよ」

私は手で爪とぎを引っかいて見せたが、残念ながらベティは見向きもしなかった。私ががっかりした表情を隠しきれずにいると、おばさんが気の毒そうに言った。

「そのまま置いていって。じきに慣れるだろうさ」

「だといいんですけど」

私は力なくつぶやき、ベティをなでてやった。勇敢なはずのベティ、何がそんなに怖いの？　似たような板で誰かに叩かれたことでもあるのだろうか……。変なことまで考えてしまった。

道で暮らすということ

夜十時。コンビニの仕事中に、仕立て直し屋のおばさんから電話があった。

「大変、ベティがいなくなった」

「ええ?!」

「昼間、私が店を空けてる間に、変な男が猟犬を連れてきて、ベティにけしかけたらしいんだよ。まったく、信じられないよ。そんな変な人がいるなんて！　年も五十は下らない人らしいよ」

「ベティが噛まれたんですか？」

「わからない。路地までベティを追いかけていったみたいだけど。どうしたらいいのかね。ベティ、まだ帰ってこないんだよ。仕事が終わったら、こっちに寄ってもらえる？」

「もちろんです！　あんまり心配しないでください。びっくりして、どこかに隠れてるんですよ。私が行って探してみます」

電話を切ると涙が出てきた。ベティ、噛まれていないよね？　ベティ、どこにいるの？　まさか、死んでないよね？　死んだらダメ！　ベティ、ベティ、ベティ！　心臓がバクバクして痺れるように痛み、頭の中が真っ白になった。焦りと不安で死にそうなのに、夜勤の人は三十分も遅れて来た。

大急ぎで仕立て直し屋に駆けつけた。おばさんと一緒にいた古着屋のおばさんが言った。

「バイクの下で寝てるベティを見つけて、シッ、シッて言いながら犬をけしかけたんだから。頭がちょっとどうかしてるみたい。薄笑いを浮かべてたんだよ」

「それを、ただ見ていらしたんですか？　おばさんの家の猫じゃないからでしょ！」

自分でも気づかぬうちに、とがめるように言ってしまった。もともと気弱そうなおばさんは、困ったような、心外そうな、ぎこちない笑みを浮かべた。

「止めるには止めたよ。通せんぼして、やめなさいって言ったんだけど、薄笑いしながら、ずっとバイクの下に犬を仕向けて、噛め、人じゃなくて猫を噛むんだぞって言ってるんだもの。大きな猟犬で、ものすごく怖かったよ」

古着屋のおばさんは、思い出してまた顔面蒼白になった。

「危うく人も噛まれるところだったね。今度見たら、ただじゃおかないから」

仕立て直し屋のおばさんが怒りをあらわにした。バイクの下をすり抜けたベティが路地へ逃げていくと、その人は楽しそうに「シッ！　シッ！」と声をあげて後を追っていったという。

「あそこの三軒目の前まで追いかけていくのは見たよ。あの家の前で犬が吠えて吠えてすごかったんだけど、どうなったのかはわからない」

古着屋のおばさんが教えてくれた家の前まで行ってみると、固く閉ざされた鉄の門扉が見えた。それ以上逃げ道のない行き止まりだった。

「ベティは噛まれたようでしたか？」

「わからないねえ」

古着屋のおばさんの弱々しい返事を聞いて、気が狂いそうになった。

「どこにも逃げ道がないんですけど！」

私が狼狽していると、「どうにかしてちゃんと逃げてるよ。ベティはこの町のつくりをよく知ってるじゃないか」と仕立て直し屋のおばさんがなぐさめるように言った。

「路地から出てきた後は、角の家あるでしょ、庭で大きな犬を飼っている家。そっちで犬の吠える声がするから、今度はその家の門扉の下に自分の犬を仕向けて、けんかを吹っかけたんだよ。そこの犬も狂ったみたいに吠えまくって、すごかったのなんの。みんな何事かって眺めてた。牛乳屋さんが大声で叱り飛ばしたら、ようやくいなくなった」

古着屋のおばさんの震える声を聞いて、仕立て直し屋のおばさんは「並たいていの変人じゃないね」と言った。仕立て直し屋のおばさんはすでに辺りを一回りした後だったので、私一人でベティを探すことにした。夜は危ないから明日にしなさいとおばさんは言った。けれど、どこかの隅で血を流して震えているベティが、私の声を聞いてすぐにでも出てくるような気がした。

ベティ、ベティ、ベティ、ベティ、どうか無事でいて。ベティ。耳をバッサリ切られて、子どもも産めなくなったベティ。せっかく家もできて、人間の友達もできたのに、今ここで死んだら浮かばれないじゃない。

猫やほかの動物を傷つける人は、人間としてのプライドがない。ろくでなし！　ろくでなしがいると、猫だけでなく、弱い人間が地獄を見ることになる。

夜遅いので、ベティを呼ぶこともできないまま、狭い荒れた路地を何周かした。

ベティは二日後に帰ってきた。その間、どこかの屋根の下で、身動きもできずに震えていたのだろう。その人がまた来ないか心配だった。そして、そういう人がほかにもいないか、心配だった。

切ない冷麺

ウンギョンが細長い封筒に入れてハガキを二枚送ってきた。一枚は、まばゆいばかりの砂浜で、海に向かって並んだ七人の素っ裸の男たちが、上体を屈めてお尻を突き出している絵ハガキだった。丸い七つのお尻がへへへと笑っているようだった。もう一枚は、彼らを正面から撮った写真で、口が裂けるほどの笑顔で前を両手で隠していた。子どもからおじいさんまで。

ここはメキシコの有名な観光地カンクンです。パパの弟のおじさん夫婦といとこ二人、ママ、私、というメンバーで来ています。何年か前にうちに遊びに来たケビン、覚えてるでしょ？　彼は来てません。去年ハーバードに入って、夏休みの間も頭が割れるくらい勉強したいと、ずっと学校に残っているそうです。カンクンには昨日着いて、あと三泊して帰る予定。ホテルが最高。食べ物とジュースとお酒が全部ただ。インド産のマンゴーは幻想的な味だけど、すぐにトレーが空になっちゃって、運がよくないと食べられません。ロブスター、カニ、ブタの丸焼きなど、食べ物は全部おいしくて、目の前で絞ってくれるパイナップルジュースとオレンジジュースも本当に素晴らしいです。うはは。私、もう太ったかも。ホテルのビーチにプールがあって、そこで毎晩パーティーをするんだって。ファヨルも一緒だったら、もっと楽しかったろうに……。ファヨル、誕生日おめでとう！　昨日、飛行機の中でママが心配してたよ。ファヨルの誕生日、今日か、じゃなければ明日なんだけどって……。休暇が終わったら、私はニューヨークのおじさんの家にちょっと寄って、すぐにシカゴに行きます。ママはずっとおじさん家にいる予定。もうすぐ本当に一人になるんだと思うと、ちょっと心配。スペースがないのでこの辺で。じゃあね！


封筒の消印を見ると、十日前の日付だった。携帯電話が鳴った。

おばの声は母の声に似ている。

「ファヨル！」

「おばさん、こんにちは。帰ってらしたんですか？」

「今朝着いたの。すごく疲れてたから、寝て、今起きたところ。時差ボケが治るまで何日かかかりそうだわ。ファヨル、夕方、うちにちょっと来られる？」

「何時にですか？　私、七時から仕事なんです」

「あ……何時に終わるの？」

「十一時です」

「まあ！　あなた、そんな遅い時間まで出歩いてるの？」

おばはため息をついた。

「そう……。明日は私、学校にちょっと行かなきゃならないから……。明日の午後一時に来られる？　うちで一緒にお昼を食べよう。あなたにあげるものもあるし、話もあるから……」

「わかりました」

「じゃ、明日ね。ファヨル、遅くなったけど、誕生日おめでとう……」

「あ、はい……。明日うかがいます。では」

おばはしばらく黙っていたが、かすれた声で笑った。

「ファヨルの声って、電話で聞くと、お母さんの声とそっくりね」

私も笑った。

「私もおばさんの声を聞きながら、同じことを思ってました」

「そう？　私はちょっとトーンが低いでしょう。むしろウンギョンのほうが似てるわ」

ウンギョンが？　甘えん坊で鼻にかかった声を出すウンギョンを思い浮かべたら、噴き出してしまった。電話を切って、ハガキをいじっていると、誰かがドアをトントン叩き「いる？」と言った。大家のおばさんだった。ドアを開けると、大家さんが「食欲がなくて冷麺をつくったんだけど、一緒に食べようと思って。私の冷麺はおいしいよ」と笑った。大家さんは、太っているが、色白で目鼻立ちのはっきりした美人だ。この市場に嫁いできたときも、美人の花嫁だとあちこちで評判になったという。「もったいないってよく言われたのよ。だけど、なによ、嫁いできた日からえらい苦労よ」とずっと年下の私に嘆いていた。

大家さんについて隣の部屋に行った。食卓に冷麺とヨルムキムチ[*30]が出ている。洗面器ほどもある器にたっぷり入った冷麺の上に、ゆで卵が丸ごと一つのっていた。

「わ、すごい量ですね」

「多めにつくる癖があって、しかも冷麺は大好きだから、ついこんな量になっちゃうの。たくさん食べてね。口に合えばいいけど」

「私も冷麺、好きです。いただきます」

箸で麺をすくいあげながら、大家さんはため息をついた。

「明け方、ちょっとうるさかったでしょ」

「いいえ……」

「最近ちょっとお金を稼ぐようになったからって、あの大威張り！」

大家さんは、思い出してさらに腹が立ったのか、持ち上げた箸をぷるぷる震わせて怒った。

「みみっちい男！　私がただで食わせてもらってる？　自分はずっと稼ぎがなかったくせに。店だって私が苦労して切り盛りしてきたし、お義母さんが外で稼いでこいって言うから、化粧品の訪問販売だって何年もしたのに……。私が働くのが嫌で家にいるっていうの？　食堂で働いてもみたけど、体がついていてこないのをどうしろっていうのよ」

旦那さんの話だった。数ヵ月前から旦那さんは宅配の仕事を始めた。「月に三百万ウォンなら悪くないでしょ？　お金が入ってくるから、きつくても楽しいみたい」と自慢していた大家さんだった。そして、旦那さんがもう年なのに苦労していると心を痛めてもいた。

「私もわかるわよ。息子の結婚準備もしなきゃいけないし、お金がかかることはいっぱいあるのに、貯金はないし……。私がおかず代だけでも稼いでくれたらって思うでしょうよ。だから、私が宅建の資格を取るって言ってるんじゃないの。あれ、どれだけ勉強が必要か知らないのかしら。私が勉強する、イコール、お金につながることなのに」

「勉強、大変じゃないですか？」

「大変は大変だけど、おもしろい。私ね、民法が本当におもしろいの」

一気に大家さんの表情が穏やかになった。

「学生時代も成績がよかったんじゃないですか？」

「母が喫茶店をやっていて、いつも家にいなかったから、私が家事を一手に引き受けて、勉強する時間なんてなかったわ。だけど、そこそこできたかな……」

大家さんの実家は堤川《ジェチョン》の名家で、とてもお金持ちだったそうだ。しかし、大家さんは母親の連れ子だった。継父と異母姉兄たちは冷たく、実の姉も味方についてくれるどころか、腹いせにありとあらゆる八つ当たりをされたという。

「いっそのこと、一人でソウルに出て就職したらよかったじゃないですか。働きながら、もっと勉強したければ、できたかもしれませんよ。大家さんならできたと思いますけど」

「ほかの道は思いもつかなかった。そばで忠告してくれる人もいなかったし。母が恨めしいわ。私が高校を卒業したら何としてでもすぐに追い払おうとしていた。私も早くあの家を出たかったけどね」

ああ、気の毒な大家さん……。

「ファヨルもなにか技術を身につけるか、資格を取りなさい。ちゃんとした会社勤めをしていれば、結婚しても大事にされる。私も若い頃にそうすればよかったわ。この市場の片隅に埋もれてここまできちゃった……」

空中をふわふわ漂うほこりが食卓に舞い降りるのがはっきりと見えるほど、部屋は日の光に満ちていた。大家さんは両手でゆっくりと冷麺の器を持ち上げた。冷麺のスープに光が反射しておばさんの顔にしま模様ができる。私は器にかがみこんで冷麺を食べた。酸っぱくて切ない味だった。

おみやげをあける時間

「ウンギョンが言ったとおりだわ、あなた、真っ黒ね！　健康そうでいいわ」

にっこり笑うおばの顔もずいぶん日焼けしていた。

「まずは食べようね」

おばについて調理台のほうへいくと、おばが何も手伝うことはないと制した。

「座ってなさい」

おばは食卓に参鶏湯《サムゲタン》とカクトゥギを出した。参鶏湯のスープをすくって飲み、私がおいしいと言うと、おばは恥じらうように笑った。

「そうでしょ。私がつくったんじゃなくて、おいしいお店で買ってきたの」

おばも一口味見をし、満足そうにつぶやいた。

「ああ、おいしいわ」

食事の後、おばがお茶を用意する間に私は皿を洗った。どうしたら水が出るのかわからずに見回していると、おばが笑って、流しの下のペダルを踏んでみろと言った。ペダルを踏むと蛇口から水があふれ出た。

「おもしろいですね」

「台所仕事がしやすいようにそういう設計にしたみたいだけど、私はあんまりね」

おば一家は、今年の春、このマンションに引っ越してきた。私が一緒に暮らしていたマンションよりずっと広いと言っていたが、それほど広くはみえなかった。

「住商複合マンションだから、専有面積は広くないの。管理費もとっても高いし。パパの希望で引っ越してはきたけれど、私は前の家のほうがよかったわ」

はちみつを入れたアールグレイ、久しぶりのおばの紅茶だ。おいしい。おばはお茶を二口、三口飲むと、立ち上がった。そして、玄関へと続く長くて狭い廊下のほうへ行き、大きな袋を持ってきた。

「あなたの好きな文房具と、ジーンズとTシャツ、ビーフジャーキー、チョコレート、まあ、いろいろ。宝石みたいなのがついたシャープペンシルも入ってるはず。それはウンギョンから。ティファニーで買ったの」

私は袋からおみやげを一つずつ取り出してあけてみた。

「ウンギョンは寮に入ったんですか？」

「ううん。学校の近くに小さなアパートを借りて、ルームメイトを募集して、二人か三人で暮らすんだって」

「おばさん、心配でしょ？」

「心配だなんて。一年、あっという間よ」

小さな四角い包みを取り出し、茶色の包装を解いてみると、「e＋m」と書かれた固い紙箱が出てきた。ふたを開けてみると、シナモン色の木を削ってつくったサイコロ状のものと、タバコのパイプみたいなものが入っていた。

「それは私からのおみやげ。ファヨル、鉛筆みたいな太い芯のシャープペンシル好きでしょ?飛行機の中で買ったの」

「わあ、おばさん、ありがとうございます」

パイプのような木の胴体の両端は銀色の金属でできていた。先端を押すと、太い芯がするすると滑り出した。私はすぐに芯を押し戻した。円錐形に尖った芯の先は、指先に電気が走るような感触だった。サイコロ状のものは芯を削る道具だった。私は包装紙の裏にあれこれ字を書いてみた。「ありがとうございます、ベティ、ベティ子、ピルヨン、ヒヒヒ、アビ」などなど……。なめらかな書き味だった。

「ファヨル」

「はい?」

シャープペンシルに夢中になっていた私は、ぼんやりと返事をした。

おばを見上げた。おばはにっこり笑って私の目を見つめた後、ゆっくりとまばたきをした。

「ファヨル、あなた、大学はどうするの?」

「あ……」

私は手にしていたサイコロ状のものの穴に小指を入れてみた。爪の半分しか入らなかった。

私は箱の中のスポンジに元通り、シャープペンシルと削り器をしまい、ふたを閉めた。

「おばさんはね、あなたが九月に大学修学能力試験の願書を出したらいいと思っているの。いっぺん練習だと思って受けてみなさい。それからちゃんと予備校に通って準備をしたらいいわ。これまで勉強をずいぶん休んじゃったでしょ。あなたは大検の成績もAランクだったから、大学修学能力試験でいい点を取れれば、そこそこの大学に行けるはずよ」

「おばさん、大学のことは、まだ考えてません。急にどうして……」

「急にじゃないわ……。あっという間に二年たっちゃったでしょう」

「ちょっと考えてみます。とりあえず、今年は受験しないほうがいいと思います」

「ファヨル。時間がたつのは早いわよ。ぼやぼやしてると、あっという間に三十歳になって四十歳になる。ちがう？　学校を辞めた後、今日まであっという間だったわよね。同級生たちはもう大学二年でしょう。すぐに卒業して、結婚したり就職したりするわよ。まぁ、三浪、四浪する人もいるけど……。おばさんは、大学を出ていないと一人前になれないとか、そんなふうに考えているわけじゃないけど、あなたが大学に行かない理由がさっぱりわからないの。これからも一人暮らしは許してあげるけど、学校には行かなきゃ。おじさんもね、ここ一、二年、仕事でものすごく忙しかったけれど、そんな合い間にも、私は何度責め立てられたかわからない。おじさんは、今でもあなたを家に連れ戻せって言ってるわ」

私が大検を受けたのは、おじのためだ。大検でAランクを取れなければ、別の学校に入り直してでもまた高校に通うという条件で、自主退学を許してくれた。それが高校一年の十一月初めだった。私は大学に行くつもりがなかったので、大検の合格証も、いい成績も、何も必要なかったが、退学後の九ヵ月間は本当に一生懸命勉強した。インターネット講義も真剣に聞き、予備校にも真面目に通った。点数アップという明確な目標を立てて集中したので、勉強がおもしろかった。生まれてこのかた、あの時ほど楽しく勉強したことはなかった。

「心配かけてすみません」

「ほんとよ。ファヨルがこんなに心配かけるなんて誰が思ったかしらね？　あのとき、あなたを送り出すべきじゃなかったんだわ」

誰もいなくなった父方の祖父の家で暮らすと言ったとき、おじはかんかんになって怒った。母のことまであげつらいながら。

「あなたのお母さんには会えなかった。四日間、探し回ったんだけど……」

私は袋の中でガサガサ動かしていた手を止めた。

「三年前にあなたのお母さんが送ってきたハガキ……あなたも見たでしょ。その住所を訪ねてみたの。サンフランシスコ空港の国内線ロビーにあるおみやげ屋さん。そこにはかなり長くいたみたい。一年くらい……。マネージャーの方と親しくしていたみたいで、辞めた後も遊びに行ったりしてたらしいの。ずっと連絡を取り合ってて。その後、ハワイに行って、レストランのウェイトレスを何ヵ月かやって、突拍子もないんだけど、ラスベガス大学に入学したんですって。それが一年前のことで、それきり連絡がとだえてしまったんですって。ラスベガス大学にも行ってみたんだけど、夏休み中ということもあって、そんな人が入学したのかどうか調べる方法もないって言われた」

母は、モデルエージェンシーを通じてアメリカの就業ビザを得た。母がアメリカでモデルをしたのかどうかわからないが、おそらく合法ではないビザだったのだろう。

「マネージャーも知りたがってた。あの子の話をするときの明るい表情からすると、あの子、なかなか真面目に暮らしていたんじゃないかと思ったわ」

そして、おばは独り言のようにつぶやいた。

「まったく便りのひとつもよこさないで……自分は平気でいられるのかしら。いい年になるのに、なんだってあんなに自分勝手なの……」

読んでよく考えなさいと、おばは私に一通の手紙を渡した。

アメリカに発つとき、母がおばに渡した手紙だという。私は手紙を小さくたたんで、バッグの奥深くにしまった。三年前に母がハガキを送ってきたとき、返事を書けばよかった。私は、母が私にだけ宛てた手紙をくれないのに腹が立って、返事を出さなかった。一度でいいから母のほうから私に手紙をくれるのを待っていた。

母の手紙

お姉ちゃん。

厄介者の私がいなくなって、すっきりしたでしょ？　ははは、冗談！

学費は出さないってお姉ちゃんに言われたときは傷ついた。お義兄さんに言われたことも。でも、今はそんなことない。そもそも、私がこれまで信頼されるような生き方をしてこなかったからね。そこへきて、この年で留学するというんだから、お義兄さんの言うとおり、あり得ないよね。

今になってようやく本当に勉強したくなったというのもあるけれど、それは言い訳にすぎなくて、世の中に足を踏み出すのを先延ばししたかったんじゃないかと思う。

英語もできないのに、どうしてアメリカに行くのかって引き留めたでしょ?どうしても韓国を離れたかったの。私はもう若くない。まだ、きれいではあるよ。だけど、もはや若くない。それが恥ずかしくて、とても怖い。若くない年齢で生きるということが。韓国を離れれば、私はまた若返れるような気がする。

お姉ちゃん。私がチャ社長とダメになったの、言ってみれば自業自得なの。チャ社長がお金持ちじゃなかったとしても、私は彼を好きになったかしら。たぶん、ノーだと思う。

私が彼に初めて会ったのはホテルのロビーだった。

隣の席で「はっはっはっ」って男の人の笑い声がしたの。なんて寂しくて偽善的な笑い声かと思ったわ。男の人って、どうしてお父さんくらいの年になるとああやって笑うのかしらって、顔をしかめて振り返って、びっくりしたわ。私と同じくらいにしか見えない、清潔そうな男の人なんだもの。オシャレなね。チャ社長のほうが私よりいくつか年上だけど、私はそのとき、自分がもう、子どもだった頃のお父さんの年齢に近いんだってことに気づかなかったの。

偶然耳にした、年寄りじみたその笑い声がとっても嫌だったのに、後で彼のことを知って、逃してはなるものかって心に決めて、結局、好きになった。彼がとってもお金持ちだったから。

お姉ちゃん。私、ファヨルをくれたあの人がとても恋しい。とても、とても。あの人は一体どうなったんだろう。ね？

わかってる……。あの人がずっとそばにいてくれたなら、たぶん子どもをもう一人くらい産んで……私は大人になったはずよね。そうでしょ？

私がチャ社長と別れたのは、ほかの人の妻になるのが嫌だったからかもしれない。

チャ社長が青い顔をして、離婚した奥さんに子どもができたって告白してきたときは、頭の中が真っ白になるくらい、裏切られたって思ったけれど、心のどこかでは、密かに解放感も感じてた。

これでおじゃん！　なのに、ずるずる引っ張った。単に彼がお金持ちだったから。お姉ちゃんとお義兄さんにみっともないところを見せてごめんね……。

お姉ちゃん、私、アメリカに生きるために行くんじゃないよ。私は、死にに行くの。ふふふ。ごめん！　お姉ちゃんに私の今の気持ちを伝えてたくて、言ってしまったわ。だけど、そう思ってるのも今だけ。どうせ、私はうまく生きるわよ！

私が成功して、ファヨルと一緒に暮らせる日は、いつ頃来るかしら……。お姉ちゃん、私、一生懸命生きるから、その間、ファヨルをよろしくね。お姉ちゃんも、お義兄さんも、ファヨルも、みんな信じてる。私のかわいくて、素直で、やさしい娘。お姉ちゃんがいなかったら、どうなってたかしら……。

時期が来たら、きっとファヨルを大学に入れてね。何をしてでも、後で全部返すから。私がアメリカでドナルド・トランプみたいなお金持ちに出会わないとも限らないじゃない？　ふふふ……。

五千ドル、ありがとう。これも後で返すね。

お姉ちゃん、いつもありがとう。そして、いつもごめんね。どうか元気でね！　まめに連絡するね。

——お姉ちゃんのろくでもない妹より

なんてへたな字だろう……。お母さんの字って、こんなだったんだ……。おばは、母がぜひ大学に入れてほしいと頼んでいるのを見たら、私の心が動くと思ったのだろうか。お母さん……恋しい、恋しいお母さん……。お母さん、元気なんでしょ？　どこにいようと、元気でいてね。死んでしまう母親が一番悪い母親だよ。お母さん……。

情とは何か

ヘジョさんはますます太った。

「そんなに食べてもいないのに、太るのよね」

「カップラーメンばかり食べてるからだよ。お米を食べないと」

ヘジョさんの新居は、以前住んでいた家から大通りを渡ったところにある。家賃は同じだが、だいぶ広くなった。これからは、家庭教師のためにあちこち出張せず、近所に住む生徒だけを家で教えることにしたそうだ。あっさり生徒が集まるところをみると、ヘジョさんは家庭教師として評判がいいようだ。ヘジョさんに会うためには、週末でも夜十時までは待たなくてはならない。それまで家庭教師のスケジュールがぎっしり入っている。ワークショップだ、セミナーだと、自分の学業も楽でないだろうに、すごい人だ。

「ファヨルにカップラーメンを食べさせるわけにはいかないし、チキンを取って食べようか?」

「私は普段カップラーメンを食べないから構わないけど……。じゃ、チキンを取ってください な」

「どういうのがいい? フライド? ヤンニョム? 電気ロースト?」

「電気ローストで」

家庭教師が終わると、疲れ切ってラーメンをゆでる気力もないというヘジョさん。それでカップラーメンを食べるとか。心配だ。

アビは元気かと聞くと、ヘジョさんは思い出したように笑って、「ジェームスはアリーにぞっこんよ。そんなにいいかしら。アリーのために広い家に引っ越すそうよ」と答えた。

「アリーは、私もヒヨンさんも嫌いなの。ジェームスだけが好き。私たちに捕まえられてきたことを覚えてるみたい」

ヘジョさんが顔を歪めて言った。

「アリーの口が臭いから歯石も取ったよ。病院に連れていくのも、シャワーをするのも、薬を飲ませるのも、私とヒヨンさんの役目。だから、アリーがますます私たちを嫌うの。ジェームスは、自分だけ点数を稼ごうとして、アリーにごはんあげて、おやつあげて、遊んでやって、そういうのばかり。ずるいの」

アビがかわいがってもらえて、よかった。アビに会いたい。どんなふうに変わっているだろうか。

「だけど、アリー、もうあの頃のアリーじゃないよ。昔は明るかったじゃない。今はそんなところ、ひとつもないの。沈鬱。だんだんよくなるだろうけど。ジェームスには辛うじて心を開いているけど、私たちが触ると嫌がるの。だから、ジェームスが私たちにあんまり来ないでって。アリーがストレス受けるからって」

ヘジョさんはいつもの明るい口調だったが、私は内心、複雑だった。あのアビが沈鬱だなんて！　最後に見たアビの姿が目に浮かび、改めて胸をえぐられるようだった。

「アビに会いたいな。いっぺん見に行ったらだめ？　ジェームスさんに話してみてよ」

ヘジョさんは困った顔になった。

「もっと後にしたほうがいいと思う。広い家に引っ越して、家とジェームスにアリーが完全に慣れてから。これで三ヵ月だっけ？　アビシニアンって頭がいいじゃない。ようやく落ち着いてきたところなのに、ファヨルに会ってアリーの心が揺れちゃったら、かえって……」

そうかもしれない。最近見た〈笑うネコのお隣さん〉の記事を思い出した。ある人が、事情があって猫を友達の家に長期間預けることになったのだが、半月ほどして、その家に遊びに行って一晩泊まったら、それまで普通にしていた猫が布団におしっこをするようになってしまい、連れ戻すことになったそうだ。最初は訳がわからないまま新しい家に適応したのに、飼い主が帰った後、その猫の中の何かが突き動かされたのだ。自分が捨てられたと、そのときになって感じたのだろうか。

アビが私を完全に忘れるまで、アビに会わない。そうすべきだ。アビ……おまえの幸せが最優先だ。おまえはジェームスさんの猫。早く元気になれ。ジェームスさんが早く広い家に引っ越したらいいのに。アビに会いたい。私はいつまでもおまえのことを忘れない。

母と息子

バリイモさんから携帯にメールが来た。

「ヤンヤオンが江南に用事があってうちに寄るので、ファヨルもおいで。一緒にお昼を食べよう」

バリイモさん宅の玄関に入ると、いい匂いが鼻を刺激した。バリイモさんは小さなオーブン兼用電子レンジで多種多様な料理をつくる。今日は、中身をくりぬいた手のひらサイズのかぼちゃに、もち米と大豆、小豆、松の実を詰めて焼いたものが出てきた。一人に一つずつあった。アツアツで、モチモチで、甘みがあって香ばしかった。

「海兵隊の教育訓練団からメールが来たんだけど、ヨンイン、爆破兵に配属されたんだって」

「爆破兵?」

ヤンヤオンさんと私は同時に噴き出した。怖いのに、なぜか笑えた。ヨンインに関することは、たいてい何でもおもしろかった。バリイモさんはわざとシニカルな表情で続けた。

「子どもの頃から、そそっかしくて事故ばかり起こしてるから、別名〝歩く時限爆弾〟だったけど……」

ヤンヤオンさんと私はまた大笑いした。

「心配ですね」

ヤンヤオンさんが言うと、バリイモさんはどうでもよさそうに「心配なんて……」という。

「苦労させるために送り出したのに、私にこき使われて暮らしてきたせいか、海兵隊の生活がそれほど苦にならないみたい。これからはもう毎日皿洗いをしたりスチーム掃除機をかけなくてすむって、のん気なことを考えて入ったやつだから……」

バリイモさんはスプーンでかぼちゃのへりを崩し、ひとかけらを口に入れてにっこりすると、椅子から立って寝室へ入っていった。食卓に戻ってきたバリイモさんは、一枚の紙を手にしていた。

「ヨンインが訓練の三週目に出したものだけど、軍事郵便が遅くて、訓練も終わりの五週目になってやっと届いたの。だらだら長い手紙二通を同封して送ってきたんだ」

ヤンヤオンさんと私は、頭を寄せ合ってその紙を読んだ。バリイモさんがヨンインに送ったEメールの内容がプリントされていた。

今日も一日が終わる。おまえも楽しく過ごしたかい？　といいつつ、おまえにとって楽しく過ごしただろうという言葉は、むかつく言葉以外の何物でもないと知っている。楽なことは一切なく、しばしの休息と食事の時間が最高のなぐさめであろう。しかし、おまえがやり残していったことの尻拭いを残された私がやっているので、やっぱりおまえは軍隊で過酷な訓練をもっと受けて、まともな人間にならなければいけないという気持ちにしかなれない。

昨日は学校に行って、おまえの兵役のための休学手続きをするのに、ものすごい量の書類を用意する羽目になった。現役入営通知書はもうプリントアウトできないので、住民センターに出した書類をコピーして提出した。おまえ自身がさっさとやっていれば、現役入営通知書一枚ですんだ手続きをだ！　学資ローンだの休学手続きなんてものは、当然、入営前におまえが調べてやっておくべきことだった。二ヵ月も時間があったではないか。喝！

その紙の余白には、ボールペンでこう書かれていた。

すまない気持ちから同封する。ニベアボディローション、ちゃんと使ってる？　自分で使おうと思ったんだけど、送った。ぼくの月給から引かれるらしい。母さんの手紙を集めることにしたので、次の手紙と一緒にまた送り返して。喝、ちゃんと届きました。まめに手紙書いてくれて感謝。いま一度ありがとう。

——あなたの息子

「あなたの息子」という言葉に、私たちはまた噴き出した。ヤンヤオンさんがくくくっと笑って聞いた。
「すまない気持ちから同封する、っていうのは、何のことですか？　ローションですか？」
「あの子、そういう言葉遣いで情をこめてるつもりなの。私にもらった手紙を自分の手紙と一緒に送るって意味。部隊でプリントアウトしてくれたものを読んで、何を考えたのか、私にまた送ってきたの。それをまた送り返せって。集めるんだって。ニベアのローションは、前回ヨンインが送ってくれたの。私が顔に塗る唯一の化粧品」

バリイモさんの目に温かい色が浮かんだ。バリイモさんはヨンインに毎日Eメールを送り、週に一度手紙を書くそうだ。ヨンインも一週も欠かさずきちんきちんと送ってくるらしい。母親と息子の間でそんなに話すことがあるのだろうか。ヨンインはまめに電話もかけてくるという。

「この前の日曜日にもコレクトコールで二回もかけてきてね。もういいから、電話はやめて、前に送った便箋と切手で手紙を送れって言ったら、う〜ん、そうだねって切ったわ。ちょっと寂しかったみたい」

「ヨンインは母親思いですね。近頃はヨンインみたいな息子、いませんよ」

ヤンヤオンさんが言うと、バリイモさんは肯定するようにほほえんだ。

「あの子も私にすまないとは思ってるのよ。初年度の学資ローンを返し始めたんだ」

「え、もうですか？」

「返せって通知が来たから見てみたら、私が据え置き期間を一年にしてあったの」

「えー、どうしてですか？」

「覚えていない。その頃、私、バタバタしてたんじゃないかな」

「バリイモさんもミスすることがあるんですね」

「後で全部ヨンインの借金になるから、無意識のうちに、早く返してなくしたいという気持ちがあったのかもね」

バリイモさんとヤンヤオンさんの話題は、学費のために五千万ウォンも借金して、大学を卒業したはいいが、就職できないでいる青年たちに対する嘆きに移っていった。


五光のやつめ！


五鳥はどこに隠れたのか姿が見えず、五光が人間など目に入らないといった風情で食卓のまわりを行ったり来たりしている。ヤンヤオンさんが「五光といっぺん、当てっこゲームしてみようかな」と言ってにこにこ笑う。

「当てっこゲームってどんなの？」

バリイモさんが聞くと、ヤンヤオンさんは「最近うちのチルとやってる遊びなんですけど、おもしろいですよ」と言って、バッグからビニール袋を取り出した。

「これ、バターキャットスティックです。ニャンコたち、目の色を変えて食べますよ。五光と五鳥にあげてください」

ヤンヤオンさんは中から一つ取り出して、ビニール袋を食卓に置く。それから、コップを二つ持って、「五光、いいもの食べようか」と呼んで、床に座る。「なに？」という表情で五光が近づく。

「気をつけて。よけいなことしないほうが……」

バリイモさんが注意した。ヤンヤオンさんが手にしたカラフルな包装を破ると、おいしそうな茶色いスティックが出てきた。ヤンヤオンさんはそれを軽く五光の鼻先に当てた。五光がくんくん匂いをかぐと、ヤンヤオンさんは急いでそれを床に置き、コップを被せる。

「さて、どっちでしょう。当てたらあげる」

キャットスティックの入ったコップと空のコップ、ヤンヤオンさんは素早く二つのコップの位置を入れ替えた。「気をつけて！」。バリイモさんの警告と同時に、五光がガブリとヤンヤオンさんの手首に噛みついた。うわ！　五光に噛まれたらめちゃくちゃ痛い。私も何度か噛まれたことがあるから知っている。

猫はじゃれるとき以外は人を噛まないというが、小さい頃からドッグフードを食べて犬と一緒に育ったせいか、五光は最初から噛むつもりで人を噛む。バリイモさんの家族を除いて、五光は誰にでも噛みつく用意がある。ヤンヤオンさんが「痛っ！」と悲鳴をあげ、バリイモさんと私はびっくりして駆け寄った。五光は、眉一つ動かすことなく、鼻の頭をピクピクさせ、得意げな顔でゆっくりと行ってしまった。ヤンヤオンさんの腕から血がぽたぽた流れていた。

「あーあ、だからなんで五光に手を出すの。見境なく噛むのに！」

「ほんとに噛むんですね」

ヤンヤオンさんがショックから立ち直れない声でつぶやいた。誰かが五光に噛まれたという話を何度も聞いていたのに、自分だけは例外だと思っていたようだ。野良猫ともすぐにうちとけ、すべての猫から好かれていると信じているヤンヤオンさんにとって、これは二重の痛手だろう。消毒液で血を洗い流すと、上下に二つずつ、四ヵ所に錐であけたような穴ができていた。五光の牙の痕は毒蛇に噛まれた痕みたいだ。ヤンヤオンさんが傷に薬を塗る間、バリイモさんはローラさんに電話をした。

「ローラが言うには、家で飼っている猫だから、破傷風の心配はないって。だけど、深く噛まれたから、一番心配なのは蜂窩織炎《ほうかしきえん》で、もしかしたらってこともあるから病院で注射を打ってもらって、薬を飲めって。たぶん大丈夫だろうって。ローラ自身、犬とか猫にしょっちゅう噛まれているけど、何ともないらしい。ああ、五光のやつめ！」

「なんでだろう？　私、なにか気に入らないことしたかな」

ヤンヤオンさんが泣きそうな顔でつぶやくと、バリイモさんは申し訳なさに身を縮めた。

「もともとそういうやつなのよ。からかわないように私が止めるべきだったわね。当てっこゲームがどんなものなのか知りたくて……」

バリイモさんはヤンヤオンさんにかぼちゃの詰め物を二つ持たせた。

「ユギョンに食べさせようと思ってたんだけど、レンジでチンして、お兄さんと一緒に夕飯に食べてね」

私は猫たちが目の色を変えるというキャットスティックを三つもらってきた。ベティにあげよう。

最近、猫たちが少しずつ見えない

仕立て直し屋の近くまでくると、ベティがニェ～と鳴きながら迎えに出てくる。三、四歩手前から、ベティは壁に頭や体をこすりつけるのに忙しく、まっすぐに立って歩くこともできない。照りつける日差しにバターがとろけていくようだ。ベティではなくてバターと呼ぼうか。そんなベティの姿が目に浮かび、思わず笑って早足になるが、ベティの姿が見えない。小屋にもいないし、バイクの下にもいない。仕立て直し屋の中にいるのか？　ドアを引っ張ると、鍵が閉まっていた。おばさんは市場に行って、ベティはどこかに遊びに行ったのだろうか。なんとなくつまらない気分で地面を見回していると、古着屋のおばさんが出てきた。古着屋のおばさんは私を見ると、待っていたかのように寄ってきて、泣き笑いの表情になった。私は笑顔で言った。

「ベティが見えませんね。どこかに行っているのかな」

おばさんはうろたえて、いきなり「さっき、猫が車にひかれて死んじゃったんだよ！」と言った。

「えっ?!」

私はドキッとして「ベティがですか？」と聞いた。

「明け方のことで見てないからわからない。ここから猫が飛び出して車にひかれたらしいよ。ここの地面も仕立て直し屋さんの壁もみんな血だらけになっていたのを、朝、牛乳屋さんが水で流して、猫も片付けてくれたんだ。助かったね。仕立て直し屋さんがあれを片付けるんじゃねえ、はぁ……」

「その猫、ベティなんですか？」

「え？　よくわからないけど……。違うと思う。黒いのだって言ってたから……」

「なんで飛び出したんだろう。その車はこんな狭い通りで、どうしてそんなにスピードを出したのかな。どんな車ですか？」

「それもわからないよ。ひき逃げだもの。スピードを出す車がたまにいるのよ。人だって危ないことがあるくらい。見て、そこの植木鉢がみんなひしゃげちゃった」

ベティの小屋の目隠しになっていたプラスチックの植木鉢が、ぺしゃんこになっていた。

「どうして、こんなギリギリのところを走ったんだろう。運転していた人、酔ってたのかな……。人が出てきたら大変なことになるところでしたね。ところで、ひかれたのは一匹だけですか？　ベティはどこに行ったんでしょうか？」

「ベティ……今日は見てないけど……。あ、仕立て直し屋さん、帰ってきた」

仕立て直し屋のおばさんがカートを引いてやって来た。

「こんにちは。猫が車にひかれたそうですね？」

「そうなんだよ。そこの植木鉢、つぶれちゃったの見てよ。狭い道でそんなに飛ばすなんて。まったく恐ろしいね」

おばさんは汗を拭って、鍵を開けた。

「市場でお米とにんにくを買ってきたのさ」

おばさんはカートを中に入れて出てきた。

「車にひかれた子、ベティじゃないですよね？」

「うん。話を聞いて驚いて、あそこの電信柱の下の、猫を片付けたっていう所に行ってみたんだけど、小さい猫だった。黒地に白い柄でね、ベティの小屋の前でごはんを食べていて飛び出したらしい。よりによって、どうしてそんなときに飛び出したのか。まったく目も当てられないわ。この前もどうして死んだんだか、電信柱の下に猫の死骸がひとつあってね……」

「その子は、どんな外見でした？　どうして死んだんですか？」

「さあ、車にひかれて死んだのか、どうなのかねえ。黒いまだら模様の猫だったけど」

「ベティに意地悪していた猫じゃないですか？」

「さあね。最近、猫たちが少しずつ見えなくなってきているんだよ」

三毛猫の末っ子をもうずいぶん長いこと見ていなかったが、死んだのはあの子なのだろうか。どうかちがいますように！　ちがう猫だったら気の毒でないというわけではないが……切なくなった。

「ベティはどこに行ったんでしょう？」

「今日は一度も見かけないね。あの子もびっくりしてどこかに隠れているんじゃないかい。ちょうど私が友達と[*31]チムジルバンに行っている間にそんなことが起きちゃって」

「むしろよかったじゃない。完全に血だらけだったっていうもの。それを片付けることになるとこだったよ」

仕立て直し屋のおばさんは、鳥肌が立ったように肩をブルッと震わせた。

ひどい貧しさ

「牛乳屋さんが始末してくれたよ。猫がかわいそうだって、すぐに片付けてくれたみたい。激しくぶつかったらしくて、頭が割れて、目玉も片方が飛び出していたって。そんなの見たくないよ」

ちょうど牛乳屋のおじさんが出てきた。

「あそこ、スピード防止のコブがあっても役に立ってないね。起伏がなさすぎなんだ。気にも留めないでスピード出すんだから。やっぱり何か対策をしなくちゃね。区庁に相談するとか」

牛乳屋さんの言葉に古着屋のおばさんが相槌を打った。

「狭い道なのに車が多すぎなんですよ。お宅の息子さんもひかれたじゃないですか」

「えっ、そうなんですか？」

私が驚くと、牛乳屋のおじさんは怒ったような目をして話してくれた。幼い息子さんが店の前に立っていたら、車が足の指の上を通過して、そのまま止まらないで行ってしまったという。牛乳屋のおじさんと食堂のおじさんがそれぞれバイクで追いかけ、そこに通りかかったタクシーの運転手も追っ手に加わり、そうやって二十分も追跡して捕まえたそうだ。

「五分くらいしてから追いかけ始めたんだけど、俺がだいたい推理したんだ、どの道を行くか。

三人で手分けして何周かしたら、色と形が息子に聞いたのと全く同じ車が南山トンカツの駐車場に停まってってね。運転手は車の中に座っていた。あんただろって聞いたら、頷いた」

「だけど、しらを切られなくてよかったね」

仕立て直し屋のおばさんの感想に、牛乳屋のおじさんも同感の笑みを浮かべた。

「なんとなくそんな気がしてつついてみたら、そいつも良心が痛んだのか、素直にそうだって認めてね。ひき逃げの通報はしなかった。代わりに治療費を全額出せって言ってやった」

興奮気味に追跡談を語っていたおじさんは、また眉間にしわを寄せて今朝の惨事の現場について話し、舌打ちした。

「それがさ、俺がその猫をビニール袋に包んで、段ボール箱に入れておいたんだ。ちょうどいいサイズのがなくて、大きいのに入れたんだけど、さっき見たら、誰かが箱を持ち去っていたよ。ビニール袋だけ出してその場に置いてさ」

「私が行ったときも箱に入ってたのに。嫌だね、まったく」

仕立て直し屋のおばさんも嫌そうな顔をして頭を振った。

「古紙回収の人が持っていったんですか？」

私がつぶやくと、仕立て直し屋のおばさんは、ベティの小屋の屋根を指さしてこぼした。

「あれ、十ウォンにもなるかどうかっていうのに。あの人たち、何でもかんでも持っていく。

むやみに物を置けないよ。箱だろうが、皿だろうが、全部持っていっちゃうからね」

目の前が真っ暗になっていくような心地がした。大きな段ボール箱を一つ手に入れるために、その中にある猫の死体を放り出していくなんて。どれだけ大変な暮らしをしていたら、そうなるのだろう。死んだ猫も哀れだが、その人も哀れで気の毒だった。ふと、貧しいということが恐ろしくなった。ひどい貧しさは、人の感情を麻痺させる。温かい心を持ち続けられるということ、それが貧しくない人の利点だ。私の祖父を苦痛の中で死に追いやった人がいた。彼女はなぜ祖父を裏切ったのか。貧しくないうちから貧しくなるのが怖かったのか。もともとはそういうつもりでなかったが、そうなってしまったのか。人間らしい心を保って生きるためにお金が必要なのに、お金のために心を捨ててしまう人もいるようだ。

牛乳屋のおじさんは、牛乳パックを詰めるプラスチックのケースを二つ持って来て、仕立て直し屋の前に置いた。車が壁すれすれに走るのを防げるだろうと言った。

ベティはとても驚いただろう。ベティ、その仔猫がおまえのごはんを食べに来たから、おまえが追い返したの？　そうでなければいいけど、そうだったとしても、そんな大事故が起こるとは思わなかっただろう。その死んだ猫は、ゴミのように道端に捨てられているのだろう。動物の死体は燃えるゴミと同じに扱われる。燃やすのも、土に埋めるのも不法だ。その猫がまだそこにいるのか、それをどうしたらよいか、誰も話さなかった。死んだ猫にはそれ以上心を割かなかった。私も口をつぐんだ。私は、死んだ猫をその下に置いたという電信柱を避けて、別の道を歩いた。頭と心、どちらのほうが痛いのかわからない。

冬、葬儀場にて

父方の祖父は京畿道《キョンギド》にある老人ホームで亡くなった。寝たきりの状態で、そこに入って一ヵ月だったという。夜中に母方のおばと二人で葬儀場に行った。おじは海外出張でいなかった。冬の寒い日だった。低い家がぽつんぽつんとある村を過ぎて、灰色の三階建ての建物に着いた。祖父がいた老人ホームに併設された病院だった。地下の葬儀場[*32]へと続く階段を下りていくと、まばらな人々の間から黒い喪服を着た伯母が駆け寄ってきて、私を抱きしめて泣いた。

「ファヨル！　久しぶりね」

ひとしきり泣いた伯母は、次におばの手を強く握り、来てくれてありがとうと礼を言った。そして、私たちの後ろを見て「ミンヨンさんは？」と聞いた。涙を流していたおばが、おろおろと「この子の母親はアメリカにいて、まだ連絡が行ってないんです」と言った。伯母は上の空で頷いた。私は伯母について祭壇の隣の控え室に行った。伯母は部屋の隅に置いてあった大きな紙袋から黒い喪服を一着取り出し、私に着るよう促した。伯母は涙をためて私の喪服の紐を結び、「ファヨル、大きくなったね……」と言った。

祭壇の部屋に入ると、いとこのお兄さんが赤く腫らした目でにっこり笑い、「ファヨルだね」と言った。兵役中だが、休暇をもらってきたのだ。幼い頃も穏和な性格だったが、ぜんぜん変わっていないようだった。遺影の中の祖父は、私が知っている姿よりずいぶん痩せて、年取って見えた。額づいて礼を捧げた。

「おじいちゃんは、おまえのことをどれだけかわいがっていたことか」

窓際に立っていた伯母が叱るように言った。そうだったっけ？　幼い頃はそうだったような記憶がかすかにある。おばが「すみません。まめにおうかがいさせるべきでしたのに」と言って頭を下げた。

弔問客が次第に増えた。親戚のほかは教会の人たちが多かった。私は弔問客に食事を運ぶのを手伝った。

「先生の末路がこんなだなんて、誰が想像できた？　まったく、大変な目にあって……人生無常だね」

「喪主は明日の昼にならないと来ないんだとよ」

「出張かい？」

「ああ、なんだか、今は沿海州に行ってるとか」

「ここは酒はないのか?」

「教会でやってる所だから、酒は持ち込み禁止だって」

「葬式に酒はつきものだろう」

弔問客たちの会話を聞き流していたら、「あの子の母親はどこにいるの?」という声が聞こえて、胸がチクリとした。

私が中学校三年生のとき、伯父は勤めていた職場を辞めて、キリスト教の伝道師になって、伯母と一緒にフィリピンに渡った。母がアメリカに行く数ヵ月前のことだった。家には祖父といとこ二人が残り、近所のおばさんが家事の面倒をみてくれることになった。

祖父が暮らしていた建物は、韓医院だった一階を除いて、全部人に貸していた。祖父は韓医院をやめて久しかった。入ってくる家賃で辛うじて暮らしていたが、家の管理も大変だったので、祖父は結局、売りに出した。いくらもしないうちに、町内で顔なじみだった不動産屋の女性にうまいことを言われ、建物は彼女の名義に書き換えられたという。祖父は生活費にしていた家賃収入もとだえたが、誰にもしんどい素振りをみせなかった。その間に上のいとこは入隊し、下のいとこは適当に学校に通いながら、ピザ屋で配達のアルバイトをしていた。

その下のいとこは、バイクでピザの配達中にバスにぶつかってこの世を去った。火葬したそうだ。私はその知らせを後になって聞いた。私より三つ上だった。中学生の頃から毎日ギターを弾いてばかりで勉強をしないと伯母が嘆いていた。彼がそんなことになってから、祖父はさらに衰弱し、伯父と伯母は宣教活動により熱をあげた。

祭壇のほうから大勢で讃美歌を歌う声が聞こえてきた。伯母が衰えきった祖父を入所させた老人ホームは、伯母と同じ宗派の長老が運営する施設だった。祖父は急性心不全で入院して二日後に亡くなった。入所してからひと月の間、ほぼ何も食べなかったという。

葬儀の後で

伯父はずいぶん老け込んだが、伯母は昔のままだった。温かい眼差しとやさしい声もそのままだった。祭壇の隣の控え室で、伯母は私を長々と抱きしめた。

「ファヨル、教会には通ってる？」

伯母が私の目をのぞきこんで聞いた。「いいえ」と答えて、私は申し訳ない気持ちになった。伯母は両手で私の手をぎゅっと包んでお祈りをした。切々たる長いお祈りだった。途中で伯母は目を開けて、私にささやいた。

「ファヨル。お祈りの中であなたの聞き取れない言葉を使うかもしれないけれど、それは方言だから驚かないでね。わかった？」

「はい」と答えて頷いた。伯母は再び目を閉じてお祈りを続けた。堰を切ったようなお祈りの中には理解できない部分がいくつも混じっていた。たとえば、私と母を神様のもとへ導いてください、そして苦痛と煩悩を払い落として真の平和の中で生きられるようにしてください、など。伯母は、私と母を永遠の国の民として受け入れてくれと神様に哀願し、どうして彼らにそのような幸せを許し与えずに孤独な生を強いるのかと声を荒げて抗議もした。私は怖くなり、なんとなく冷めた気分になった。伯母が私と母を心から心配し、愛してくれているのはわかったが、その愛はあくまで神様を媒介としたものだった。以前は伯母が直接愛してくれたのに。

前から伯母は教会に通っていただろうかと考えて、時折、教会に行こうと母を誘っていたことを思い出した。

「また今度にします」

「時期が来たら」

「私は天主教のほうがいいんですけど」

こんな答えで母は伯母をもどかしがらせていたように思う。

伯母は生まれながらにしてクリスチャンだったそうだ。一日も欠かさずに私と母のためにお祈りしていると言った。伯母は、私に必ず教会に通うと約束させようとした。「はい」と答えたかったが、心にもないことを約束したくはなかった。ちょうど父の妹の叔母が入ってきて、私は難を逃れた。返事はしなかったものの、私は一度教会に行ってみたいと思った。それが伯母に対する礼儀に思えたし、伯母がそれほど固く信じる根拠を知りたくもあった。しかし、いまだに実行していない。祖父が暮らしていた家の向かいに大きな教会があった。後に、夜になると銀色の十字架が輝くその誰もいない教会を眺めながら、私はしばしば伯母のことを考えた。

葬儀が終わり、公園墓地に祖父を埋葬した後、私は親戚一同と祖父の住んでいた家に行った。鍵のないドアを開けた。玄関と呼べるほどの広さもないスペースに、古びた茶色のサンダルが二足と運動靴が散らばり、その横に郵便物の山ができていた。なにかの協会から送られてきた郵便物と請求書だった。ポストにいっぱいになっていたものを、その建物に住む誰かが放り入れたのだろう。ガラスの引き戸を開けると、薄暗い中に大きな革張りのソファがうずくまっていた。ひと月ばかり空けただけなのに、家はがらんとして静まり返っていた。伯母が壁を手探りすると、両端の黒ずんだ蛍光灯が鈍い光を放った。オンドルのボイラーは、スイッチを入れるとグフッと大きなゲップをして、うなり声をあげて回り出した。

伯母は寝室に入り、コートを脱いで出てきた。それからお祈りをした。ほかの人たちはコートも脱がずにソファや床に座った。叔母は固そうな茶色のソファに座り、両手をお尻の横におろした瞬間、「ひゃあ、冷たい」と言って手を組んだ。私は伯母について浴室に行った。伯母はまだらになった鏡をのぞきこみ、浴槽の蛇口をひねった。そして、タオル掛けにあった古びたタオルを取ると、水に浸した。私が手を伸ばすと、伯母は黙ってタオルを絞り、私によこした。

「床だけ適当に拭いてちょうだい」

伯母がタオル入れを開けるのを見ながら、私は浴室を出た。

「コーヒーでも飲みましょうか」

そう叔母が言って、ソファから身を起こして台所へ向かった。私は雑巾を持ったままついていった。台所はどんより暗かった。窓の外に赤黒いレンガの塀が見えた。私と母が住んでいた頃は、日当たりのよい南西にひらけた窓だったのに、隣の家が高いビルを建てたのだろう。流しはカラカラに乾いていた。

「あらまあ……」

冷蔵庫を開けた叔母が舌打ちした。冷蔵庫の中には、汁が乾いて跡だけ残ったキムチの容器と、未開封のクリームパン、ほんの少し水の残ったペットボトルなどがあった。そして、ドアポケットには卵がいくつかあった。叔母は冷蔵庫のドアを閉め、食器棚の前に行った。そこからインスタントコーヒーのスティックを一つかみと、ステンレスのやかん、コーヒーカップを取り出した。私がコーヒーカップを洗おうとすると、叔母が制止して、「私がやるわ。ドゥックとおしゃべりしてきたら？　あなたたち、久しぶりでしょ。いとこ同士なのに、よそよそしいわね」と言った。

　大人たちはひそひそと話をしていた。ドゥック兄さんはどこに行ったのだろう。伯母は床を拭いていた。私はソファの前のテーブルとソファを拭いた後、薬棚を拭き始めた。小さな引き出しがぎっしりとはめ込まれた薬棚は、水気が触れると紫色に輝いた。引き出しごとに薬の名前が書かれた紙がついていた。当帰《とうき》、蒼朮《そうじゅつ》、陳皮《ちんぴ》、鹿角《ろっかく》、冬瓜皮《とうがひ》……。引き出しを開けてみると、あるものはいっぱい詰まっていて、あるものは少し、またあるものは空だった。どれもみなパリパリと音がするくらい乾いていた。秤と薬研《やげん》*33、鍼を入れておく棚もあったはずだが、見当たらなかった。真鍮の装飾を施した重厚な木製の棚だった。その上にはいつもハッカ飴の入った瓶があった。天井の一角には薬草の入った袋が枯葉のようにぶら下がっていた。前はきれいな生成りだったものが茶色に変色している。

　この家に日の光があふれていた頃、診療室だったこの部屋で、祖父は私に棗《なつめ》や桂皮をくれたものだ。

日の昇る家

いとこの部屋からギターを爪弾く音が聞こえてきた。散発的に、ポロン、ポロロンと鳴っていたギターの音が音楽になってきた。霧雨のようにかぼそく。大人たちはひそひそ話を中断して耳を傾け、叔母が「日の昇る家だわ」と言うと、ただ頷いて、また話を始めた。私は席を立って、いとこの部屋をノックした。「はい」という返事とともにギターの音がやんだ。ドゥック兄さんは布団から半分立ち上がりかけて、また座った。

「入って。ファヨル、疲れただろ」

ドゥック兄さんがにっこりして、自分の隣を指さした。歯学部を卒業し、軍医官として服務中の彼の色白で美しい顔は、大変なことがいろいろあったにもかかわらず穏やかに見えた。ギターが二台立てかけられた壁には、CDがぎっしり詰まったガラスの棚が天井まで届いていた。CDはオーディオの横にも前にも乱雑に積まれていた。下のいとこが使っていた部屋だった。

「お母さん、アメリカにいるんだってね」

「うん……」

「そっか……」

私の目をのぞきこみ、何か言いたそうにしていたドゥック兄さんは、笑みを浮かべると、またギターをつかんだ。子どもの頃から口数の少ない人だった。私はドゥック兄さんの横に膝を立てて座り、彼が奏でるギターの音を聞いた。伯母がドアを開け「中華の出前を取るけど、何にする？」と言うまで。

食事をし、大人たちはこれから家をどうするか話し合った。

「あの女、いったいどういうつもりなんだか。金はいつくれるんだ？」

「申し訳ないって言いながら、来月、また来月って延ばされて、もう何回目だかしれないわ……。こうなったら訴訟しかないかしらね」

「信用ならん。金をもらうまでは家を明け渡してはだめだ」

そのときふと、この家で私が暮らすことを思いついた。私が大学修学能力試験を受けなかったことにひどく腹を立てたおじが、私の顔を見るたびに責めるので、母方のおばの家が居心地悪くなっていた時期でもあった。私がここに住みたいと言うと、大人たちは初めは首を横に振った。父が生まれ育った家だし、私も子どもの頃に住んでいた家だ、私より若くて一人暮らしをしている人もたくさんいる、自立して暮らしてみたいと、真剣に訴えた。

「確かに、ここは危ない町でもないし、他人の家でもないんだから……。じゃあ、少しの間だけここで暮らしてみる？　すぐに決着をつけるから」

叔母の夫がそう言うと、叔母が心配した。

「あちらの家で承諾なさるかしら？」

母方のおじとおばを説得するのは容易ではなかった。しかし、父の実家なので、いつまでも反対することはできなかった。

私は下のいとこの部屋を使うことにした。ほかの三つの部屋はいじらずにそのままにしておいた。ドアを開けてそれぞれの部屋をのぞいたおばは複雑な表情になった。ウンギョンは下のいとこの部屋のCDを見て感嘆した。ドゥック兄さんの部屋からベッドを持ってきて、この部屋に入れた。あとで私がやると言ったけれど、おばは掃除を始めた。

「私、こんな家、初めて見た！　雰囲気あるじゃん！」

マンションでしか暮らしたことのないウンギョンには何もかもがめずらしいようで、あちこち見て回っていたが、友達と約束があると言って、先に出ていった。おばは、リビングと私が使う部屋と台所、浴室の掃除をし、鍵屋を呼んで玄関にデジタルドアロックを取りつけ、車で大きなスーパーに行って、私の冷蔵庫を満杯にするので忙しかった。

「戸締りをしっかりして、夜遅くに出歩かないこと。こまめに連絡して、顔を見せに来なさい。あなたにも考えがあるでしょうけど、勉強もちゃんとしてね……。食事は欠かさないで……。これでよかったのか、わからないわ」

家の前に停めた車に向かって二、三歩行ったところで、おばが立ち止まって念を押しているときだった。髪の長い女性が建物の入口から出てきた。

「新しく引っ越していらしたんですか？」

「あ、はい」

おばが彼女に向かって会釈した。

「ここのおじいさん、最近見えないなと思ってたけど、引っ越したんですね」

「亡くなったんです」

「えっ？　そうだったんですか」

「こちらにお住まいですか？」

「ええ、屋上の部屋に住んでます」

「そうですか。この子、そのおじいさんの孫なんです。これからここで暮らすので、よろしくお願いしますね」

おばは喜んでいた。私はぺこりとお辞儀をした。

「一人で？」

「ええ」

「私も一人暮らし。よろしくね」

おばと彼女は、この建物に住む人々や大家の話などをした。彼女は、今の家主が祖父からこの建物を譲り受けた直後に、かつて私が母と暮らしていた屋上の部屋に入居した。抵当に入っている家なのでためらったが、広いし、ほかより家賃も安いので決めたという。

「これから暖かくなるから、少しましだわね。今日は[*34]雨水《うすい》だから……」

気がかりな様子でおばは私をじっと見つめ、車のドアを開けた。おばの車が行ってしまうと、寂しさと不安に襲われた。少しの間、暮らすだけなのに……。玄関のわきにある、すっかり裸になった二本の木が目に入った。大きいほうはライラックだった。私が子どもの頃からあった木。もう一本は何だろう、葉が落ちて寒々しかった。玄関の右側の細長い花壇には、長いこと手入れされていない硬そうな土の所々に、干からびた草の山ができていた。敷地の片隅には、プラスチックの棚やテレビ台、何かが詰まった黒いビニール袋などが捨てられていた。「ゴミの無断投棄禁止」の黄色くなった貼り紙の下に。

祖父の影

寝室の押入れには、厚ぼったい布団がきれいにたたまれていっぱい入っていた。冷たくてすべすべの襟のついた青や赤や黄色の布団は、薄暗い押入れの中で冬眠するニシキヘビのようだった。私は静かに押入れの戸を閉めた。祖父が寝ていた木のベッドには、しわのよった厚い布団が敷かれていた。その上に、丸くて細長い枕が、壁に斜めに立てかけてあった。ベッドわきのテーブルには、電気スタンドの下に黒い革張りの本が二冊と『ハングル阿含経』、ルーペが置いてあった。革張りの本は『韓英聖書』と『薬学辞典』だった。私は静かにその部屋のドアを閉めて、ドゥック兄さんの部屋のドアを開けた。ベッドのあった場所ががらんとしている。机の上のデスクトップパソコンの奥の小さな本棚は、医学書が何冊かあるだけで、ぽっかりと空いていた。反対側の大きな本棚には、本がぎっしり詰まっていた。哲学全集、文学全集、百科事典などだ。私は緑色の表紙の世界文学全集からひと抱え選んで、自分の部屋に運んだ。発行日は一九七六年だった。私よりずっと前に生まれたその本は、縦書きで、どのページも上下二段に活字がびっしりだった。

最初の頃はたいてい家にいた。家の中でも自分の部屋でだけ過ごした。暗くなった後はほとんど外に出なかった。暖房をめいっぱいつけても、家の中は寒々しかった。私はベッドの上で布団をかぶり、音楽をかけて本を読んだ。そして、週に一回、おばの家に行って一晩泊まってきた。桜の花が咲く頃からは、おばの家に行くのが二週に一回になり、それも月一回に減り、食事やお茶をいただくと、夜は必ず帰ってくるようになった。裸で寒々しかったあの小さな木は桜だった。日当たりがいいせいか、三月半ばになると花をつけ始めた。まるで少女の曲芸師のように、小さな体にあでやかな花を咲かせた。ほかに花の咲く木のないその通りに、華やかな春の彩りを添えていた。

暖かくなるにつれてよく出歩くようになった私は、幼い頃に住んでいた町にますます愛着を持った。所々にアパートが建っていたが、町はほとんど変わっていなかった。特に、祖父の家から下ったあたりの、蜘蛛の巣のような路地に低い家々がぎっしりと軒を並べている一角は、昔の姿そのままだった。私は足の赴くままに路地を歩き回り、ときには行き止まりになって戻ってきたりしながら、図書館にも通い、散歩もした。路地を歩いていると、どこか見覚えのある顔にすれ違ったりもした。あるときは、くるくるパーマのおばさんが足を止めて、なつかしがった。

「韓医院の先生のところのお孫さんじゃない？」

私が「はい」と答えると、おばさんは気の毒そうに、おそるおそる聞いてきた。

「あの……坊ちゃんがバイクで事故にあったって聞いたんだけど、本当なの？」

私が頷くと、おばさんは「まあ、本当だったのね」と沈んだ声で言った。

「先生も亡くなったんでしょ？」

「ええ……」

おばさんは残念そうな表情で、何度も頷いた。

「老人ホームに入られたって話は聞いていたんだけど……。この町には先生のお世話になった人がいっぱいいるのよ。余裕のない暮らしだからって、診療費をただにしてくれたり……」

祖父についてのいい話を聞き、誇らしくうれしい気持ちになったが、おばさんは目に涙を浮かべて話を続けた。

「晩年に先生は苦労されたのよ。食事もほとんど取っていらっしゃらなかったみたい。一度、あっちのハンサウォル・マートで会ったんだけど、クリームパンとアンパンを買っていらしてね。歩くのも大変なのに、お腹が空いてパンを買いにいらしたみたい。私が追いかけていって、先生、このパンは私にご馳走させてもらえませんか、昔とてもお世話になったんですって言ったら、じっと私の顔を見て頷かれてね」

胸に突き刺さった。ああ、どうして祖父のことをきれいさっぱり忘れていたのか……。祖父に最後に会ったのは、中学三年になったばかりの頃だ。祖父が入院したという連絡があって、母と二人で病院に行った。そのときに会って、それきりだった。伯母も、叔母も、母も責められたものじゃない。私という、れっきとした孫娘もいながら、祖父がそんな暮らしをしていたなんて……。おばさんは、好奇心と非難の混じった目で私を見た。胸がヒリヒリし、顔が熱くなった。数日の間、祖父を思っていたたまれなかった。

家主が変わると

私がその家に住んだのは五ヵ月余りだった。ある弁護士事務所が発送した「競売相談専門」

というハガキが郵便受けに何度か突っこまれた後、ついに七月頃、競売で他人の手に渡った。ある日、中年の男の人が尋ねてきて、自分は新しい家主だ、大人に会わせてほしいと言われた。それで、伯母と話をしてくださいと、電話番号を教えた。伯母たちも全く知らなかったのだが、家はひと月前に競売にかけられ、一回目の入札は流れ、二回目で落札されたという。私は一ヵ月後に引っ越した。

新しい家主は、店子を追い出して、建物をリフォームした。何かというとすぐにボイラーが水漏れしていた部屋は、どれもすっかり直され、生まれ変わった。よそよりずっと安かった家賃も、よそと同じくらいに上げたという。屋上の彼女だけは新たに契約をして引き続き住むことになったそうだ。

リフォーム工事が始まるとき、私はまだその家に住んでいた。図書館帰りのある午後だった。青い作業服を着た男の人が玄関わきにいた。私はびっくりして叫んだ。

「何してるんですか?!」

作業服の人はライラックの木にのこぎりを入れていたのだ。桜の木はすでに伐り倒され、ぞんざいに投げ出されていた。作業服の人はぶっきらぼうに言った。

「切れって言われたので」

ライラックの幹の半分くらいまで刃が入っていた。薄紫色の花をいっぱいつけて、通り一面に香りをまき散らしていたライラックの木が！　新しい家主が建物の入口から出てきた。

「木、木を……」

私が口ごもっていると、彼はごく当たり前のことのように言った。

「木も花壇もなくして、セメントで固めるんですよ。すっきりと」

すっきりと？　すっきりとした木だったのに……。窓にかかることもなければ、場所もさほど取らなかった。花木のある建物のほうが、よほどすてきではないか。私が事前に知っていたら、新しい家主の考えを変えることができただろうか。祖父の家だったら、誰もあの木に手を出せなかっただろうに。祖父は、あのこじんまりした木を、季節になると一生懸命花を咲かせるあの二本の木を、目障りに思う人がいるなどとは想像もできなかったはずだ。私はすぐに玄関を開けて中に入った。自責の念と悲しみでいっぱいだった。

新しい家主は花壇をつぶしてセメントを敷いてしまった。ほかの人の目にはすっきり見えるかもしれないが、私の目には木と草花のセメントの棺のように見えた。家主が変わると、そこに宿っていたすべての生命《いのち》あるものの運命が変わる。

本を読むピルヨン

カウンターの前でオーナーとコーヒーを飲んでいると、チリンチリンと鐘が鳴った。振り返ると、ピルヨンだった。ピルヨンはオーナーに軽くお辞儀をして、笑顔で近づいてくると、配達の鞄からチキンの箱を出して、カウンターに置いた。

「チキン、頼んだ人いないけど……でしょ？」

オーナーが戸惑った顔で私に聞いた。「ええ」と答えて、ピルヨンの顔を見た。

「試食してもらおうと思って持ってきました。新メニューのにんにく醤油チキンです。お気に召したら、今度、注文してください」

「あら、サービス？　お得意さんってわけでもないのに、なんだかすまないわね」

オーナーが笑って箱を開けると、いい匂いが漂った。てらてら光る黄金色のチキンが並んでいた。

「わ、おいしそう！　何軒回るの？」

ピルヨンははにかんで、曖昧に頷いた。ふふふ、なにその返事。オーナーはチキンをひとつ取って私に渡し、自分も一口かじった。

「絶品ね！」

オーナーが喜んで食べているのを見て、ピルヨンの顔が明るくなった。私がピルヨンに「ありがとう。もらうね」と言うと、オーナーは目を丸くした。

「友達なんです。ピルヨン、挨拶して。こちらはオーナー」

ピルヨンがひょこりとお辞儀をすると、オーナーも会釈を返した。

「そうだったの。なるほど……。じゃ、これ、あなたがお金を出してるんじゃないの？」

「いいえ。手応えを探ってくるって言ってオッケーもらいました」

「そうなの……ありがとう。とってもおいしかったって伝えてね」

「抗生物質を使わないで育てた鶏らしいですよ」

私がベベチキンの宣伝をすると、ピルヨンがうれしそうに私を見た。

「まあ、高級な鶏肉なのね。どうりで味もいいわ……。そうだ、もらってばかりじゃなんだから、ジュースでも飲んでいって。なにが好き？」

オーナーが冷蔵庫に向かいながら聞くと、ピルヨンはあわてて手を振った。

「いいえ、もう帰ります。配達が集中する時間なんです。ありがとうございます！」

「じゃ、持っていって」

「いいです、ありがとうございます。これで失礼します。それでは、また」

「じゃ、気をつけてね」

あたふたと出ていくピルヨンの後についていった。店の前でピルヨンは、配達の鞄から何か取り出して、私にくれた。

「何？」

「本！」

ピルヨンは誇らしげに答えた。

「本屋でさ、おまえが好きかなと思って……」

「え？　あんたが本屋に行ったの？」

「うん」

ピルヨンは照れくさそうに笑った。片方の頬にできるえくぼが、思わず指を当ててみたくなるほどチャーミングだった。

「ありがとう……。どういう風の吹き回しで本屋になんか行ったの？」

「おまえ、本、好きじゃん」

「それは、そうだけど」

数日前のピルヨンとの会話がよみがえった。読書とは縁がないといってもよいピルヨンだった。よほど本嫌いだったのだろう、何年か前には、ピルヨンのお父さんがこんな提案をしたことがあるという。

「絵が全く入ってない本を一冊読むごとに、一万ウォンずつやろう」

その話を聞いて大笑いした私が、「で、読んだの？」と聞くと、ピルヨンは「もちろん！三冊読んだよ。それで三万ウォンもらった」と答えた。

「何を読んだの？」

私はとても興味があった。

「『退魔禄』。おまえも読んだ？」

「ううん、読んだことないけど……」

ピルヨンは「おもしろかったぜ。おまえも一回読んでみろよ」と得意げな顔になった。

「あと二冊は何の本？」

私が聞くと、ピルヨンが目をぱちくりさせた。

「『退魔禄』だってば。『退魔禄』一、二、三巻。三冊読んだの」

私が思わず噴き出すと、ピルヨンはすねたような声で「この頃、本を読んでる人なんて、どこにいるのさ。おまえぐらいだよ」と言った。そして、驚くべき話を聞かせてくれた。

「だけど、俺、中二のとき、読書感想文で賞をもらったんだぜ。奨励賞」

「ほんと？」

「うん。国語の先生に、おもしろい感想文だってほめられた。特賞あげたいくらいけど、本の内容がちょっとって言われたんだ」

「何の本の感想文を書いたの？」

ピルヨンがちょっと恥ずかしそうに答えた。

「偉人伝なんだけど……『侠客・金斗漢《キム・ドゥハン》』」

侠客と聞いて私は大笑いした。ピルヨンも一緒に笑って、私に聞いた。

「おまえ、金斗漢が誰だか知ってる？」

「知らない」

「独立運動してた金左鎮《キム・ジャジン》将軍の息子なんだ、かっこいいぜ。けんかも最高に強くて、悪いやつを見ると黙っていられない人なんだ」

「金左鎮将軍なら知ってる。金斗漢も聞いたことあるかも。おもしろそうだね」

「うん。感動的な本だよ。おまえも一回読んでみろよ。探せばあると思うけど、貸してやろうか？」

「うん。その読書感想文も読んでみたいな」

「それは、もうないけど……」

ピルヨンは約束どおり私に『侠客・金斗漢』を貸してくれた。おもしろかった。私は本を返しながらピルヨンに、こういう本は偉人伝ではなく伝記というのだと教えてやった。上から目線だと思われないか心配で、不自然な口調になった。ピルヨンは納得いかないといった表情で頷いた。実のところ、金斗漢と偉人がどう違うのか、私もきちんと説明できない。

店に戻ると、オーナーが「ファヨルのおかげでおいしいチキンをご馳走になったわ」と言って、ピルヨンを素直でいい子そうだとほめてくれた。

ピルヨンがくれたのは『幸せな野良猫』という本だった。道で暮らす猫たちの写真がたくさん収められていた。ある猫は実にかわいらしく、またある猫はとても滑稽だった。何度見ても、また見たくなる写真ばかりだ。成猫を見れば、厳しい環境でもどうにか生きながらえて大人になったことがいじらしくて胸がつまり、仔猫を見れば、どうか大変な目にあわなくてすむようにと切に祈った。著者の「紙の傘」ことイ・ジョンフン氏は、プロローグにこう書いていた。

野良猫たちが、常に悲しくつらい日々を生きているわけではないということを知りました。野良猫たちにも人生があり、愛があり、わずかの余裕があり、それなりの幸せがありました。

安心し、なぐさめられつつも、もの悲しい気分になる言葉だった。

ピルヨン、ありがとう。大事にして、何度も見るね。

雨が降ると

二日間、風雨に見舞われた。前は雨が好きだったが、今は雨が降り続くと、気分が重くなる。猫たちがびっしょり雨に打たれているだろうから。

コンビニに行く通りに並んだプラタナスが、隅々までほこりを洗い流して、気持ちよさそうに揺れている。木にとって、雨はうれしい贈り物だろう。鳥たちも、雨が降れば、羽を洗って存分に水を飲めるからいいことだ。ソウルに住む鳥たちは、水を飲める所がなくて、いつも喉が渇いていると聞いた。喉の渇いた猫たちも多いだろう。ふふふ。雨が降った後、猫たちは少しきれいになっている。水を嫌う猫たちのためのシャワー？　空を見上げると、雨はまだ数日続きそうだった。風さえなければいいのに、風は楽しげに吹き荒れている。

ベティは自分の小屋の中で眠っていた。もう雨の中をさまよわなくていいから安心だ。缶詰を皿にあけていると、ぐっすり眠っていたベティが頭をあげ、ニェ～と鳴きながら、おもむろに出てきた。

「ベティ、入ってなさい！」

私の言葉に耳を貸さずにベティは出てきて、濡れた壁に頭をこすりつけた。

「入ってなってば」

雨に濡れた背中をティシュペーパーで拭いて、ベティを小屋に押しこみ、皿も入れてやった。家も道路もみんな濡れていたが、ベティの小屋の中は大丈夫だろう。

いつもごはんを置く、坂道に停まっている白い車が、今日に限って見えなかった。上のほうにときどき見かけるトラックが一台あるだけで、いつもその近くに駐車していた車もなかった。三毛の長女も、その仔猫たちもいない。トラックは、夕方の七時前にいなくなる。トラックが出る前に、猫たちはごはんを食べて帰れるだろうか。トラックの下に置いても気づくよね？前にもそこで食べたことがあるから、賢い長女なら、きっと見つけられるはずだ。

大雨が降っていいことのひとつは、婦人会長さんをはじめとする猫を嫌う人たちが、外にあまり出てこないことだ。それでも傘をさして出てきて、トラックの下に猫のごはんを見つけたら、怒って片付けてしまうかもしれない。トラックは車高が高いので、今日みたいに前にも後ろにも車のない日は、下が丸見えだ。婦人会長さんが目を光らせていたら、避けようがない。これまでの経験では、ごはんを置くのに一番いいのは、車の下が適当に広くて深いSUV車だ。反対にもっとも望ましくないのはスポーツカー。以前、コンビニのお客さんが少しの間停めているのを見たが、車高が地面すれすれで、まったくいただけなかった。そのスポーツカーを見て最初に思ったのが「使えない車！」なのだから、自分でもおかしい。

閑散とした夜。雨は滝のように窓に降りかかる。風にカタカタ揺れるガラス窓には雨で白い幕ができ、何も見えない。夕方も雨風はかなり強かった。出勤したときに店の前が広々と感じられたのは、テーブルがしまってあったからだ。暴風雨警報が出たので、パラソルもテーブルもたたんだそうだ。いつだったか、台風でパラソルが何メートルも飛ばされ、みんな壊れてしまったことがあった。

幸せな野良猫に会いたい

雨水で濡れた床にモップをかけていると、オーナーが交代しに来た。

「風がものすごくて、ここに来るだけで精根尽きたわ。傘があっても無駄。ファヨル、タクシーに乗って帰ってね。タクシー代、あげるから」

オーナーが心配してくれたが、寄る所があるので歩いて帰ると返事した。

「この夜中に、こんなに雨も降っているのに、いったいどこに寄るの？　明日じゃだめなの？」

「大丈夫です。私、雨は好きですから」

「私もファヨルくらいの年の頃は、雨に打たれながら歩き回ったりもしたけど。じゃあ、気をつけて、早めに帰るのよ」

「はい。では、また明日」

店を出た途端、風に傘を取られそうになった。私は傘の持ち手をぎゅっと握った。盛んに降り注ぐ雨の中で、風は、傘をパンパンにふくらませたり、一方に歪ませたりしてもてあそんだ。傘を持った私は、嵐の吹き荒れる海に浮かんだ木の葉の船のように、右へ左へ振り回された。明るくライトを照らしたバスが通り過ぎるとき、突然傘の骨が折れて、ひっくり返った。お気に入りの傘なのに。黒いしま模様の丈夫な傘だった。私は傘をきれいにたたんでボタンを留めた。とっくにずぶ濡れだったので、濡れることを気にしなくていいから、かえって楽だった。私は傘をわきに抱え、せっせと歩いた。

ベティ……。心配していたとおり、ベティの発泡スチロールの小屋はどこかに吹き飛ばされ、床だけが残っていた。それでも自分の家だとばかりに、ベティは雨に濡れるままに、そこにうずくまっていて、私を見るとニャ〜と鳴いてうれしそうに寄ってきた。通りはすべて店じまいして、仕立て直し屋も明かりが消えていた。街灯は遠く離れているので、辺りは暗かった。ベティも私もざあざあ雨に打たれた。駐車場もたくさんあるのに、車の下で雨宿りしないで、いつからここにいたの？　ベティを連れて、ひとまず近くのアパートの駐車場に向かっていると、「おまえ、家がなくなっちゃったな」という声が聞こえた。ひとつ向こうの通りに住むおじさんで、「トル」という名前の子犬を抱いて歩いていくのを何度か見かけたことがあった。ベティにと、缶詰を一箱、仕立て直し屋のおばさんに渡していった人だ。おじさんは持っていた傘をいきなり私の手に握らせると、向かいのクリーニング屋から発泡スチロールの箱を抱えて戻ってきた。そして、すぐさまベティの家を元通りにしてくれた。

私がぴったり寄り添って傘をさしかけてはいたものの、おじさんもびしょ濡れになってしまった。おじさんはスーツにもかかわらず、雨を気にも留めない。つくり直したベティの小屋を一瞥すると、「風でまた飛びそうだな……」とつぶやき、今度は食堂の前からレンガを二つ持ってきて、屋根の上にのせた。私が「ああ、ありがとうございます」とお礼を言うと、おじさんは満足げにほほえんで頷き、パンパンと両手を払った。「どう？　これでなんとか大丈夫でしょ？」と言いながら。

「ベティ、よかったね！　ありがとうってお礼を言いなさい」

ベティはおじさんをよく知っているようで、体をくねくねさせてニャオンと鳴いた。

「ベティ？　こいつの名前、ベティっていうの？」

「ええ」

「ベティって名前だったのか。俺はデブりんって呼んでたんだけど」

おじさんと私は声を合わせてあははと笑った。夜遅く、おじさんが前を通りかかると、ベティがニャオン、ニャオンと鳴きながら、家までついてくることがあるそうだ。そのたびに、缶詰を持ってきて食べさせてくれたという。ベティ、だから太るんだよ！

私の傘を見せても、おじさんはどうしても自分の傘をさしていけと譲らなかった。家に傘がたくさんあると言って。ベティは小屋に入れても、すぐに飛び出してついてきた。おじさんが大通りまで送ってくれると言うので、雨の中をおじさんとベティと三人で歩いた。四十メートルくらい歩いたろうか、どこからか悲しげな猫の鳴き声が聞こえてきた。耳を澄まして見回すと、十メートルくらい後ろで、ベティが立ち止まって私を呼んでいた。そんな仔猫のようなベティのいじらしい声は初めて聞いた。私が戻ろうとすると、おじさんが止めた。「絶つときはしっかりと絶つべきだよ。鳴いてるからって戻ると、あいつの癖になる。そうなると、君が大変だ。俺が帰りに連れていくから、もう帰りなさい」。

おやつと一緒にベティを小屋に入れに戻りたかったが、ぐっとこらえた。ベティ……。私はベティを早く小屋に戻したくて、大通りの明かりが見えると同時に、おじさんに傘を返し、一礼して走り去った。竜巻が通り過ぎるような勢いで雨をかき分けながら。後ろでおじさんが「グッナイ！」と叫んだ。ベティのそばにやさしくてすてきな人が住んでいることを知って、雨の中で踊り出したい気分だった。

列車に乗って加平《カピョン》に行って

「ファヨル」

「うん？」

「ファヨル、ファヨル」

「なんで何回も呼ぶの？」

「好きだから」

　ピルヨンがでれでれ笑って肘で私の腕をつつき、私の肩に頭をもたせかけた。かわいい！　ピルヨンと列車に乗って加平[*35]に行くところだ。ピルヨンのお父さんが釣りに行って、交通事故にあったのだ。美しい景色を楽しみながら二車線道路をのろのろと運転していたら、後ろから来たトラックがイライラしたのか、派手にクラクションを鳴らして追い越していった。それにびっくりしたピルヨンのお父さんは、道路のわきの土手を越えて、車ごと畑に落ちてしまったという。それが一昨日のことで、大したけがではなく、今日退院する。車も何ともないので、ピルヨンがお父さんを乗せて運転して帰ることになった。ピルヨンが目を細めて、日差しをたっぷり浴びた川面を見下ろし、浮かれた声で言った。

「おまえとどこか遠くに行くみたいだな」

「そうだね。天気もいいし」

「遠足みたいな感じもするな」

「うん」

「俺たち、いつか本当に遠足に行こうか？」

「いいね」

「ほんと?! じゃ、モーターサイクルに乗っていこう」

「やだよ」

「なんで」

「危ないもん」

「危なくないって。俺の運転、信じても大丈夫。自分で運転する女の子もいっぱいいるよ」

「ふーん、かっこいいね」

「うん、かっこいいよ。おまえも習えば？　俺が教えてやるよ」

「うーん……。うらやましいけど、私は自信ないな」

「乗ったことがないからだよ。俺がちゃんと教えてやるって」

「あんた、大型バイクの試験、落ちたのに」

「それは、俺が試験を甘く見て、一回も練習しなかったからさ。何回か練習すれば、朝飯前さ……。キーを抜かなかったんだよな。モーターサイクルを停めたらキーを抜くのは基本なんだけど、配達のときの癖が出て、つい、うっかり。普段は、チキンを渡したらすぐに出発したいから、キーを刺したままで行くんだ」

「なるほどね」

「キーがついてるのを中学生とか高校生が見て、乗っていっちゃうこともあるんだよ」

「そしたら、どうするの？」

「まあ、たいしたことにはならない。配達のアルバイトはおろおろして、それから社長にさんざん怒られるけど、気がすむまで乗り回したら、配達ボックスに書いてある店名を見て、こっそり店の前に停めていくんだ。俺も昔たまにやってた」

「あんたが？　いつ？」

「そんな時代もあったのよ。俺、ちょっとワルでね」

「あんたが？」

私はふふっと笑った。ピルヨンも笑って「そうだったのよ〜」と言った。どこまで本当やら。

列車の中は大学生らしい人たちでいっぱいだった。通路の反対側の席では、六人がぎゅうぎゅう詰めに座り、ビールを飲みながらポーカーをしている。発車前から続いていた。夏休みも終わりに近かった。

母もポーカーが好きだった。乙旺里《ウランニ》[*36]の海辺を思い出す。母と、チャ社長と、社長の友達二人と、母の友達のスナさんが、白い砂浜のパラソルの下でポーカーをしていた。長いこと泳いで戻ってみると、母は機嫌が悪かった。かなり負けたようだ。チャ社長が、そばに座ってスイカを食べる私に、くくくと笑いながらささやいた。

「お母さんのサングラスを見てごらん」

母の大きなサングラスには、母が手にしたカードがくっきりと映っていた。ほかの人たちもみんなそれを見てにやにや笑っていたのに、ポーカーに夢中の母だけが気づいていなかった。母は、水着の上に薄紫色のビーチドレスというシックな装いで、パラソルの下を離れなかった。日焼けするからと言って。ひと月もの間、私の面倒をみてくれたスナさん。今はどうしているのだろう……。背が高くすらりとした女性で、その横に立つと、母は子どもみたいに小さく見えた。

「ファヨル、もう何も心配いらないよ。お母さんがつき合ってる人はとってもお金持ちで、じきに結婚することになるわ」

スナさんがこっそり教えてくれて、チャ社長と母の関係を初めて知った。

アグリッパおじさん

加平駅でタクシーに乗り、ずいぶん走った。タクシー代が四万ウォン近くになった。小さな商店の横にある二階建ての建物に「ウリ医院」の看板はかかっていた。建物の中には味噌汁の匂いが漂っていた。ピルヨンの後について、一階の隅にある部屋に入った。天井の低い、みすぼらしい部屋だった。アグリッパの石膏像に似たおじさんが、手首に点滴を刺して寝ていた。枕元にはマンガ本が散らばっていて、音をたてて回る扇風機の風でページがめくれあがっていた。

「父さん!」

ピルヨンが呼ぶと、アグリッパおじさんがぱっと目を開けた。

「お、ピルヨン、着いたか」

アグリッパおじさんは口を大きくあけて欠伸をしようとしたが、私に気づいて口を閉じた。

「こんにちは」

「あ、こんにちは」

アグリッパおじさんは、面食らいながらも挨拶を返して、顔をほころばせた。ピルヨンと同じえくぼができた。

「父さん、大丈夫なの？」

「ああ、平気さ。ここでゴロゴロ寝てるのは、楽ちんでいいよ。そのシャツをちょっと取ってくれ」

ピルヨンがスタンドハンガーから青いシャツを取ってくる間、ランニング姿のアグリッパおじさんは、上体を起こして腕をかいた。ガリガリのピルヨンとはちがって体格がよかった。

「わ、父さん、やばいよ。百ヵ所以上刺されてるみたいだよ。交通事故より、こっちのほうが重傷じゃない？　ここ、蚊取り線香もないの？　父さん、いくら寝るのが好きだからって、こんなに刺されるまで平気で寝てたわけ？」

アグリッパおじさんがシャツを着るのを手伝いながらピルヨンが言った。アグリッパおじさんが声をひそめて言った。

「蚊じゃなくて、南京虫だと思うんだ。俺が南京虫に刺されたって言ったら、ここの人たちはとんでもないって否定したけど、蚊だったら、こんなにやたら刺されて赤くなるまで気づかないわけがないだろ？　おまえ、南京虫って知ってるか？　蚕の蛹を押しつぶしたみたいな平べったい虫で、ラグビーボールみたいにパンパンになるまで血を吸うんだ。やたらしつこくてね。床に座らないほうがいい。食われるから」

ピルヨンは急いで立ち上がり、床をきょろきょろ見回した。

「病院なのに、そんなのがいるの？」

「田舎だから。もしかしたら……」

アグリッパおじさんは、突然、マンガ本をにらみつけた。

「このマンガ本にくっついてきたのかもしれないな」

「マンガ、誰に借りたの？」

「看護師さんに頼んで、借りてきてもらった。たいしておもしろくもなかったけど」

床に散らばっている二十冊ほどのマンガ本は、テレビのドラマにもなった『宮―Love in Palace』だった。表紙に「19禁」とついているところを見ると、おもしろくなかったと言いつつも、熱心に読んだのだろう。

「それはそうと、大変だ。俺が南京虫にたかられて帰ったら、母さんがなんて言うか……」

「南京虫かどうかわからないでしょ」

アグリッパおじさんが心配そうに背中をかいているとき、ペタペタと足音が近づいてきた。上下ブルーグレーのユニフォームをまとった、ショートヘアの少女のような看護師だった。

「こんにちは。今日、退院ですよね？」

彼女は明るい声でピルヨンに挨拶し、おじさんの手首から点滴の針を抜いた。

「マンガ、おもしろかったですか？」

「『ラッキーマイン』はすごくおもしろかったですよ」

「おもしろいって誰かも言ってました。『宮』も本当におもしろいですよね」

アグリッパおじさんは困って話題を変えた。

「ところで、半分以上残っているのに点滴を取るんですか？」

「ええ、もう取っても大丈夫です。ただの栄養剤ですしね」

「残った分はどうするんですか？」

「え？　そのまま捨てますけど」

「もったいない！　じゃ、持ち帰り用にしてください。家に帰って自分で打ちますから」

「はい？」

看護師の目が真ん丸になり、ピルヨンと私はげらげら笑った。アグリッパおじさんがあははと笑うと、看護師もうふふと笑い、点滴を片付けて出ていった。

ピカピカのグレンジャー

ショートヘアの少女のような看護師は、名残惜しそうな様子で玄関まで見送りに出てきた。

「お気をつけて。またのお越しはお待ちしておりません」

「ありがとうございます。お世話になりました。ソウルに来たときは連絡してください。おいしいチキンをご馳走しますから」

「本当ですか？　私、チキン大好きなんです。友達と一緒に行ってもいいですよね？」

「もちろん。一緒にどうぞ」

にこにこ笑って手を振る看護師との挨拶を終え、ピルヨンと私はアグリッパおじさんを両側から支えた。アグリッパおじさんは傷めたほうの脚が使えなかった。

「はは。俺は幸せ者だな。ピルヨン、たいしたもんだ。こんなにきれいでおしとやかなガールフレンドまでいて」

「父さん、ファヨルにあまり寄りかからないで、ぼくのほうに寄りかかってよ」

「やだね。ホッホッホ。おまえの仲間はいつも何かやらかしてばかりで、ガールフレンドがいるやつは一人もいないからな……。真っ黒いやつばかり見た後に花のような女性を見ると、目が浄められるなぁ」

「ジュンスも彼女いるよ」

ピルヨンは顔を真っ赤にして、照れ笑いを浮かべていた。

ピルヨンの家の車は黒のグレンジャーだ。後部座席の窓にクッションを当て、アグリッパおじさんが楽に脚を伸ばして座れるようにした。車内は革のような匂いがした。ピルヨンが運転席に座り、私がその隣に座った。

「気をつけて、安全運転しろよ」

「はい。ご心配なく」

ピルヨンは慣れた手つきで車をバックさせ、「ウリ医院」を出発した。舗装された道路の上を車はなめらかに進んだ。

「もしかして新車？」

「うん、母さんの車。このあいだ買ったばかり。父さん、車の下、ガリガリやっちゃったんでしょ？」

「ああ、それで死ぬほど文句を言われた」

「当然でしょ。母さんがどれだけ大事にしてる車か……。なんでこれに乗ってきたの？」

「一度運転してみたかったのさ。もったいないじゃないか。毎日駐車場に停めておくだけで。乗り心地よかったよ」

お父さんの車は、十年物のムッソー[*37]だそうだ。もともとはお父さんの車を買い替えるはずだったのに、突然お母さんがため息をついて身の上を嘆き始めた。

「自分たちはやりたいことを全部やって、節約なんて考えもしないで、欲しいものも全部買って……。ただただ身を粉にして働いている私はいったい何なの？」

それで、自分たち（お父さんと、お姉さんと、ピルヨン）は、異口同音に叫んだという。

「誰も止めないって。母さんも使いたければ使いなよ。勝手にぼくたちのせいにしないでよ」

すると、お母さんは「グレンジャーが欲しい。あれ、買うわ！」と断言したそうだ。それでお父さんの新車の話はなくなり、お姉さんとピルヨンも緊縮財政に入ったのだとか。ピルヨンがくすくす笑って言った。

「うちの母さん、免許もないくせに車を買ったんだよ」

お父さんもくすくす笑った。

「駐車場代だけ無駄に払っているのさ。母さん、できることなら、家の中に飾りたいと思ってるよ」

「母さんに免許が取れるかなぁ」

「どうだろうね。怖がりだからな。教習所に通えって言っても、いつも後で、後でって。だから、ぜんぜん……」

「完全にペットだよね。箱入り！　クーッ、箱入りなんて言われた車、ほかにあったら見てみたいよ」

「これでいよいよ俺もグレンジャー、と思ったのに、指一本触れさせてもらえないんだからな。

まったく……」

　ピルヨンとお父さんは、母親と妻の文句を言い合い、笑いは止まりそうになかった。お父さんの運転で、一家で*38京畿道長興《キョンギドチャンフン》まで出かけた後はずっと、駐車場のテントの下に大事に休ませてあったというピカピカのグレンジャー。

「実はね、父さん。ウィチャンが遊びに来たんだ。二ヵ月以上、一台も売れてないって。それで母さんが、一番高い車はどれかって聞いたんだ」

「ウィチャンはまだ車の営業をやっているのか？」

「うん」

「あの引っ込み思案の頼りないやつが？　そうだったのか……。節約家の母さんがどういう風の吹き回しかと思ったよ。ピルヨン、おまえの母さんは天使だ！　おまえは天使の息子だ！　わかるだろ？」

　お父さんの声が感動で震えた。ピルヨンがにっと笑った。

「母さんが一人で店を切り盛りするのは大変だ。ピルヨン、おまえ、ちゃんと手伝ったんだろうな？」

「もちろん」

「おまえは本当はいい子だよな。そんなに素直でいい子が、親を泣かせるようなことをして！」

「え、父さん！」

「ファヨルにおまえの親泣かせな話、してやろうか？」

ピルヨンと私が同時に言った。

「ぼく、泣かせたことなんかないよ」

「はい、してください」

「父さん……、聞きたくないんですけど……」

ピルヨンがいじらしく抗議すると、お父さんは「あ、そう……」と言って口をつぐんだ。しばらくして、お父さんがぎこちない沈黙を破った。

「ピルヨン、なにか一曲歌ってくれ。久しぶりに聞きたいな」

なめらかに走る車の音だけが静かに響く中に、清らかな歌声が聞こえてきた。私は運転席のピルヨンを見つめた。見直した、ピルヨン！　これは、英語でもなければ、日本語でもなく、ドイツ語か？　反対車線は渋滞してのろのろ動いていたが、こちらの車線は滞ることなく悠々と流れていった。ピルヨンの歌のように。

アデライデ〜、アデライデ〜。

私は夢中で拍手した。お父さんも「拍手!!」と叫んで手を叩いた。

「ピルヨンの歌、うまいでしょ？」

「ほんとに」

「子どもの頃、いっぱい賞をもらったんだよ。ピルヨン、「菩提樹」を歌ってくれ」

お父さんと私が交互にリクエストし、ピルヨンはどんな歌でも歌えないものはなかった。そのうち、ピルヨンが一緒に歌おうと言い出して、「お兄さん」を三人でハーモニーをつけて歌った。

来るって言ったのに〜〜〜、どうして来ないの〜？

歌うピルヨンは新鮮だった。ピルヨンじゃないような気もするし、一番ピルヨンらしい気もした。

一時期ちょっとワルだった

「夕飯、一緒に食べていけば？」

ピルヨンのお父さんの誘いをコンビニの仕事のために辞退し、猫の坂道の近くで降ろしてもらった。そのときの残念な気持ちは数日後に解消された。ピルヨンの家に招待されたのだ。ピルヨンのお母さんは、際立って黒い瞳が美しく、聡明そうな女性だった。敏捷な動きで、家の中でもすたすた歩いた。その後をモッポが小走りでずっとついて回った。

「いらっしゃい。会えてうれしいわ」

やさしくて快活な口調だった。

「冷麺が好きって聞いたから、冷麺にしたんだけど、お口に合うかしら」

「ファヨルは、冷麺の麺だけゆでてやっても、食べるよな。大好物だよ」

ピルヨンがむふふと笑って言った。家の中はほこりひとつないように見えた。食卓には冷麺が三つ用意されていた。

「私はお店に出なきゃいけないから、これで失礼するわね。どうぞ楽にして、ゆっくり遊んでいってちょうだい。ピルヨンは六時までに店に来なさい。お父さんも一緒に来てね。ピルヨンがガールフレンドを連れてくるのは初めてだから、一目会いたくて、ちょっと寄ったのよ。ほんとに会えてうれしいわ」

ほほえみながら話すピルヨンのお母さんは、笑っていないときでも口角がちょっと上がっていた。お母さんは、私たち三人を食卓の前に座らせて、出ていった。開いた窓からそよ風がさやさやと入ってきた。

「食べよう！」

お父さんが箸を手にした。

「足の具合はいかがですか？」

「大丈夫。何度か鍼に通って、もうほとんど治ったよ。俺は骨太だから。これがピルヨンだったら、あちこち折れてただろうけどね」

「えー、父さん。ぼくも骨太だよ！」

お父さんはくすくす笑って、左手でピルヨンの柔らかくて長い髪の毛をくしゃくしゃにした。お父さんの手は、ヘルメットみたいに大きかった。この頃ピルヨンは、髪を肩まで伸ばして結って縛っている。近所の美容院のお姉さんから、子どもっぽく見えるから、髪を少し伸ばして結んだら男の色気を出せるとアドバイスされたそうだ。

「女は若くみせたほうが有利。若ければ清純そうに見えるし、女性的な魅力もアップするでしょ。バット！　男は年より上に見られても一向に不利じゃない。むしろ子どもっぽいと魅力がダウンする。メンズファッションで大事なのは、年より若く見せることじゃなくて、男の色気！」と、教えられたそうだ。なるほど。でも美容師さん、ピルヨンはまだ十九歳なんです！

「薬味がずいぶん多いな」

お父さんは文句を言ったが、冷麺の味は最高だった。

「うまい！　うまいだろ？　うちの母さん、料理の腕がいいんだ」

お父さんも親指を立てて同意した。冷麺を食べ終え、私が皿を洗おうと立ちあがると、お父さんが制した。

「洗い物だったら、ピルヨンがこれまたプロ級なのさ。ファヨルは俺とビデオを見よう。ピルヨンの歌のビデオ」

「うん。洗い物はぼくがやるよ」とピルヨンが言うので、お父さんについてリビングに行った。お父さんは、準備していたかのようにビデオを回し、キッチンに行ってシッケ[*39]と果物をのせた盆を持ってきた。盛大な拍手の後に「麦畑」が流れてきた。少年合唱団だった。

「あの、前列の中央にいるのがピルヨン」

お父さんが教えてくれた。ハイソックスをはいて、蝶ネクタイをした幼いピルヨンが、両手を前で揃えて歌っている姿は実にかわいらしかった。目を大きく見開いて、口をぱくぱく開けたり閉じたりして。「放送局に俺が連れて歩いたんだよ。ほかの子たちはみんな母親がついていたけど、うちは合唱団に入れたのも俺だし、つき添いもみんな俺……」。お父さんがなつかしそうに画面に見入った。少年合唱団は「ベルナーオバーラント」も「エーデルワイス」も歌った。

「俺、ウィーン少年合唱団が好きなんだ。あのハーモニーがたまらない。この子たちもかなりうまかったよ。このハーモニー、ちょっと聞いてごらん」

合唱団が「菩提樹」を歌い出すと、お父さんは目をつむり、ほほえみを浮かべて一緒にハミングした。「うちの父さん、合唱が好きなの」。皿洗いを終えたピルヨンが隣にドサッと腰をおろし、果物をかじった。

「俺も聖歌隊だったんだよ。歌が歌いたいばかりに、熱心に教会に通ったのさ。神様、お許しください！」

「教会で母さんとも出会ったじゃん」

「そうそう。二人は真面目な青年部員だったんだけど……。俺、母さんによく思われたくて、敬虔なクリスチャンのふりをしていたのさ。実は母さんもそうだった」

「今は、教会に行かないんですか？」

「うん。結婚したら、いつの間にかうやむやになっちゃった。母さんのほうは、結婚相手を見つけるという目的を達成したので。神様、お許しください！」

「だけど、母さんは今でも一年に何回かは行ってるよ」

「クリスマスに？　母さんの実家はクリスチャンだからね」

お父さんは「菩提樹」が終わるとビデオを止め、テープを替えた。

「ピルヨンの独唱を集めたものなんだ、どれ、一つだけ見てみようか」

「父さん、また？」

「俺、このくらいのときのピルヨンが一番かわいかった」

お父さんはビデオを早送りした。画面がパパパッと過ぎていった。お父さんがリモコンを置くと、また拍手の音が聞こえた。中学校の制服を、チョッキまできちんと着たピルヨンが、坊主頭を深く下げてお辞儀をした後、両手をお腹の前で揃えた。ピアノの伴奏に合わせて、中学校一年生のピルヨンが歌い出す。清らかなボーイソプラノで。

春の乙女がおいでです／若草の服を身にまとい／白い雲のベールを顔に／真珠のような露の靴／花束を胸に抱えて／誰を訪ねておいででしょう

ブラボー、ブラボー！　なんてすてきなの！

窓から鳥のさえずりが聞こえる。ピルヨンの家は庭のある小さな二階建てだった。占領時代の日本人の家屋だそうだ。こじんまりした庭だが、木が森のように茂っていた。背の高い銀杏の木が二本あり、樹齢はかなりのものだろうという。銀杏の木はもとからそこに生えていたもので、木を切らずに、その間に家を建てたようだ、とお父さんが教えてくれた。ピルヨンが生まれた年に引っ越してきたそうだ。

木に実っているカリンも初めて見た。黄色いおくるみに包まれた赤ん坊のような実が、枝ごとにぶら下がっていた。お父さんは、一缶だけ飲むと言っていたビールを、三缶飲んだ。私がお酒は飲めないと言うと、お母さんがつくったという覆盆子《ポップンジャ》ジュースを出してくれた。それは血のように赤黒く、いい香りがした。ジュースだと言われたが、コップ一杯飲んだら酔いが回った。

ピルヨンがボールを投げると、モッポが走っていって、くわえてきた。モッポは、ピルヨンが疲れてげんなりするまで、何度も何度もボールをくわえてきた。ピルヨンが知らん顔をすると、モッポはボールを草の上に置いて、ワンワン吠えた。するとお父さんがボールをつかみ、口を大きく開けて、「おい、モッポ。あーん！　俺が食べちゃった！」と言って、後ろを向いてシャツの中にボールを隠した。モッポはしっぽをブンブン振り、辺りをぐるぐる探し回っていたが、そのうち忘れてしまったのか、ピルヨンの足もとに寝そべって眠ってしまった。

「ピルヨン。おまえ……ファヨルに学校の話、したのか？」

「学校の話って？」

ピルヨンがつっけんどんに聞き返すと、お父さんが、まずかったかという表情になった。

「中学校を中退した話？」

ピルヨンの言葉に、お父さんは不意をつかれた顔になった。

「したよ」というピルヨンの答えを聞いて、お父さんは頷いた。

「でかした！　わざわざ話すこともないと思うかもしれないけど、そのくらいのことは知っていてこそ、本当の友達といえるんじゃないか、と思ってだな」

ビールを飲みながらお父さんは、ピルヨンがワルだった頃の話をしてくれた。ピルヨンは話の途中でしばしば「父さん！」「え、ぼくが？」「すみません」「ああ、まったく！」と、思わず口にしていた。私は「本当ですか?!」を連発しながら、お父さんと一緒になって大いに笑った。ピルヨンも恥ずかしそうに笑った。今でこそ、お父さんもピルヨンも笑って話しているけれど、当時はとても苦しかったことだろう。

「こいつ、中二のときに家出もしたんだ。一ヵ月くらい家出していて、新型インフルエンザにかかって戻ってきた」

私は大笑いした。

「父さん！　あの頃は、新型インフルエンザなんてなかったよ」

「じゃ、ただのインフルエンザか。似たようなもんさ……。とにかく、死にかけて帰ってきて、治ったら、また出ていったんだよな」

「あんた、家出して、どこにいたの？」

「まあ……あちこち……」

「友達の家に、チムジルバン、インターネットカフェ、あとは、誰もいない教会に忍び込んで寝たりしていたらしい。俺はその間、四方八方探し回っていたんだけど、一週間くらいして近所の道端でばったり出くわしてね。つるんでいた何人かと一緒に歩いているところだった」

「それで、捕まえたんですか？」

「いや、それが帰らないって言うんだ。俺が、ピルヨンって呼んでも、ぼうっと突っ立ったままでさ。俺は今にも涙があふれそうなのに、こいつはポカンとしてて。もう帰ろうって言ったら、帰らないって」

「それで、どうしたんですか？」

お父さんは改めて長いため息をついた。

「どうにもこうにも……。飯はちゃんと食えって、金をやったさ」

「いくらくらい？」

「たくさんではなかったよ。たくさんやると、もっと帰ってこなくなるから……。五万ウォンくらいだったかな……」

「本当にいいお父さんですね。一週間も家出をしていたら、服も汚れて、見られたものじゃなかったでしょうね」

お父さんは、しばし記憶をたどり、「そんなに汚らしくもなかったし、やつれてもいなかったな」と言った。

「そんなふうに道端で会って、数日後に警察から電話がかかってきたんだ。酒の倉庫からビールを盗んだとかで。積極的には加担しなかったけど、その場にいたんだって。訓戒だけで帰してもらえたけど、学校では問題になってね」

カリンの木の塀の下で

ピルヨンがぐれ始めたのは、中二になってからだという。

「担任が悪かったのさ。融通がきかなくて、権威的で。あの女教師め。具合が悪いので休ませるって電話をしたときなんか、こいつを心配するような言葉は一言もなくて、頭ごなしに診断書をもらってこいって言ったんだ。熱が出て一日休ませるだけなのに、診断書ですかって聞いたら、何が何でももらってこいって。無理やり起こして学校に行かせたよ。こいつがちゃんと学校に行ったのか、途中でどこかに逃げたのかはわからないけどね」

お父さんは続けた。

「学校が権威的すぎるよ。無駄に子供たちを抑圧して。髪の長さの何が重要だっていうのか、毎日検査をして、そんなに長くもないのにケチつけて。ピルヨンは強制されるのが嫌いなんだ。髪を短く刈るのも嫌いだし」

「金髪とかスキンヘッドにはしなかったんですか?」

「染めはしなかった。スキンヘッドは後で一回やったね。その女教師が、頭を物差しでポンポン叩いて、もっと短くしろって言ったもんだから、反抗心が湧いて。それでまた担任から大目玉くらって。俺の考えではね、髪型なんて重要じゃない。ボサボサにしていたわけでもないし、染めたらどうで、長髪だったらどうだっていうんだ。自分の髪型も好きなようにできないのか？　真面目に登校していたのに……」

「そうですよ！　髪型ひとつのせいで……」

私が同意すると、お父さんは少しためらってからさらに続けた。

「髪型だけでなく、ズボンも……。あの頃、生徒たちの間でズボンを細くしてはくのがはやっていたみたいでね。後でわかったんだけど、家を出るときは普通のズボンをはいていて、途中の公衆トイレで細いズボンにはき替えていたんだ。鞄に入れて持ち歩いて。だから、校門で服装検査にひっかかるのを恐れて、毎日遅刻していたわけ。そうやって一週間くらいたった頃かな、担任から家に電話がきた。俺、腹が立って、担任に詰め寄ったよ。ちょっと細いズボンをはいていたら何なんだって。校則だってさ。校則を守らないなら、学校によこすなって言われた。校則かよ！」

お父さんが軽蔑するように笑った。中学校二年生のときに学校に嫌気がさしたピルヨンは、家出もし、警察にもしょっちゅう世話になり、登校もしたりしなかったりで、ついに、卒業まであと一学期というところで中退したという。

「あと一学期だけ頑張れ。中学校は卒業しなきゃまずいだろうって、拝んでみても、殴ってみても、全く効かなかった。学校に行きたくないって最初に言い出したときに、真面目に考えるべきだったんだ……。学校は無条件に通うべきものと考えていたからな。ピルヨンの話を聞こうともしなかったことが悔やまれるよ。退学したら、目が穏やかになった。それまでは、煮えくり返るような目をしていたんだ」

ピルヨンは、退学後一年間、くるくるのおばさんパーマをかけていたそうだ。耳にピアスも開けて。

「学校に行かないから、どこかからたくさん電話がかかってくるのが心配だった。登校しないと、昼間過ごす場所もないし、遊ぶ場所も限られるから、似たような連中が集まって、騒ぎを起こす。俺、あいつらを引き取りに、何度警察に行ったことか……。それはそうと、近頃、ぜんぜん顔を見せないな。みんな元気なのか?」

「うん。ジュンスは短大の自動車整備科に行くんだって、夜、整備工場でアルバイトしてるよ。ユチョンもコンピュータを専攻するって。ジェジュンは……」

「へえ。みんな、自分の道を見つけて頑張っているんだな。あの不良どもが……たいしたもんだ」

お父さんは、三本目のビールの缶を軽くつぶして外のテーブルの上に置くと、「ピルヨン！」と呼び、ピルヨンの腕を引っ張って、強く抱きしめた。

「わ、なに、父さん?!」

「こいつめ、逃げるな！　歌を一曲歌ってくれ」

「なんでまたいきなり歌？」

「じゃ、俺が歌ってやろうか？　いにしえの春よマギー、思い出の路よ～、小川には水車～」

私もうろ覚えに一緒に歌った。

「まぶたに浮かぶマギー、ありし日の姿～」

お父さんは、バタバタ暴れるピルヨンを抱きしめて、歌に合わせて揺すった。塀にはカリンの木の影が長く伸びていた。

グリーンベレー

〈笑うネコのお隣さん〉に、バリイモさんがヨンインの近況をアップした。「工兵学校で自ら撮って、ヨンインの月給から差し引いて送ってくれた写真」というキャプションのついた写真とともに。ヨンインは元気に頑張っているようだった。「グリーンベレー」をかぶっても、相変わらずそそっかしそうだった。「陸軍工兵学校爆破班修了記念」の写真でだけは堂々としていた。バリイモさんは、陸軍工兵学校長の印鑑の押された専門資格認定書も誇らしげに公開した。「資格種目：爆破／発破」。ヨンインはこれで資格が四つになったそうだ。ほかの三つは、ヨンインが工業高校時代に取った、電気と機械系統の資格だという。すごいな。私は一個も資格がないのに。

「ヨンインもすっかりオジサンになったね」

ヨンインの写真を見て、ティンクルさんがため息をつくと、ヨンインと同年代の息子を持つ方眼紙さんが笑って、「このあいだ入ったばかりでしょうに……。まだまだ子どもっぽいじゃない」と言った。本日のメイン料理は、芯まで漬かったキムチをたっぷり入れて煮込んだチョ[*40]ングッチャンだった。訓練兵時代に「肉とチキンが死ぬほど食べたい！」というメールを送り、バリイモさんに心を痛めさせたヨンインが、この頃なつかしがっているメニューだという。チョングッチャンの汁がしみ込んだ大きめの豆腐は、ほどよく塩気が効いて、なめらかでおいしい。

「バリイモさんの絶品手料理を毎日食べていたせいで、ヨンインはよけいに苦労しているでしょうね」

「食事だけはしっかり食べさせて育てるというのが、私のモットーだったの。何があっても、家族三人、朝ごはんをしっかり食べてから一日をスタートさせた。朝っぱらから焼肉もしたしね。そんな家って、うちくらいかな？　私は肉はそんなに好きじゃないけど、子どもたちは、肉って言えば、寝てても跳ね起きるほど大好き。牛肉より豚肉が好きだったから、助かったわ」

「朝から焼肉！」と方眼紙さんが笑って続けた。

「家族そろっての食卓は重要ですね。でも、なかなか難しい。私も、仕事で徹夜しても必ず朝ごはんは用意するけど、子どもたちがなかなか起きてこなくて」

ティンクルさんが目を伏せて、抑えた声で言った。

「私もお肉、好きですけど……。お二人とも立派です。だから、子どもたちがみんな明るくて健康なんですね。私は中学のときから一人暮らしでした」

「ティンクルも明るくて健康よ」

「あなた、明るいじゃないの！」

バリイモさんと方眼紙さんが同時に言った。

「え？　そうですか？　そうですよね。私、もともと太陽のもとに生まれついたので」

ティンクルさんがうれしそうに笑った。

「ほんとにいい味。チョングッチャンって、家ではあまりつくることないんです」

方眼紙さんは、チョングッチャンのスープをひとさじすくい、小さく開けた口元から優雅に流しこむと、何度も頷いた。

「マンションだと、匂うし、つくるの難しいでしょう。帰りに少し持っていく?」

「ええ、もし残ったら、ちょっとだけ」

「たくさんつくったから。方眼紙さんにほめられる出来でよかったわ。ヘッサルもたくさん食べてね」

食卓に添えられた醤油漬けトウガラシの下味の材料について、バリイモさんと方眼紙さんが情報交換をしていると、バリイモさんの携帯電話が鳴った。バリイモさんは携帯電話をのぞきこむと、椅子から立ち上がり、「ヨンインの部隊の行政官だわ、ちょっと失礼」と私たちに背を向けて電話に出た。

「ジョン・ヨンインの保護者の方ですか?」

「はい」

「私は、ジョン・ヨンイン二等兵が所属する部隊の行政官です。ジョン・ヨンイン二等兵を除隊まできちんとお預かりするのが私の任務ですので、私が知っておくべき身辺上の事柄をはじめ、少しお話をしたく、お電話しました」

「はい」

「ジョン・ヨンイン二等兵は、普段、どんな青年でしたか?」

「海兵隊に志願したくらいですから体は健康ですけど、幼いうちに父親を亡くして、母親と妹と暮らしてきたので、女っぽいところがあるうえに、勉強があまりにもできないので、軍隊に入れました。細々した仕事もよくできるし、手先も器用なので、休みの日も遊ばせないで、思い切りこき使ってください」

「え？　はい……。勉強が人生のすべてではないと思います」

「もちろんです、行政官さん。でも、授業料のために年に千二百万ウォンずつ借金をしている身にもなってください。後々、全部自分で返していかなきゃならないお金なので、少し時間を稼いで、現実感を持たせるために軍隊に送りました。ですから、除隊する日まで、目いっぱい働かせてください！」

「……我々は、ジョン・ヨンイン二等兵が新兵として配置されて、心配されているかと思って、お電話をしたのですが」

「心配していません。私が送り込んだのに、心配だなんて！　行政官さんを信じて、これで失礼します」

バリイモさんは電話を切った。静かにごはんを食べながら電話の内容を聞いていた私たちは、いたずらっぽく笑った。

「鬼だ、鬼～！」

ティンクルさんがかぶりを振った。バリイモさんはぺろりと舌を出した。

「さっき、学校にいるときに電話があって、この時間帯にまた電話してくれって言ったの」

バリイモさんは住民センターの福祉課の仕事を辞め、最近は調理学校に通っている。福祉課の仕事はやり甲斐があり、自分にも合っていたが、ヨンインが入隊したことで扶養手当がもらえなくなり、ただでさえ少なかった月給がますます少なくなったのが第一の理由。それに、何か新しい道を探してみたかったのだという。

それはそうと、部隊の行政官との電話は、バリイモさんの全く望んでいない結果をもたらした。ヨンインが「ゆるい」と言われる行政課に配属されたのだ。最近の親にしてはめずらしいバリイモさんに対する好意なのか、ヨンインを気の毒に思ったのか。いずれにせよ、あの行政官がヨンインの家庭環境にいろいろと同情の混じった好奇心を持ち、ヨンインと特別に面談をしたのは確かなようだ。しばらくの間、ヨンインは手紙の最後に「一年に千二百万ウォンも借金する罪人より」と書いてよこしたという。

猫の宿命

干物女さんの家に、新しくきた仔猫を見に行った。ベティみたいな茶色のトラ猫で、心をくすぐるかわいらしさだった。抱いてみたくてたまらないのに、仔猫は素早く逃げてソファの下に隠れた。人見知りが激しいという。干物女さんは青い目のシャム猫「チョコ」を飼っていたが、〈笑うネコのお隣さん〉の里親募集のコーナーで、この仔猫の写真を見て一目で気に入り、二匹目を飼うことにしたという。干物女さんはビールが好きだった。特に最近はヒューガルデンというビールにはまっていて、猫の名前もヒューガルデンにしようと思ったが、結局、黄桃にしたそうだ。干物女さんがビールのつまみによく食べる桃の缶詰にちなんで。

干物女さんがキャットフードの入った皿をソファの近くに置くと、黄桃は首だけ前に伸ばして、カリカリ食べた。とてもかわいい。そばに寄ってよく見た。小指の爪よりも小さい、花の形をした丸っこくて茶色いキャットフードは、つやつやと栄養があっておいしそうに見えた。

「このキャットフード、何ですか？」

「ロイヤルカナンキトンだよ」

「高いんでしょう？」

「うーん……二キロで二万四千ウォンかな。チョコも小さいときにこれを食べてたの。今でもしょっちゅう黄桃の皿をのぞいては、つまみ食いしてる」

「高～い！　チョコも一緒に食べさせたらいいのに」

「だめだめ、太るから。仔猫用はカロリーが高いの。チョコにはロイヤルカナンインドアをあげていたけど、やたら食べるから、ちょっとまずいのに変えたの。だからよけいに目の色を変えるのかもね」

「猫って、みんなロイヤルカナンが好きなんですってね」

「そりゃもう、大好きね」

これをザルに一杯すくって坂道に持っていってやりたい、そんな思いにとらわれた。数日前、坂道で仔猫を三匹見た。生後二ヵ月ほどのようだった。黄桃みたいな茶色っぽいトラが二匹、三毛が一匹だった。夜の八時頃のこと。何かが後ろをついてくるような気がして振り返ると、甕置き場のほうから仔猫たちがちょこちょこ走ってきていた。風に毛をあおられながら、小さい体で一生懸命に。いつからかはわからないが、坂を横切って来て、ごはんを食べているようだった。車の通る道なのに、引率する成猫の姿も見えなかった。仔猫たちは灰色の車の下に隠れて、私が猫の食堂となる車の下にごはんを置くのを見守っていた。呼んでも、じっと動かなかった。その間に、黒白猫がきてごはんを食べ始めた。たいてい猫たちは、飢え死にするほどひもじくなければ、仔猫たちにごはんを食べる順番を譲る。だから、大きい猫が食べている皿に仔猫たちは遠慮なしに頭を突っこみ、大きい猫は後ろに下がるのが普通だ。しかし、どうなるかわからないので、ノートを一枚破ってキャットフードを乗せ、灰色の車の下に置いてやった。私が離れると、仔猫たちはコリコリ、ガリガリ、旺盛な食欲を見せた。その日から、坂に置くごはんを増やした。

「ロイヤルカナンの大きい袋って、いくらぐらいするんでしょうか？」

「八万ウォンくらいじゃないかな」

私が買うキャットフードは、一袋一万六千ウォン、一番安いキャットフードだ。食べるのは十四匹ほどだけれど、ひと月に三袋必要だ。全年齢対応のキャットフードだから、仔猫が食べてもいいのだが、やっと乳離れしたばかりの赤ちゃん猫が食べるには、少し固いだろう。それですらあんなにおいしそうに食べるのだから、あのつやつやしたロイヤルカナンキトンをあげたら、どんなに喜ぶことだろう。

道で出会ったある猫は、缶詰をあげたら、よだれが泉のように湧き出てきたらしく、口もとにぶくぶく泡を立てながら、にゃごにゃごと幸せそうにうなっていた。仔猫の口にぴったりの、小さくて丸っこいロイヤルカナンキトンをあげたら、あの坂の仔猫たちもにゃごにゃごとうなるだろう。ああ、一度でいいからあげてみたい！　私が喉から手が出る思いで黄桃の皿を見ている間、黄桃は思う存分に食べて、伸びをした。干物女さんの膝に座って喉をゴロゴロさせていたチョコが、飛び降りて近づいてきた。黄桃がまたソファの下に逃げ込んだ。

「チョコは黄桃のグルーミングをしたがるんだけど、黄桃はチョコがまだ好きじゃないの。なのに、すぐにチョコの乳首を吸うんだから」

「チョコってメスだったんですか？」

私が目を丸くすると、干物女さんがおかしそうに笑った。

「オスだよ！　なのに、乳首を吸わせるの。チョコの乳首がただれちゃって、やんなっちゃう。黄桃、うちに来るまではお乳を飲んでいたんだろうね」

幸せ者の黄桃、干物女さんの家に来られてよかったね、おめでとう。ずっと元気に幸せに暮らすんだよ。

〈笑うネコのお隣さん〉の中古品売買の掲示板を念入りにチェックしなければ。ロイヤルカナンキトンが出たら、絶対に手に入れるぞ。

ラ、ラ、ラテックス？

近くの銀行で警備員として働くおじさんが、コンビニの金曜と土曜の夜勤に入るようになって三週目だ。タバコを買いに来てスカウトされたおじさんは、ちょうど仕事を一つ増やそうとしていたところだったと、とても喜んだ。おじさんの奥さんも、家政婦として三軒もかけもちしているそうだ。

明日の土曜日、正午に甥の結婚式があると言うので、私が今晩の勤務に入ることになった。オーナーは、なるべく私に夜勤をさせないようにと気遣って、自分で週に三、四回夜勤をしていたら、とてもやつれてしまった。それで今日は私から夜勤を申し出たのだ。

近頃は、日が暮れた後はさわやかだ。風が涼しくなってきた。金曜の夜は、コンビニの客の顔もいつもより疲れて見える。つい先ほど、男の人が駈け込んできて、「ATM！　ATMはどこだ？」と言うので、ないと答えると、「使えねぇな、この野郎！」とどなって怖い顔で私をにらみ、レジの下をガンと蹴って出ていった。そして、店の前に停めてあったタクシーに乗り込み、去った。心臓がバクバクした。ATMを探す客が多いので、一台設置したらどうかと言ったら、オーナーはだめだめと首を振った。

「前はあったけど、撤去したの。泥酔してATMに住民登録証を差しこんで、動かないって大騒ぎする人もいるし、抱きかかえてゲロ吐く人もいて、本当にいい迷惑だった。お客さんにATMはないかって聞かれたら、あっちの銀行に行けばあるって教えてあげて」

さっきの男の人には教える余裕もなかった。落ち着いて、親切に教えればよかった。震える心を静めようと、CDプレーヤーにタミー・ウィネットのCDを入れた。ひっそりともの寂しい金曜の夜、店外の風景にふさわしい歌手だ。亡くなったいとこのCDの中から、私が好んで聞くものだ。このCDを聞くと、なぜか、母がこういう場所にいるのではないかという気がする。長距離バスが一日に二回くらい通るだけの、アメリカ西部のさびれた田舎町。昼間の閑散としたカフェで、土煙がもうもうと舞い上がる通りをぼんやり気だるそうに見つめている母。

母の気だるそうな姿を一度も見たことがないのに、私がそんな想像をしてしまうのは、タミー・ウィネットの声や歌唱法、歌の雰囲気が、私には行く術すらないのに、そこに住む若者たちは誰もがそこを去りたがっているという、アメリカの中に隠れた数多くの孤独を感じさせるからだ。

「スタンド・バイ・ユア・マン〜」

タミー・ウィネットとはちがって、母は軽快な鼻にかかった声で、この歌を歌っていた。お母さん、ひょっとして今、そんな土地のコンビニで、私みたいに外を眺めているんじゃないの？ふっと笑みがこぼれる。アメリカにもコンビニがあるのだろうか……。

少し眠気が差してきたので、コーヒーでも入れようとしていたら、チリンチリンと鐘が鳴った。ティンクルさんだ。友達三人と一緒だった。ティンクルさんは同じ郷里の友達と、弘大前《ホンデアプ》のクラブに遊びに行くと言っていた。一緒に行こうと誘われたが、仕事があるので断った。ティンクルさんの格好は、なかなかだった。髪は、雷に打たれたみたいにツンツンとワックスで固め、ラメスプレーできらめいている。それに、スモーキーメイクにじゃらじゃら揺れるピアス。ウェストをキュッと絞った銀色のブラウスとスパンコールのついた黒いベストに、白いフレアスカートを合わせ、足元は、つま先にリボンの形にラインストーンの並んだピンヒール！　彼女の友達もおしゃれをしていたが、ティンクルさんが一番目立った。私が「ワオ！」と叫ぶと、ティンクルさんは得意げに笑った。

「照明に映えるように、光り物を着てきたんだ」

「お腹が空いて死にそう！」

ティンクルさんの友達がおにぎりを持ってきた。ティンクルさんとその友達は、コーヒーとおでんとカップラーメン、キンパプを買い、テーブルカウンターへ行って、慶尚道の方言でにぎやかにおしゃべりに花を咲かせた。店内に活気がみなぎった。ティンクルさんが足が痛いというので、スリッパを取りに倉庫に入ったら、出しかけの清涼飲料の箱が目に入って、しばし座り込んでしまった。ATMがないと怒った男の人のせいで、すっかり忘れていた。冷蔵庫の裏でジュースの補充に没頭していると、ティンクルさんの友達に呼ばれた。出てみると、お客さんが来ていた。困ったような顔をした三十代らしき男性だった。

「何かお探しですか？」

「あれ、あるじゃないですか」

男性は両手の人差し指で小さな四角を描いて見せた。

「ラテックスですって」

ティンクルさんの友達が口をはさんだ。

「ラテックス……ゴム手袋ですか？　ゴム手袋は置いてないんですけど」

「いや、ゴム手袋じゃなくて……」

ティンクルさんの友達が男性の周りに集まった。男性の顔がだんだん赤くなった。

「あの、ラ、ラ、ラテックス、あるじゃないですか」

「ラテックスって何?」

「ラテックスねぇ、ラテックス、何だろう?」

「ラテックスって言ったら、ゴムだけど……。消しゴムですか?」

男性はうつむいてもどかしそうにし、もう一度、人差し指二本で空中に小さな四角を描いた。

「あ、避妊具ですか?」

後から加わったティンクルさんがしれっとした顔で聞くと、男性はほっとしたように頷いた。

「コンドームのことか!」

ついにクイズが解けたうれしさをこらえきれずに、ティンクルさんの友達三人が声を揃えて言った。

「それ、一箱ください。あ、あそこにありましたね」

真っ赤になった顔に恥ずかしそうな笑みを浮かべて、男性がタバコの棚の上を指さした。男性が出ていって、一瞬の後、ティンクルさんとその友達は大爆笑した。男性の前では標準語を使っていた四人の口から、方言がどっとあふれてきた。

「どんだけ恥ずかしかったろうにね」

「けど、なんでコンドームが四角なん？　よけい紛らわしいわ」

「コンドームの箱のことやったんよ」

「にしても、こんな時間帯に女の子がわいわい騒いどるとは思わんかったろうね」

「けど、あんたはなんですぐわかったん？」

「いい年して、そんなこともわからんの？」

ティンクルさんは、友達とクラブに行った後でチムジルバンに行くそうだ。ただでさえ狭い家に友達を何人も泊めたら、猫たちがストレスを受けるからだ。ティンクルさんたちは一時間もいなかった。夜はまだまだ長かった。

ピルヨンの絹糸のような神経

電車に乗りこむと、言い争う姿が目に留まった。一つのシートに並んで座った、五十代の男性と二十代の女性だった。

「ほう、家で父親に向かってもそんな口をきくのか？」

「どうして急にお父さんの話が出てくるんですか？　あ〜、もうサイアク」

「サイアクとはなんだ、サイアクとは！　目上の人間に向かって」

「あなたに言ったわけじゃありません。独り言です」

「携帯を出そうとした手が頭をちょっとかすめたくらいで、サイアクって言うのは、ほめられたことか？　俺はすぐに謝ったじゃないか。あんたも俺に謝れ！」

「私がなんで謝るんですか？　独り言だって言ったじゃないですか。あなたに言ったんじゃありません。私に無礼な口のきき方をしないでください！」

ドアが閉まり、電車が動き出しても言い争いはやまなかった。

二駅先で私たちが降りるまで、似たような内容の言い争いが続いた。先に立ち上がったほうが負けとでも言うように、ぴったり隣同士に座って。

「さっきの女の人、すごかったね。大勢の前で平気で大声を出してた」

ピルヨンが嫌だ嫌だと頭を振った。

「俺、どなる人って嫌い」

ピルヨンがむっつりとつぶやいた。

「だけど、どなる人のほうがまだましかもしれないよ。無視して何にも言わない人より」

「そうかなぁ。どなられるほうが気分悪くない？　美しくないじゃん」

ピルヨンは母に似ているところがある。清い世の中、美しい世の中でなければ耐え難いのだ。ピルヨンのお父さんによれば、ピルヨンの神経は絹糸だそうだ。「心配だよ。俺の神経は荒縄みたいなのに」と言って、くっくっと笑った。

「それにしても混んでるね」

「もうちょっと遅くなると、もっと混むよ。ラッシュアワーになるから」

ピルヨンはこんなに人が大勢いるのを初めて見たかのようにめずらしがった。ピルヨンと「芸術の殿堂」に行った帰りに、バリイモさんの家に寄るところだった。「芸術の殿堂」には、ピルヨンがドイツ語と声楽を習っている先生がシューベルト歌曲の演奏会をするというので、聴きに行った。

「何か手みやげを買わなくていいのかな」

「うん、近くにお店もないし」

「花屋もないの？」

「花屋、あったかな……。それに、バリイモさんは、お花はそんなに喜ばないと思うよ。食べ物なら別だけど。あのパン屋で生クリームのケーキを買っていこう。バリイモさん、生クリーム好きだから」

「花をもらって喜ばない女の人なんていないよ」

そう言うので、ヨンインが高校を卒業するときの話を聞かせてやった。

「花束でもらいたい？　一万ウォン札でもらいたい？」というバリイモさんの質問に、ヨンインが一万ウォン札と答えたので、花束を買わなかったという話。ピルヨンはあははと笑って、それでも花を買うと言い張って、花屋を探し歩いた。ピルヨンは百合を買いたがったが、薄紫色の矢車草がきれいだったので、それがいいと勧めた。ピルヨンは矢車草をひと抱え買った。

バリイモさんの家に着いて、ベルを押した。ドアを開けてくれたバリイモさんの顔が上気していた。玄関からすぐ見えるリビングの床に衣類が山になっていて、ユギョンがふてくされて、のろのろとプラスチックのランドリーケースにそれをほうり込んでいた。

「いらっしゃい。散らかっていてごめんね……。掃除をしていたら、ユギョンがあちこちにいろんなものを押しこんであって、頭にきて、全部ほじくり出したの。あの子ったら。何をそんなブーたれてるの！　早く片付けなさい！　いつもやめなさいって言ってるのに、靴下だの下着だの、あちこちに突っ込んであるのよ」

「あら、ユギョン。やらないいって約束したのに、相変わらず直ってないの？」

私はすぐに駆け寄って、ユギョンが片付けるのを手伝った。ユギョンが困ったように笑った。

「お客さんをお迎えするのに、散らかっていてしょうがないわね」

バリイモさんが気にした。

「これさえ片付けちゃえば、きれいですよ。いつもお掃除してあるんですから。ピルヨン、ご挨拶して」

ピルヨンが会釈して、バリイモさんに花束を渡した。バリイモさんは恥ずかしそうにほほえんで、花束を受け取った。私はユギョンにケーキの箱を渡した。

「これは生クリームのケーキ。ユギョンも好きでしょ?」

「わ、ケーキ!」

ユギョンがうれしそうにケーキの箱を持って立ち上がった。

「それ、全部片付けてからにしなさい!」

バリイモさんがピシャリと言い放った。ピルヨンが身をすくめた。ユギョンも縮こまって、ケーキの箱をテーブルの上に置き、また床にしゃがみ込んだ。ユギョンと一緒にランドリーケースを洗濯機の横に置いて戻ってくると、バリイモさんとピルヨンが礼儀正しい笑みを浮かべて、テーブルをはさんで向き合っていた。

「ユギョン、ヨーグルトを持ってきて。最近、ヨーグルトをつくるのにはまってるの。コーヒー飲む?」

「いいですね。ヨーグルトも好きです」

「ユギョン、コーヒーも淹れて」

ユギョンが口を尖らせて、しかし、にこにこしながら台所に向かった。矢車草に鼻を近づけるバリイモさんは、頬を赤らめて、とても幸せそうだった。

「私、お花、大好きなんだけど……。もらうのは久しぶりだわ……。いい香り」

ピルヨンは「あ、はい……」と言って、やはり頬を赤らめて、何度も頷いた。バリイモさんはお花が好きだったのか。初めて知った。ピルヨン、最高！

インディアンサマー

肌寒い日が続いた。数日前、一日中雨が降ったのには、どうにも気が滅入ってしまった。雨はざあざあと、冬に向かって急ぎ足になっているようだった。冬よ、もう少しゆっくり、ゆっくり、のんびり来ておくれ。パラパラと落ちてくる枯葉を踏みながら歩いていた私は、ふと立ち止まって、空を見上げた。梢が見えた。かつて女子中学・高校だった場所の塀に沿って立っている欅の木が、つやつやと雨に濡れていた。私が生まれるはるか前から、いくつもの冬を過ごしてきたであろう欅。夏の間じゅう太陽の日差しに焼かれた茶色の枝は、少々の寒さなど跳ね返してしまうほどに、固く、丈夫そうに見えた。それでも一糸まとわず冬を過ごす木々。今年の冬は、どうか寒さが厳しくありませんように。

今朝は、目を覚ましたときからなぜか気分がよかった。すんなり起きられて、鼻歌まで出てきた。窓から差しこむ日の光は、部屋の中を、光だけでなく、暖かさで満たしていた。少しの気まぐれだと、すぐに太陽が隠れてひんやりするのだと、この陽気を信じないふりをしていたが、日差しはますます強くなった。窓を開けると、風一つなく、暖かい空気がもわもわと心地よく押し寄せてきた。部屋の中より外のほうが暖かかった。完全に行ってしまったと思っていた夏が、忘れ物でもしたかのように戻ってきた。

「オー、サマーワイン〜、オー、サマーワイン〜！」

思わずこのフレーズが口をついて出てきて、仕立て直し屋のおばさんの電話番号を押した。おばさんが前々からベティを一度洗いたいと言っていたので、水なしで洗える「ウォッシンググローブ」を用意してあった。けれど、そうしているうちに寒くなってきて、ベティのシャンプープロジェクトはうやむやになってしまった。寒くなると、ベティはよれよれになり、ますますみすぼらしくなった。目やにをウエットティッシュで取って、顔を拭いてやってはいたけれど、今日は思い切りウォッシンググローブでゴシゴシやってやろう。

仕立て直し屋のおばさんは、私の連絡を受けて喜んだ。隣町に住む幼い孫娘が猫が好きで、たまにベティを見に遊びに来るのだが、ベティをなでたその手でお菓子を食べたりするので困っているところだったそうだ。

「私がお湯で洗っちゃおうかとも思ったんだけど、濡れた体で歩き回って、風邪でもひいたらと思って我慢してたのさ」

お昼を食べてからそちらに行くと伝えた。ウォッシンググローブはバリイモさんにもらったものだ。ベティのシャンプーについて相談したことがあり、その話を覚えていて、五光と五鳥のキャットフードを注文するときに、ウォッシンググローブが目にとまって一緒に注文してくれたのだ。いつもありがたいバリイモさん。

「限定セールで千五百ウォンだったから、すぐ買ったの。もともとは四千ウォンくらいするみたい。もっと買おうかと思ったけど、一度使ってみてから決めるのがいいと思って、一つだけにした」

「十分です。来年の夏まで、もう洗う機会はないと思いますから」

ウォッシンググローブは湿っぽい不織布でできた青い手袋だった。説明書には、猫の体に当ててこすると泡がモコモコ出てくると書いてあった。たっぷり泡が出るので、猫一匹、十分に洗うことができ、その後は乾いたタオルでさっと拭けば終わり。猫が舐めても体に害のない原料だそうだ。まばゆいばかりに変身するベティの姿を想像したら、うきうきした。

これぞ「インディアンサマー」でしょう。ぽかぽか、ぬくぬく、汗が出るほどだった。冬を前にした小さな生き物への神様からの贈り物、大いなる恵み！　私は祝福のように降り注ぐ日差しをたっぷり浴びながら歩いた。すれ違う人々も、木々も、ほっとして、つかの間の休息をしているようだった。仕立て直し屋も久々にドアが開け放たれていた。おばさんの椅子の下に寝そべっていたベティがニェ～と鳴いて起き上がり、ミシンを踏んでいたおばさんが振り返って笑顔になった。私は、足の甲に頭をこすりつけてくるベティをなでながら、ドアを閉めた。変な予感がしたのか、ベティがドアをガリガリ引っかいた。むふふ、おまえは今日こそシャンプーだ！

ふう、ベティ、またなんとおデブなこと！　片手でベティの体をぎゅっと押さえて、ウォッシンググローブを当てた。こすったところからは手品のように泡が湧き出てきた。後頭部、背中、しっぽ、それからひっくり返して、顔と首と胸とお腹、そしてお尻。ベティは明らかに嫌そうな顔だったが、ぐっと我慢していた。そりゃ嫌だろう。早く終わらせようと、私なりに急いだ。ベティ、それにしても汚い！　ほかのところはすぐにきれいになったようだが、毛の白い首と胸とお腹は、頑固な汚れがなかなか落ちなかった。説明書にはやさしくこすると書いてあるのに、気がつくとゴシゴシこすっていた。白くなれ、白くなれ！　ついにベティが「ニャオーン」とぐずつきだした。

「うーん……これで終わりにするか」

もう少しきれいにしたいと思いながら、私がウォッシンググローブをはめた手をベティの体から離すと、おばさんがお湯に浸したタオルを固く絞って、ベティの体を拭いてくれた。

「泡がべたべたしてるから、お湯でちょっと洗い流したいね」

おばさんの言うとおり、ベティは地肌まですっかり濡れていたので、私も水ですすぎたい誘惑にかられたが、濡れタオルだけで満足しておいたほうがよさそうだった。ベティの忍耐力が底を尽く前に終わらせなければ。おばさんがベティを拭いたタオルを洗うと、水が真っ黒になった。おばさんはタオルを何度もすすいでから、またお湯に浸してベティをもう一度拭いてくれた。

私はおばさんからタオルをもらって、ベティの耳を拭いてやった。半分に切られた切り口はもう癒えていたが、改めて怒りがこみ上げ、嫌な気分になった。それはそうと、ん？　これはなんだ？　ベティの耳の中を拭いたら、靴墨のような垢がタオルについてきた。耳を裏返して、タオルの端で軽くこすった。すぐにもとのピンク色が出てきた。たまには耳も拭いてやらなくては。ベティは最初、むやみに頭を振ったが、気持ちがよくなったのか、じっとしていた。仕上げに、ピルヨンからもらって大事にしていた携帯用のブラシで、やさしくブラッシングしてやった。ありがたいことに、ベティはブラッシングを楽しんだ。あと少しの辛抱だとわかったのだろうか。びっくりするほど毛がたくさん抜けた。ブラシにたっぷりつまった毛を取って、とかしては取って、とかしては取ってを繰り返すうちに、毛はひと握りくらいになった。べティ、すっきりしたかい？　期待したほどではなかったけれど、きれいになった。

「こうやって洗ってやってもねえ。どうせまた、どこでも平気でゴロゴロしちゃうんだよね」

おばさんはにっこり笑いながら、ベティに文句を言った。果たして本当に、ベティは解放されるなり、作業台の奥深くに逃げ込んだ。

「あ〜あ、ベティったら！　洗い立てなのに。そこはほこりだらけだよ！」

「ほんとに。おーい、ベティ！」

追いかけてのぞいてみると、ベティは足を投げ出して座り、首をめいっぱい曲げて夢中になって体を舐めている。外で日にあたって乾かせばいいのに。いずれにせよ、大仕事がひとつすんだ。おばさんがドアを開け放って振り返り、お茶でもどうかと聞いた。おばさんは双花茶《サンファチャ》を飲むと言うので、私も同じものをお願いした。私がベティのシャンプーの後片付けをしている間、おばさんは炊飯器からお湯を汲んで、双花茶を二杯つくった。その十人用の炊飯器には、常に熱いお湯が入っていた。炊飯器に冷たい水を入れて「保温」にしておけば、いつでもお湯が使えるという。電気代もさほどかからないそうだ。私にぜひ必要な家電だ。私の家は深夜電気パネルで暖房をしているので、お湯を使うときには瞬間湯沸かし器をつけなければならない。台所にあんな炊飯器があれば、いつでもすぐに顔や髪を洗えるだろう。私もひとつ手に入れなくては。

おばさんは双花茶に松の実も浮かべてくれた。暖かい秋の午後、猫を洗った後に双花茶を飲む気分は格別だった。ベティは毛づくろいに余念がなかった。

「おいしいですね」

「そう？　口に合ってよかった。娘がおいしいって言って買ってきたんだ」

満足げな表情でお茶をすすっていたおばさんが、突然、首をかしげて話し出した。

「そういえば、最近、よくこの前を通る女の人がいるんだけど、どうもその人、前にベティを飼ってた人じゃないかと思うんだよ」

「えっ、どうしてですか？」

「ベティが見えないと、どこ行ったのかって聞いたり……」

「ただ猫が好きなんでしょう」

「いいや、一昨日は、この前に座って、長いことベティを抱いてたよ。ベティもじっと抱かれたままでね……」

「ベティはもともとおとなしくて人懐っこいから」

「ちがうね。ベティを見る目つきもそうだし、あれはただの猫好きじゃないよ」

おばさんは軽く頭を振った。

「どんな人ですか？」

「年は四十くらいかねえ。たぶん、あの坂の向こうに住んでる」

誰だろう……。ベティがおとなしいとはいえ、だれかれ構わず抱かれたりはしないだろう……。もしベティを捨てた人なら、その人に抱かれて、ベティはどんな気分だったのだろう。ベティがどんな表情をしていたのか見てみたかった。虚ろな無表情で氷のように固まっていたかもしれない。その人は、もう二度と抱けないと思っていたベティを抱いて、何を考えたのだろうか。ベティが坂道に住んでいることを知らないはずはないだろう。いつも近所をうろうろしていたのだから。その人はなぜベティに食事だけでもやらなかったのだろう。人懐っこい点を除けば、いつもお腹を空かせた様子で、完全に野良猫になっていたベティ。ベティの来歴を垣間見たような気がして、涙が出そうになった。ベティ……。もしかしたらその人は、ベティが幼い頃からずっと道で見ていて、家で飼えないのをかわいそうに思いつつ、ただかわいがっているだけの人かもしれない。私はバッグから缶詰を取り出し、作業台の前に行って、「ベティ、これを食べよう」と誘った。ふたを開けるパカッという音に反応して、ベティがぱっと頭をあげ、ニェ〜と鳴きながら出てきた。ベティ、今日はぽかぽか日和だよ。一緒にたっぷりお日様に当たろう。

私が触れるものはすべて青々と茂り

また雨だ。

雨の日は、坂道でごはんのやり場に本当に不自由する。坂に停められた車の下が隅々まで濡れてしまうからだ。コンテナハウスの前の平地だったら、ある程度強い雨が降っても、奥のほうまでは吹き込まないで乾いた地面があったのに。それでも、皿に直接雨が入るのを防いでくれる車があるだけありがたい。今日も白い車がそこにあって助かった。いつもより早い時間だし、強い雨が朝から休みなく降り続いているので、猫たちは出てきていないだろうと思った。ところが、車の下で、褐色の仔猫が一匹、空の皿をのぞいていた。私に気づくとあわてて逃げて、前のタイヤの横で立ち止まる。ふふふ。まめなやつだ。雨をしのいでじっとしていても仕方ないと思って、来てみたのだろうか。キャットフードの上に、缶詰をたっぷりのせてやった。

普段はキャットフードしか置かないが、猫と直接顔を合わせたときは、プレゼントに缶詰もやる。缶詰が食べたくて、わざわざ私を待っている猫たちもいた。缶詰をやるまでついてくるのもいる。ベティも、アビもそうだった。後々、三毛猫の二番目と末っ子もそうなって、末っ子は、早くよこせと奇声を発することもあった。

数歩離れて車の下をのぞくと、前のタイヤの横で固まっていた仔猫が、皿に鼻を突っこんでいた。にゃあ～んにゃあ～ん、にゃにゃにゃ～ん。かわいい。とにかく、この子一匹だけでも確実に食べさせられた。もしも車が行ってしまえば、猫のごはんは雨にふやけてプカプカ流されていくだろう。あるいは町内の人が見つけて片付けてしまうか。その前に一匹でも多く食べさせなくてはならない。毎日毎日、猫の食事を運命に委ねる。その運命はすべて人間の手にかかっている。好意か、悪意か。温かい心か、冷酷な心か。

ジーンズの裾が雨に濡れて、足首が冷たかった。さっきの仔猫もびしょ濡れだろう……。

ペーター・チュダイクの『ニーチェ』という本で読んだ二行が脳裏によみがえる。ニーチェの『喜ばしき知恵』という本を紹介するチャプターだった。『喜ばしき知恵』は詩集ではないと思うが、私が読んだのは詩だった。

私が掴むものはすべて光と化し、
私が放すものはすべて炭と化す。
（フリードリッヒ・ニーチェ『喜ばしき知恵』村井則夫訳、河出文庫）

この一節に魅了された。ニーチェは「やはり私は焔なのだ！」と言った。ところが、読んだ数時間後、「炭と化す」を「灰と化す」と私は記憶していた。混乱して、もう一度本をめくって確認した。確認した後も、自分のまちがった記憶に対する拒否感というか、違和感は消えなかった。炭と灰とでは明らかに異なる。炭はいつか真っ赤に燃え上がる熱をはらんでいるが、灰は何もはらんでいない。何も。しかし、炭と灰はどれだけちがうだろうか。炭と灰の距離はあまりにも近い。炭はすぐに灰になってしまう。私は説明のつかない反発を感じて、ニーチェの詩を模して、いい加減な詩をつくってみた。その詩を紙に書いて見ていたら、心が穏やかになった。

私が触れるものはすべて青々と茂り
私が放つものはすべて花開く

私の反発は、ニーチェ先生に対するものではなく、単純に、木を燃やしてしまう火に対するものだった。私は木を生かしたかった。あらゆるものを生かしたかった。私は水になりたかったのだと思う。しかし、水は猫たちを冷たくじっとりと濡らす。猫が水を嫌がるのは、猫が火だからではないだろうか。猫は火なのだ！　何も燃やさず、ただ温かいだけの火！

私にこの本をくれたのはミスター・レジェンドだった。いつだったか、舎堂洞《サダンドン》のカフェで集まったときのことだ。

「最近、車に入れておいて、暇なときに読んでる本なんだけど、ヘッサルにあげるよ」

「読み終わってからください」

「いいよ。俺はまた買えばいいから。ニーチェ、知ってるでしょ?」

「ええ、名前だけは。まだ読んだことはありません」

「俺もニーチェは好きだけど、ちゃんと読んだことはないんだ。昔、全集も買ったのに、一冊読んだかどうか。あ、『陽に翔け昇る―妹と私』は全部読んだな。この出版社で働いている友達が、俺が昔からニーチェを好きなのを知ってて、一冊持って来てくれたんだ。おもしろいよ。すいすい読めるし」

「ニーチェ? ちょっといいですか?」

めちゃ強さんが本を取り上げ、高く掲げて表紙を見た。

「しゃれてますね! アニキ、ニーチェ好きなんですか?」

「ああ。おまえくらいの年の頃、すごく好きだったね」

めちゃ強さんは「見直しました!」と感心し、「俺はアニキが好きなのは裸体《ナチェ》だけだと思ってたのに」と言った。みんなどっと笑った。

「おまえ、俺のこと知らなすぎるぜ! もちろん裸体も好きだけどさ!」

ミスター・レジェンドもおもしろそうに笑っていた。本棚に並べたまま忘れていた『ニーチェ』を読み始めたのは、彼が〈笑うネコのお隣さん〉を退会した次の日からだった。角を折ったページに下線が引いてあった。チュダイクによる解釈だ。

「歓びとは、生をありのまま肯定することだ。それがつらく残酷なものであっても」

ネバーランド

どっちに行くべきか？　空は曇っていて、もうすぐ日も暮れそうだった。私は不安な気持ちで知らない路地を歩いていた。どうにか路地を抜けると、左手が一気にひらけて、遠く、向こうの丘に教会の鐘が見えた。私はステンレスの柵の前で、石垣の下にぎっしり軒を並べる家を見下ろした。その中に無数の道が隠れているはずだ。どの方向でも、下っていけば大通りに出るだろう。

歩き出そうとすると、足の裏にひんやりした感触があった。見ると、片方の靴をはいていなかった。あらま！　誰かに見られやしないかと、辺りを見回した。幸いなことに誰もいなかった。まったく、まともに靴もはかないで出てきたのか。靴を取りに、来た道を戻った。ところが、私の寄った家がどの家なのか、見つけられなかった。適当に歩いていったら、行き止まりだった。狭い堀に沿って鉄条網が張られていた。その向こうは草地だった。チョロチョロ水の流れる音に誘われて堀の中を見てみると、青々した水苔の上を濁った水が流れていた。きれいな水ならよかったのにと思って、もう一度のぞいてみると、水苔のせいでよく見えないだけで、水は意外ときれいなのかもしれなかった。

鉄条網の向こうの草地は、日の光に満ちあふれ、平原のように広く、終わりが見えなかった。こんな場所があったとは！　出入りする人がいるらしく、堀の向こうの鉄条網は、下のほうが一ヵ所めくれあがっていた。どういう場所なのだろうと考えていると、突然、誰かが堀に向かってジャンプした。小さな人だった。鉄条網の下に潜りこもうとしているので、急いで声をかけた。

「あの！」

その人が振り返った。猫のようなウサギのような顔をした、子どもなのか大人なのかわからない人だった。

「あっちって、何ですか？　私も入って大丈夫ですか？」

「うむ……」

「この向こうはなんていう町ですか？　解放村《ヘバンチョン》に行きたいんですけど」

「うむ……」

彼は困った顔で、ためらった末に言った。

「この鉄条網の向こうは〝古き良き過去〟です。入ってもいいけど、戻ってくることはできません」

「はい？　じゃあ……」

私は、その人を何と呼べばよいのかわからなくて口ごもり、手でその人の胸のあたりを指した。

「私はちょうど行こうとしているところです。ずいぶん長いこと悩んで決めました。あちらは誰もがみな幸せに永遠に暮らせる所です。なつかしい顔ぶれがみんないます。いつも暖かくて、平和で、よい香りに包まれた所です。忘れてはならないのは、一度行ってしまったら、もう二度とこちらには戻ってこられないということです」

「そんな所があるなんて知りませんでした！　聞いたこともありません」

「いつもあるわけじゃないんです。この堀と鉄条網は常にあるけれど、その向こうのあちら側は常にあるわけではない。だから、あちらに行きたいといっても、いつでも行けるわけではありません。今は可能です。今、この瞬間は。次はいつになるかわかりません。何年後になるのか、何十年後になるのか。永遠に現れないかもしれません。では、私はもう失礼します！」

そして、彼はやや悲しげに笑い、手を振って、鉄条網を越え、後ろも振りかえらずに草地を走って遠ざかっていった。青々した草地に黄色い日の光がゆらゆらと降り注いでいた。風に乗って青い草の匂いがした。それから、音楽が聞こえてきた。音楽は草の上をすべるように広がり、また耳元に響いてきた。

「フォトグラファー」だ……。

フィリップ・グラスの「フォトグラファー」が聞こえて、目を開けた。昨夜、リピート設定で聞きながら眠ってしまったのだ。「フォトグラファー」に別の音楽が混じっていた。私はぼんやりと音楽に耳を傾け、はっとした。携帯電話が鳴っていた。

「ファヨル！」

おばだった。

「起こしちゃった？」

「いいえ……あ、おばさん。お元気でしたか？」

「ファヨル……」

おばの声が少し変だと感じた瞬間、おばが大声で泣き出した。ぼんやりと携帯を耳に当てていた私は、ベッドの上でガバッと起き上がった。頭の中が真っ白になった。やがて胸が締めつけられたかと思うと、えぐられるような痛みに変わった。

「あのしょうもない女！」

大声で叫ぶと、おばは子どものようにむせび泣いた。

「あ、おばさん……」

声を出すまで息を止めていたようだ。一気に息を深く吸い込んだ。涙があふれた。涙は頬を伝って顎の先からぽたぽた落ちた。私はまだ夢を見ているのだろうか。熱い涙がぼろぼろこぼれた。

「お母さん……」

つぶやいた。

「お母さん、お母さん、お母さん！」

私は叫びながら胸をかきむしった。

「ファヨル」

泣き声の混じった声で、おばがおろおろと私を呼んだ。

What a surprise!

膝に額を打ちつけながら号泣していると、片手に握り締めた携帯電話から、おばが心配そうに私を呼ぶ声が聞こえた。

「ファヨル、ファヨル、やめなさい！　泣かないで、おばさんの話を聞きなさい！　私がいきなり泣き出したから、あなた、誤解したのね。ごめん。気持ちが高ぶって、つい」

最初はおばの言葉が耳に入ってこなかった。おばは泣きやんで、普段の落ち着いた声でやさしく私をなぐさめ、私がわかるまで何度も言った。

「ファヨル、まずパソコンをつけてみて。ウンギョンからメールが届いているはず。それを開いて」

ウンギョンから明け方に電話があったという。おばはウンギョンと話しながらメールを読み、私にも送っておくように言った。そして、ウンギョンとの電話を切ってすぐに、興奮状態で私に電話をしてきたのだ。私はあわててパソコンを立ち上げた。

「お母さん、すごく、ものすごく元気に暮らしてるみたい。あきれたわ！」

おばは気抜けしたようにも、うれしそうにも聞こえる声で笑った。おばに送ったそっくりそのままを転送したウンギョンのメールのタイトルは、「What a surprise!」だった。

ママ！　添付の写真を見て！　これって、おばさんだよね？　私、こっちで模擬法廷同好会に入ったんだけど、先週その集まりで初めて会った友達が、最近見たユーチューブに出てきた東洋人の女の人が私に似てるっていうの。こっちの人たちの目には東洋人はみんな同じように

見えるって聞いたことがあったから、その女の人がとってもチャーミングだって言われて気分はよかったけど、そのときは、特に気に留めなかった。そのまま忘れてたんだけど、さっき、昼休みに食堂で偶然その友達に会って。で、その子が、ノートパソコンに例の動画が入ってるけど見るかって言うから、見たの。気絶するかと思った。絶対におばさんだよ！　そっくりなの。おばさんって今、四十歳だよね？　すごく若く見えて、違うかなとも思ったけど、たぶんおばさんだと思う。私が、うちのおばさんだ、何年も消息がとだえていたおばさんだって騒いだら、その友達もとても興奮してた。ユーチューブにアップした人を追跡して、詳細を調べてくれるって。これ、おばさんだよね？　そうだよね？

私は添付ファイルを開いた。手がぶるぶる震えた。一つ目のファイルを開くと、色とりどりにペイントして、屋根のへりに玉の飾りをぶらさげたバスの上に、大勢の人が乗っている写真だった。屋根に十人くらい、前のバンパーに五人。その五人のうち、ウェーブした髪を胸まで垂らし、少し向こうを向いて座って横顔を見せている人！　母だ！　私は写真を拡大した。ノースリーブの白いブラウスにふくらはぎまでのデニムのスカートをはき、素足にひっかけた茶色のサンダルをブラブラさせて、母はにっこり笑っていた。母の後ろに立った、長髪にヒゲぼうぼうの男性は、上下のつながったデニムのオーバーオールのようなものを着て、赤いハンカチをバラの花のように丸めて胸に留めていた。その隣の、イエス・キリストみたいな青年は上半身裸で正面を向いて笑っていた。母のすぐ隣にはヘアバンドをしてサングラスをかけた年配の男性が座ってほほえんでいた。そして、バスの前で人々を見上げている大きな犬。私は母を何度も見た。そのファイルには「昨夏、ウィノナホテル前で。クールなフォルクスワーゲンバス。憧れる、カッコいい人たち！　うらやましい、自由な魂よ！」と英語で説明がついていた。

もう一つのファイルは、動画だった。

美しい季節から今まさに飛び出してきたかのような、美しいミニョン！　声も異国情緒たっぷりで、甘美なことこの上ない。

ウィノナ湖のほとりでの公演。ニューオーリンズからウッドストックを経由してミネソタまで、若かりし日のボブ・ディランの旅程をたどるという彼ら。一緒について回りたい。ロックバンドHippies EVER。ベースもドラムもギターもすごくいい。ベースを受け持つリードボーカルのBBは、七十にもなろうというじいさんだけど、心を奪われそうな実力。〈Somebody to love〉この歌のボーカルはミニョン！　Hippies EVER, For EVER!

バスの写真で母の隣に座っていたおじいさんが、カラフルなヘアバンドをして、デニムのジャケットにジーンズでギターを演奏した。その隣で白いタンクトップにジーンズの母が歌った。色々な色を混ぜて幾筋にも編んだ髪を揺らしながら。二人は、ときたま視線が合うと、頷き合って蜜のように甘い笑みを交わした。とても幸せそうな母は、その年老いたロッカーの、混血の幼い娘みたいだった。

泣きすぎて、熱が出て、頭ががんがんした。私はぼってり腫れた目で、動画を何度も何度も見た。バスの胴体の落書きみたいな絵をよく見たら、Hippies EVERをイタリックでおしゃれに書いた文字だった。

「お祖父ちゃんが、ミニョン[*41]が大好きで、あなたのお母さんの名前をミンヨンにしたんだけど、本当にミニョンになったのね。もともと歌って騒ぐのが好きだったけど、いつあんな歌い方を習ったのかしら。すてきでしょ」

おばが笑いながら「カラオケで磨きをかけた実力がアメリカで役に立ったのかしら」と言ったので、私も思わず笑ってしまった。母はとても若く見えた。私ぐらいの年にしか見えなかった。いくらハラハラさせられても、母は大きな大人で、私は小さな子どもだったのに、もはや母は私より大人ではなかった。幸せそうに笑う「小さな」母をじっと見ていると、だんだん心が明るくなった。小さくなった母がティンカーベルのようにパタパタと私の心に舞い降りてくるようだった。母の歌声は明るいのにハスキーだった。

Don't you want somebody to love? ／Don't you need somebody to love? ／Wouldn't you love somebody to love? ／You better find somebody to love.
愛する人が欲しくない？／愛する人が必要じゃない？／愛する誰かがいたらと思わない？／誰か愛する人を見つけたほうがいいわ

お母さん、ありがとう！　生きていてくれてありがとう、幸せでいてくれてありがとう！

会いたいよ、お母さん！　かわいいヒッピー、私のお母さん。

妖怪母さん

「ヒッピーズ・エバー」の動画をユーチューブに投稿した人をやっとのことで探し当てたと、ウンギョンが知らせてきた。その人は、自分は夏休みに泊まったウィノナホテルでヒッピーズ・エバーを「発見」した「幸運児」だと言って、「ミニョン」に対する思い入れを延々と語ったそうだ。ＢＢというリードボーカルは元祖ヒッピーだが、彼が率いるヒッピーズ・エバーは、ヒッピー共同体とは関係がなく、一般のキャンプ場やホテル、モーテルに泊まりながら巡回公演をしている、れっきとしたロックバンドだそうだ。そして、自分はアーカンソーに住む精神科医だが、これから休暇のたびにヒッピーズ・エバーの公演を追いかけて回るつもりだ、今度の感謝祭かクリスマスに合流しないかと言ってきたそうだ。ヒッピーズ・エバーの音響スタッフと友達になったので、彼らがどこにいるのかいつでもわかるそうだ。

「おお、ファヨル、えらい久しぶりや。おじさんのこと忘れとったん？」

おばの家に入ると、ソファに座っていたおじが勢いよく立ち上がって迎えてくれた。

「あなたがしょっちゅう家を空けるから会えなかったのよ。さあ、まずはごはんにしましょう」

おばが助け舟を出してくれた。おじとは正月に会ったのが最後だった。

「また背が伸びたな！　なんでこんなにやせとるん？　ごはんはちゃんと食べとるんか？」

「はい」

おかしかった。おじを前にしたら、うれしいのに、びくびくしてしまった。食卓の上には水キムチとほうれん草のナムル、サンチュと鉄板が置かれていた。

「ファヨルにかこつけて私たちも贅沢しようと思って、上等のお肉を買ってきたの。いっぱい食べてね」

鉄板の上でジュージュー肉が焼けた。

「これはあんまり焼かんのがいい。さあ、はやく食べんかね」

おじが私の皿に肉を取ってくれた。やわらかい歯ごたえとともにジューシーな肉汁がにじみ出てきた。母の好きだった特上ロースの焼肉。アメリカに行く前日にも、おばの家でこれを食べたっけ。

「うまっ！　ファヨル、いっぱい食べてな」

おじは次々とおいしそうに肉を食べ、ビールを飲んだ。

「うーん、やっぱりいいお肉は違うわ！」

やはり満足しながら肉を食べていたおばが、長いため息をついた。

「どうしたんや？　食べんのか」

おじが心配そうにおばを見た。

「最初は生きていることがわかって、それだけでありがたかったけど、今は怒りがふつふつ湧いて、煮えくり返りそう。私がた、た……」

おばはビールをゴクリと飲むと、またため息をついた。

「私がただじゃおかないから！　ハン！」

鼻で笑ったと思ったら、おばは大声で笑い出した。

「調子に乗ってても、上には上がいるんだから。休みになるまで待ってなさいよ！　追いかけていって、そして……どうしようか？　ファヨル、私たち、どうする？」

目をキラキラさせておばが笑いこけるので、おじもつられて笑った。

「だけど、彼女、いい顔しとった。安心したよ」

おじの目に涙が浮かんだ。

「ご先祖様のおかげやね。お義父さんがあちらで見守ってくれたんやろね！」

おじが箸で天井を差した。

「ミンヨン、あの子、人間じゃないわ、化け物よ、化け物！　妖怪だわ！」

「本当や。動画を見たら、若いときのまんまの顔で、なんだか妙な気分になったわ。ファヨル、おまえの母さんは普通の人じゃないぞ。ミンヨンさん、自分の口でもそう言わんかった？　なんやったっけ、あれ？」

へべ。あの晩、おじが「ミンヨンさんは初めて会った頃のまんまやね。大人の自覚がないせいか、ひとつも年を取らんね」と言うと、母は「お義兄さん、私は青春の女神へべです」と答えて屈託なく笑った。するとおじが笑って言った。

「へべ？　へべ？　あんたがへべなら、俺はへべれけや！　泥酔の男神へべれけ！」

「へべれけ〜?!」と、大声をあげておじの肩に頭突きをして、楽しそうに笑っていた母の顔が鮮やかに目に浮かぶ。

しっぽをつかんだから、もはやお釈迦様の手の内も同然、冬休みになったらみんなで会いに行こう、それまでずっと母の動きを追跡しておく。おばとおじが交互に語る計画を聞きながら、私は胸がどきどきした。

一方で、母に会って疎まれたらと不安になり、私に会った途端に母が一気に老けこんでしまうという、突拍子もない想像をして、軽く鳥肌が立った。ただ遠くから見るだけでも十分！若くして母親になり、母親として青春を過ごした母。私にはわかる。私に会ったら、母はうれしくてパニックになって息を吸うのも忘れてしまうだろう。私がこうしてすっかり成長したのを見たら、今度こそ安心して、私のためにこれ以上悲しい夢を見ることはなくなるだろう。早くお母さんに会いたい！

「おまえ、猫にごはんをやって回っとるらしいな？」

おじは私に獣医学科に行けと言った。

「一年真面目に頑張ったら、行けるはずやろ。それから、もうそろそろ戻ってこんか。いつまでフラフラしてるつもりや？」

まず、私だけが頼りの猫たちのためにも、私は今の町を離れることはできない。それに、私はフラフラしてはいない……。私がうつむいて、箸で肉をいじっていると、おばがおじに話題を変えるよう目くばせしたようだ。おじがカッとなってどなった。

「おばなら母親の代わりやろうに、おまえはなんでそんなに無責任なん？　ファヨル、おまえ、何を考えてどう暮らしとるのか、洗いざらい話さんかいね！」

「あなた、大きな声を出さないでよ！」

「ああ、ごめんよ。ファヨル、おじさんは寂しいんや。地方や海外に留学したわけでもなし、嫁に行ったわけでもない。同じソウルにいながら、おまえが一人暮らししとるのも寂しい、将来について相談ひとつないのんも寂しい！」

私はつかえつかえ、誰にも言わずに叶えようとしていた自分の夢を打ち明けた。

空しい、私の年

「私はもの書きになりたいんです。詩も書きたいし、小説も書きたい、エッセイも書きたい。本を読んでいると幸せなんです。何か書いていると幸せなんです。大学に行かなくても作家にはなれます。大学に行く必要性が感じられないんです。学校に行っている時間がもったいないんです。自分の力で十分できます」

そう言うと、おじとおばから交互に忠告された。学校というのは学ぶことがすべてではなくて、同年代の友達と、同じ時期を、同じ空間で過ごすということだけでも所属する価値がある。韓国社会では、大学を出ていなければ文壇でも不利益が大きいだろうし、私が天才でない限り、淘汰されないとも限らない。文芸創作科に行けば、本物の小説家と本物の詩人から学べるのだから、必ず何か得るところがあるはずだ。大学に行かないというのは、結局、自ら世界を狭くするようなものだと。

私が高一のときの国語のジョン・ウンギョン先生に会いに行った話をしただろうか。誰かがコンビニのテーブルに置いていった文芸誌で、偶然に先生の写真を見たのがひと月前のことだった。それまで、戯曲作家としての先生しか知らなかったので、文芸誌に先生の新作の詩の特集が載っていて、とても驚いた。これまでに詩人としてもデビューし、活発に作品を発表してきたようだ。プロフィールを見て、先生が母校の私立大学の国文科に在職中だという近況も知った。私は先生に、短い手紙を添えて、自分で書いた詩を七篇、郵送した。一週間後、先生が電話をくれた。即座に先生のもとに駆けつけた。先生は少し太ったけれど、眼鏡の奥の鋭い輝きはそのままだった。先生は温かくほほえむと、開口一番、くらっとするほどの賞賛を与えてくれた。

「とてもいい詩ね」

体が宙に浮くような気がした。先生は、いつから詩を書き始めたのか、これまで何篇書いたのか尋ね、私の詩を文芸誌に推薦するのがよいか、新人公募に出すのがよいか、ずっと笑顔で悩んでいた。

「この詩は、今すぐに発表してもいいかもしれない。おしゃれなフランスの詩を翻訳したみたいな感じっていうか。悪い意味で言ってるのではなくてね」

先生が指先で軽くつついたのは、一番上にあった詩だった。先生は、夕飯もビールもご馳走してくれた。私は浮かれてビールを二本も飲んだ。それで生意気なことも言ってしまった。

「どうして詩人たちが女性誌なんかに詩を載せるのか理解できません」

「生きているとね、気の進まない所にも詩を書かなきゃならない場合があるの」

私が傲慢な表情で頭を左右に強く振ると、先生はにこにこ笑った。

「どれどれ、ファヨルは絶対に女性誌に詩を書かないのね、見ててやる！」

先生の、すでに私を詩人として扱う口ぶりがすごくうれしくて、心は天まで舞い上がった。

先生と別れた帰りのバスの中でも、自分の部屋でも、私は先生から返してもらった詩を、読んでは、また読み返した。先生にほめられた一番上の詩は、十回以上も繰り返し読んだ。

空しい、私の年

私の心は空っぽで

舌は乾いてカラカラです

毎日私の窓辺には
きれいな太陽がひとつ出ては沈みます
ときには雨がのぞきこみ
濃い霧が白粉花の香りを放って
そこを離れないこともあります
けれども太陽が出ようが出まいが
雨が窓を叩こうが叩くまいが
霧が白粉花の香りを放とうが放つまいが
私は気にしません
私は泣かないのです
それに、笑いもしません
私の心は空っぽで
舌は乾いてカラカラです

夢を見る
そこはポプラの森
私はじっと座っています
落ち葉は霜と絡み合う
私は泣きません。それに、笑いもしません
銀色の根元を払ってみます
それは固くて冷たい
この森の風ほどにも
私は見上げてもみます
梢はキラキラと輝き
木はとても高く
私はただじっと座っています
カササギが鳴いて飛んでいきます
とても静かです
そうして夢から覚める
私は泣きません

それに、笑いもしません

私の心は空っぽで
舌は乾いてカラカラです
でも私には少しわかります
すべてが難しくなったということ
秋には一人、冬の訪れを恐れていたように
私に伸びる運命の手
決定を下すときが来ます
夜を受け入れ
朝を待たねばなりません

ああ、私は
ポプラの森に行きたい
私の年が空しいときは

ジョン先生は、最後の行、「私の年が空しいときは」に赤ペンでサッと線を引き、「空しいって何よ、その若さで」と言った。そして、しばらく首をかしげて、赤線のわきに「私の年が揺らぐときは」と書いた。「私の年が空しいときは」のほうが実感がこもっていたが、先生が直してくれたほうが格調があるような気がして、それに従うことにした。それで、タイトルも変えなければならなくなった。稲妻のように「眠れる森」という題が浮かんだ。

ジョン先生からそんな激励を受ける前だったら、おじとおばの前で夢を口にすることはできなかっただろう。私が高校を中退したことについては動じなかった先生も、大学に行っていないことには驚いたようで、じっと私の目をのぞきこんでため息をついた。

「大学に行ってないって聞いて、残念」

そして、母校への愛情を表出させた。

「あなた、うちの大学に来なさい！　うちの学校、悪くないわよ」

先生との会話は愉快で有益だった。こんな先生ばかりなら、学校に通うのもいいかもしれない。先生はこんなことも言った。

「今度の新春文芸に応募したら、賞が取れるかもしれない。ほかにも方法はいくらでもある。だけど、重要なのはデビューすることじゃない。早いからいいってわけでもない。正直いって、私、若い才能は信じていないわ。少なくとも二十五歳にならないと、一生書ける人なのか、そうでないのか見当がつかないから」

二十五歳。ずいぶん先だ！　その道のりを、書くことで頑張れるか、頑張れないか、それがカギだという話だろう。

おじが私の話を静かに聞いてくれたのは意外だった。おじは私を独立した一人の人間として認めてくれているようだった。おじにはどうせわかってもらえないと、最初から心を閉ざしていたのが申し訳なかった。

「獣医学科に通いながらでも、ものは書けるやろう？　行かないと決めつけないで、大学のことは頭に入れておきなさい」

おじは、たしなめつつも、終始、話し合う雰囲気だった。いつまたカッと怒り出すかわからないけれど、これからはおじと話をするときに、耳にシャッターをおろさなくてもよさそうだ。

おじが私にクレジットカードをプレゼントしてくれたから、とは言いたくないが。私が顔を赤くして断ると、おばがおじの手からカードを取って、私の手に握らせた。

「おじさんが前からつくってあったのよ。ありがとうございますってもらいなさい」

「これで、勉強したり、服を買ったりすればいい。ファヨル、おまえは無駄遣いをする子じゃないし、細かいことは言わん。ウンギョンはまったく、見張ってないといかん！　カードを取り上げげんとね」

不死鳥の絵柄のついた金色のカードを手にしていると、使わなくてもお金持ちになったような気がした。お母さんにも、こんな親戚のおじさんおばさんがいたらよかったのに。あっ、こっちのおばとあっちの伯母が母にカードを貸して大変な目にあったんだっけ！

冬のかすかな匂い

私はあまり笑わない子どもだった。それが二十歳になってからは、自分でも驚くほどよく笑っている。世の中には、尊敬できる人、愛らしい人、愉快な人が実にたくさんいる。私が出会った人々はみんないい人だ。私は本当に恵まれている。特に、バリイモさんをはじめとする〈笑うネコのお隣さん〉のメンバー、仕立て直し屋のおばさん、ピルヨン、ピルヨンのお父さん……彼らに出会わなかったなら、私は沈鬱でつらい日々を送っていたはずだ。

その黒猫を市場で見かけるようになったのは、三、四ヵ月前からだ。確信はない。それより前からいたのが、今になって表に出てきただけかもしれない。つやつやの全身真っ黒の猫。黄緑色の宝石のような目もとてもきれいだった。この子は人間を特に怖がりもしなかった。片方の耳の先が少し切れていたが、去勢手術をしたのか、ほかの猫に噛まれたのか、誰かにいたずらされたのかはわからなかった。向かいの肉屋のご主人もこの子の存在を知っている。お肉屋さんが猫嫌いでなくてよかった。お肉屋さんはこの子を「ネロ」と呼ぶ。それで、私もネロと呼ぶようになった。市場のほかの人たちはたいてい猫を嫌ったので、私は隠れてごはんをやった。

「猫がいれば、ネズミもいなくなっていいじゃない、なにをそんなに騒ぐのかね」

仕立て直し屋のおばさんの言っていることは事実で、真理なのだ。市場の人たちもそう思ってくれたらいいのに。

この子はいつも音もなく現れる。私が階段を下りていくと、どこからともなくすっと出てきて、私の一歩手前に座る。私は急いで辺りを見回し、今では何も置かれていない、廃店舗の陳列台の下にごはんを置く。今日はキャットフードの上に缶詰を半分もあけてやった。ネロがせっせと食べる。その姿があまりにもかわいくて、少し触ってみたくなって手を伸ばすと、ネロが前足でピシャリと私の手の甲を叩く。「オッホン、俺様に何を」といった感じだ。そして、ひたすら食べ続ける。ああ、愛おしい。おとなしくて気品のある黒猫、ネロ。ネロのほかにも、市場には新顔の「トントンイ」がいる。トントンイはふた月前に現れた。白地に灰色のトントンイは「ブリティッシュショートヘア」のようだ。お肉屋さんの言うとおり、高貴な感じの猫だ。厚めの毛に、顔も丸々とふくよかだ。この子は「ニャァ〜ン」と甘えた声で私を迎える。向こうから好んで抱かれては、なでてくれと頭を差し出す。見た目がさっぱりして気品があるせいか、堂々と歩き回っても市場の人たちは敵意を持つことなく放っていた。初めは外出中の猫かと思ったが、ひっきりなしにやってくるので、捨てられた猫のようだった。〈笑うネコのお隣さん〉の里親募集コーナーにアップすべきか、成猫だけれど新しい家族が見つかるだろうかと悩んでいたら、あるおばあさんが通りすがりにトントンイに気付いて親しげに声をかけていた。

「教会の隣にある三階建ての家の猫だったけど、下の階の人が猫を飼うなってうるさくて、ほかの家にあげたの。今はその下の金物屋さんの猫よ。おーい、ごはんを食べるなら自分の家があるでしょ」

家のある猫だと聞いて、心が軽くなった。しかし、「二回だったか、前の家に帰ってきちゃってね。その家では、もう来るなって叩いて追い出したそうよ。そしたら、その後はもう来なくなったって」。その言葉を聞いたら、胃がヒリヒリした。前の家でも今の家でも外出猫として放し飼いにしているようだ。

トントンイが捨て猫だと思って同情心が最高潮に達していた頃、トントンイがネロと同じ時間に来ていたことがあった。「ニャァ～ン」と鳴いてすり寄ってくるトントンイから先にごはんをやってなでたら、離れた所で見守っていたネロがパッとその場を立ち去り、何日間か姿を見せなかったので、なんとも後味が悪かった。

六時を過ぎたばかりなのにもう暗い。これからは日一日と夜の訪れが早まる。風が冷たい。私はポケットに手を突っこんで歩いた。今、私が着ているジャンパーはバリイモさんがくれたものだ。

「私にはちょっと小さいの。よかったら着る？　きれいに洗濯してあるよ」

拾い物だと、控え目に勧めてきた。襟元と縁に濃いグレーのファーがついていて、中はダウンだった。ほぼ新品のようで、デザインも悪くないのに、どうして捨てたのかわからない。

「おしゃれだし、着やすいですね！」

鏡を見て、気に入ったと言うと、バリイモさんも喜んだ。

「うん、よく似合うね！」

江南には、家具でも服でも、ぜんぜん傷んでいないのに捨てる人が大勢いるようだ。有名ブランドの化粧品セットが、免税店の袋に入ったまま捨てられていることもあるらしい。

坂道にも、ひと月前から新顔が加わった。白のペルシャだ。ペルシャのような毛の長い猫が長く外に放置されていると、毛が絡まってフェルトのように硬くなって体を締めつけるので、そのうち肉が割れて、骨まで蝕んでしまう。だから、なにか手を打たねばならないのだが、さて、どうしたものか。この子はアビやトントンイとちがって警戒心が強い。小さな声でニャニャと鳴いて挨拶してはくれるものの、隙を見せず、捕まえようがない。この子が長毛種でさえなかったら、このまま目をつぶっておくのだけれど。

ベティは自分の小屋で寝ている。そっと近づいて前に座ると、頭をあげ、目が合うとうれしそうな顔でニェ～と鳴きながら出てくる。キャットフードの少し残った皿に、ベティの好物の鶏肉の缶をあけてやっていたら、仕立て直し屋のおばさんがドアを開けて出てきた。

「ベティ、さっきごはん食べたよ。缶詰も。もうあげないで、太るから」

ベティと私は二人してギクリとした。

「ちょっとだけにしますから」

ベティが鼻先を突っこんで缶詰の鶏肉を食べる。ベティの小屋に初めて見る毛布が敷かれている。赤ちゃんのおくるみのようにふわふわのピンク色の毛布だ。

「毛布を敷いたんですね」

「誰かが敷いていったらしい。寒いと思って敷いてくれたんだろうね。ベティも気に入ってるよ。ベティ、神経質で何にも敷いてやれなかったのに。この前、黒いセーターを入れてやったら、怖がって入らなかったんだから」

ああ、誰だか知らないけれど、ありがたいお方！

入っていったら、というおばさんの誘いを断った。久しぶりにベティと散歩をするつもりだった。おばさんに挨拶をして、ベティと一緒に歩いた。私たちの散歩コースは、路地を最大限くねくね長く歩くものだ。そうしたところで、早足で往復三分の距離を精一杯ゆっくりと十五分ほどかけて歩くくらいだ。最初の路地に入るところで、ふっと笑いがこぼれた。十日ほど前の晩だった。ベティとそこを歩いていると、塀の下にころころと猫の糞が並んでいた。町内の人に見られたら、ののしられてますます嫌われるだろうと、どっと不安になった。それで、翌日の昼間に、使い捨て手袋とビニール袋を持って片付けに行ったら、それは糞ではなく、乾いて丸まった落ち葉だった。

角を二回曲がって駐車場に出るまで、ベティは立ち止まって何かの匂いをかいでみたり、車のタイヤを眺めてみたり、あちこちよそ見をしながら歩いた。そして、私が「ベティ！」と呼ぶと走ってきた。太っているわりに身のこなしは軽やかで速い。愛しいベティ！　私はベティに運動をさせようと、わざと道より低くなっている駐車場に入った。そこをベティと三、四周して、道に上がってベティを呼んだ。一メートルも段差があるのに、ベティはひょいとジャンプした。ベティを見くびりすぎたか？　ベティの頭を何度もなでてやった。ベティの毛が冷たい。めっきり気温が下がっている。日を追うごとにどんどん冷えこむだろう。今年の冬は、どうかあまり寒くならないでほしい。

私と歩くとき、ベティは並んで歩くか、ずっと後ろを歩く。私の前を歩くことはない。ベティ、もっと一緒に歩きたいけれど、そろそろ帰らなくては。路地を引き返して、仕立て直し屋の前の道が見える通りにさしかかったとき、私はしゃがんで、足もとに座るベティをなでながら、静かに詩を暗唱してやった。ロシアの詩人ネクラソフの「緑のざわめき」。方眼紙さんが大好きなエッセイストだと言って貸してくれた、米原万里の『心臓に毛が生えている理由』に載っていた詩だ。こんな詩が書きたい！　手帳に書き写して、数日持ち歩いて覚えた詩だった。

行くよ唸るよ緑のざわめき
緑のざわめき春のざわめき
さながらミルクをたっぷり浴びた
桜の園が並び立ち
静かに静かにざわめくよ
やわらかなお天道様に暖められて
陽気になった松林もざわめくよ
その傍らでは新たな緑で
新たな歌をかたことささやく
淡い色した菩提樹も
緑のお下げの白樺も

（米原万里『心臓に毛が生えている理由』角川文庫）

ベティは、私の手のぬくもりを感じながら、私の声を聞いているのが心地よいのか、じっと座っていた。ベティ、この冬をうまく乗り切って。そして、一緒にこんなふうに緑がざわめく春を迎えよう！

＊1【マティス】旧大宇自動車（二〇〇〇年に経営破綻してゼネラルモーターズの傘下となり、現在の社名は韓国GM）が生産していた軽自動車。自動車を経済力の判断基準とする傾向が強い韓国では小型車の普及率が低く、全体の一割前後にとどまる。

＊2【ソナタ】現代自動車が生産する中型セダン。一九八五年からのロングセラー。

＊3【コンテナハウス】中古の輸送用コンテナを改造して窓やドアなどを取り付けたもの。事務所や店舗などとして使われる。

＊4【プデチゲ】直訳するとプデ（部隊）チゲ（鍋）。在韓米軍部隊の多い議政府市などが発祥の地とされ、米軍から流れてきたソーセージやスパムをキムチ鍋に入れたのがはじまりとされる。

＊5【鶏を捕まえそこなった犬が屋根の上を見上げる】よく使われる言い方。意気込んで頑張ったけれど、うまくいかなくて落胆する様子を表す。

＊6【テーブル】韓国のコンビニは、店内または店頭にテーブルを置いて、飲食スペースを設けている場合が多い。

＊7【ベランダ】冬にはマイナス十度以下にもなる韓国では、ベランダの外側にガラス戸がついており、サンルームのようになっている。

＊8【オム・ジョンファ】九〇年代半ばにダンスミュージックで韓国の若者を魅了した女性歌手。セクシーな衣装が話題を呼び、ファッションリーダーとしても注目された。二〇〇二年以降は女優業に主軸を移し、ドラマ、映画と幅広く活躍している。一九六九年生まれ。

＊9【イ・ジョンヒョン】九〇年代後半に韓国でテクノミュージックを大流行させた女性歌手。二〇〇四年にはNHK「紅白歌合戦」に出場。女優としても活躍し、二〇〇六年にはTBS系の日韓共同制作ドラマ「輪舞曲」にも出演している。一九八〇年生まれ。

＊10【流通期限】商品を店頭に置ける期限。消費期限より短い。

＊11【自活労働者】労働能力のある低所得者に労働の機会を提供する政府の自立支援プログラムで働く人。

＊12【五光と五鳥】いずれも花札の役。五鳥は韓国流の花札遊び「ゴーストップ」に特有の役で、鳥の描かれた札三枚（梅、藤、すすき）を集める。描かれた鳥が合計五羽になるので五鳥。

＊13【グレンジャー】現代自動車が生産する高級セダン。一般のタクシーより高級な「模範タクシー」にもこの車種が多い。

＊14【秘苑】ユネスコ世界文化遺産に選ばれた韓国の古宮・昌徳宮の庭園。都心とは思えない美しい自然を誇る。

＊15【オフィステル】冷蔵庫や洗濯機などが完備している、

オフィスとしても住居としても使える物件。オフィス＋ホテルの合成語。
＊16【チョンセ】入居時にまとまった額の保証金を払う代わりに、月々の家賃を払わなくてよい韓国独特の不動産賃貸システム。大家は保証金を運用して利子などの収入を得て、退去時に保証金は全額返金される。毎月家賃を払う場合はウォルセという。
＊17【安城】ソウルから南に八十キロ程度。巨峰の産地として知られる。
＊18【宮中トッポッキ】コチュジャン（唐辛子みそ）を使わずに醤油で味付けしたトッポッキ。もとは王の食卓にあがる料理であった。
＊19【大学修学能力試験】毎年十一月に実施される全国共通の大学入学試験。国公私立を問わず、四年制大学の志願者のほとんどがこの試験を受けなければならない。略して修能〈スヌン〉と呼ぶ。
＊20【ウゴジタン】牛骨などから取っただしに白菜の外側の葉や大根などを入れて煮込んだスープ。
＊21【徐東煜】フランス哲学を専門とする哲学者。西江大学哲学科教授（二〇一四年現在）。詩や文学評論も多数発表している。一九六九年生まれ。
＊22【富川】ソウルから西に地下鉄で40分程度。金浦空港の近く。

＊23【カルグクス】手打ち麺の韓国うどん。貝類や鶏肉でだしを取った白濁色の温かいスープで食べる。
＊24【一山】ソウル中心部から北西に地下鉄で50分程度の所にあるベッドタウン。
＊25【大田】ソウルから南に一六〇キロに位置する、人口百五十五万人程度の地方都市。
＊26【南山韓屋マウル】ソウルの中心にある南山のふもとに朝鮮時代の家屋を移転して作った文化体験施設。マウルは村という意味。伝統音楽の公演場「ソウル南山国楽堂」が敷地内にある。
＊27【国楽ハンマダン】韓国の伝統音楽コンサート。宮廷での儀式に用いた音楽や、一般庶民が親しんだ民俗音楽の公演が楽しめる。
＊28【TNR】Trap（捕獲）Neuter（避妊・去勢手術）Return（もとの生活場所に戻す）プログラムの略。殺処分ではなく、猫の数をコントロールすることで、人間と動物が幸せに暮らせる社会を目指そうという取り組み。
＊29【ベティ・ブルー】一九八六年にフランスで制作された恋愛映画。小説を書く恋人の才能を信じ、彼を守ろうとしてベティは、激情に駆られた行動をとる。
＊30【ヨルムキムチ】若大根の葉を漬けたキムチ。
＊31【チムジルバン】数種類のサウナ、風呂のほか、食堂、PCルーム、フィットネスルーム、エステルーム、睡眠室

などを備えたレジャー施設。24時間営業のところが多い。家族連れ、カップル、年配者まで幅広い年代の人たちに人気がある。施設内で着用するウェア、タオルなどが用意されており、またシャンプーなどを置いた売店もあるので、手ぶらで利用できる。

＊32【葬儀場】韓国では大病院などに葬儀場が併設されている場合が多い。

＊33【薬研】漢方の原料となる植物など生薬を砕き、または粉末にする道具。

＊34【雨水】二十四節気の一つで、二月十九日頃。雪が溶けて水になる頃とされる。

＊35【加平】ソウル駅から北東に汽車で一時間半程度の所にある街。ドラマ「冬のソナタ」の撮影地として有名になった南怡島の近く。

＊36【乙旺里】仁川空港の近くにある海水浴場。ソウル中心部から一時間程度で行ける。

＊37【ムッソー】雙龍自動車が生産していたSUV。

＊38【京畿道長興】ソウル中心部から北に二〇キロ程度の山間にある行楽地。

＊39【シッケ】米を原料とした朝鮮半島伝統の発酵飲料。正月などに家で作って飲まれる。焼き肉屋などでデザートとして出されることがあるほか、チムジルバンでも販売している。

＊40【チョングッチャン】発酵させた大豆のペーストで作ったチゲ。

＊41【ミニョン】アンブロワーズ・トマのオペラ作品。主人公のミニョンは、もとはイタリアの貴族の娘だが、さらわれて、旅芸人の一座で芸をしている。

著者あとがき

私の小説『野良猫姫』を日本の読者の皆さまにご覧に入れることになり、たいへん嬉しく思います。

一方で、心配もしています。至らぬところの多い子どもですが、婚家の家族からたっぷり愛されることを願う親心とでもいいましょうか。

今日に至るまで、感謝しなければならない方がたくさんいます。まず、出版を決断してくださったクオンの金承福社長、それから、本が出てもいないうちから快く心と財布を開いてくださった（！）クラウドファンディング参加者の皆さん、また、私の韓国語の本に日本語の服を着せるために真心を尽くしてくださった生田美保さん、どうもありがとうございます！

読者の皆さんに常に幸あれ！

ファン・インスク

訳者あとがき

次に生まれるなら私は猫に生まれたい
つやつやに光る黒いブチ猫に
軽やかに飛ぶときは大きなカササギのようで
ボールのように丸まることもできる
小さな猫に生まれたい
縁側で昼寝などしない
器の牛乳など舐めたりしない
いばらの藪を駆けまわり
広い野原に出てゆこう

（「私は猫に生まれたい」より抜粋）

一九八四年に「私は猫に生まれたい」で詩壇にデビューしたファン・インスクは、軽やかで才気あふれる想像力を持った詩人と評される。この詩で猫は、作者の憧れる自由な生の象徴のように語られる。何者にも支配されず、卑屈にならない、堂々とした猫の姿は、抑圧されることのない自由な魂の表出である。もちろん現実には様々な障害があり、さほど自由ではないからこそ、そのような生を夢見ているわけだが、この詩からは、現実に対する悲観よりも、未来にはそれが可能だと信じるエネルギーがにじみ出ている。

また、作者は、言葉が身体感覚を鮮やかに語る、次のような詩も得意とする。

ああ、男の人は知るまい
野原を揺さぶる
あの風の中に飛び込めば
胸の上まで舞い上がる
スカートの裾の爽快さ！

（「風吹く日には」全文）

このはつらつとした詩は、読む者の肉体にじかに快感を伝えてくる。文学評論家パク・ヘギョンは「この詩人にとって言葉はもはや意味の器ではない。それは魂の器であり、感覚の器である」と言っている。

しかし、時を経るにつれ、ファン・インスクの詩は明るく軽快なものから、次第に悲しみや諦念、倦怠の色が濃くなってゆく。「走って、転んで、転がって、這いまわって、起き上って、立ち止まりながら残してきた跡がもの悲しい」（作家コ・ジョンソク）ほどに、作者は生きることの重みにぶつかり、存在すること自体がもつ悲しみに触れ、生に幻滅する。

排水溝からのぼってくるにおい
五臓六腑が長い年月かけて
腐ってゆくにおい
ゴム栓をして石をのせても
突き上げて、漏れてきて、振動するにおい
服にもしみついたにおい、顔だけ見てもわかるにおい
風にも洗い流せないにおい
頭の痛いにおい、いや心の痛むにおい
貧しさのにおい

（「におい」全文）

しかし、幻滅するばかりの生の中からも美しさを見出せるのが詩人である。どれほど幻滅させられても、作者の生に向ける眼差しは素直で温かい。

『私の沈鬱な、大切な人よ』の裏表紙に添えた文章で彼女は言う。

――私の精神は非常に怠惰だ。私の体がそうであるように。私の詩には哲学がない。私の人生がそうであるように。私の詩には「なぜ」がない。したがって、「だから」もない。せいぜい「どうである」という、もの憂く、弱々しい〝猫が持つくらいの存在感〟が関の山である。

私が詩を書くのには現実的・非現実的な様々な理由があるが、なぜ私が詩を書いてもよいのか、ひとつ考えが浮かんだ。

無経験が私の経験で、無哲学が私の哲学だとふざけて押し通してきた詭弁と同じ脈絡でないことを願うが、〝猫が持つくらいの存在感〟を「たかが」と私は言えないからである――

この感覚は、そっくりそのまま『野良猫姫』にも当てはまる。

ファン・インスクの詩に「なぜ」も「だから」もないように、『野良猫姫』も、主人公ファヨルを中心とした人々と野良猫たちの日常の細部が淡々と描かれている。急速に格差の広がる韓国社会において、特に大都市ソウルにおいては、ファヨルのように痛みを抱える人たちはそこここに存在するにもかかわらず、社会から疎外され、〝猫が持つくらいの存在感〟しか放てなくなっている。あるいは、熾烈な競争でもがいているうちに、自分自身に対し〝猫が持つくらいの存在感〟しか認められなくなっている。しかし、作者はそれを「たかが」と言って切り捨てることをしない。作者は、自らそこに属すことを選び、そこに存在する生の営みに確かな美しさを見出している。

実際に作者は何年も前から、人に捨てられた猫たちが日一日と壊れていく姿や、近所の住民たちとの摩擦に胸を痛めながら、野良猫の世話を続けている。その実体験がもとになって『野良猫姫』という作品ができた。

作品の中、ファヨルは野良猫たちとの友情から少しずつ癒しを得ている。両親ともに行方のわからないファヨル自身も、一人で生きる野良猫のような存在である。しかし、どれだけ猫たちと友情を築き癒しを得ようとも、猫に生まれ変わらない限りは、実際にファヨルが関わり、生きていかなければならないのは人間社会である。幸い、ファヨルが猫に手を差し伸べるように、ファヨルに手を差し伸べる人たちがいる。彼らとの交流を通じて、ファヨルは笑顔を、二十歳らしい瑞々しさを取り戻してゆく。互いを思いやり、生命を慈しみ、自然や物と心を通わせ、支え合う暮らし。せわしない現代社会がないがしろにしてきたものが、『野良猫姫』にはたっぷり詰まっている。

なお、作品の中でファヨルの書いた「眠れる森」という詩は、ファン・インスクの詩集『鳥は空を自由に放ちて』に収録されている、作者自身の作品である。

この作品は韓国の大手出版社「文学トンネ」の会員制インターネットサイトで、二〇一〇年十一月から翌年三月まで合計九十四回にわたって毎日連載された後、書籍化されたものである。連載中は、読者から一日平均八十件のコメントが寄せられるなど、好評を博した。

日本語版を出版するにあたっても、インターネット上で新しい試みがなされた。「韓国文学の世界をまだ知らない人たちにも伝えたい、種をまくところから読者とともに一冊の本をつくっていきたい」という思いから、クラウドファンディング（資金を出す代わりに、プロジェクトが提供する物品や権利をリターンとして受け取るシステム）を通して、未来の読者から出版費用の一部を募った。結果、多くの方にご支援いただき、二ヶ月あまりで目標額の五十万円を上回る金額が集まった。このうち、一万円以上支援をしてくださった方のお名前を奥付に掲載している。また、「ともにつくる本」ならではの取り組みとして、編集段階では、ネットで校正ボランティアを募集し、多くの方に協力いただいた。

クラウドファンディングで応援してくださった皆さまのおかげで、無事に翻訳出版にこぎつけることができ、感無量である。皆さまが寄せてくださった期待は、翻訳をするあいだ中、大きな励みとなった。この場を借りて改めて感謝申し上げる。また、このようなインターネット上での、出版前から読者を巻きこんでの活動が、韓国文学の読者層を少しでも広げることの一助になれば幸いである。

最後に、『野良猫姫』に出会うきっかけをくださったクオンの金承福社長、豊かな表現力で翻訳を支えてくださった編集の藤井久子さんに心からお礼申し上げる。本書の出版にあたっては、韓国文学翻訳院から翻訳助成金もいただいた。そのほか、お世話になったすべての方に感謝の意を込めて、この本をお届けしたい。

二〇一四年九月　生田美保

ファン・インスク（黄仁淑）

1958年、ソウル生まれ。
ソウル芸術大学文芸創作科卒。
1984年京郷新聞新春文芸に詩「私は猫に生まれたい」
が当選し、詩壇デビュー。
詩集に『鳥は空を自由に放ちて』(1988)、
『悲しみが私を目覚めさせる』(1990)、
『私の沈鬱な、大切な人よ』(1998)、
『自明の散策』(2003)、
『リスボン行き夜行列車』(2007)など、
散文集に『私は孤独』(1997)、『声の模様』(2006)などがある。
1999年に東西文学賞、2004年に金洙暎文学賞を受賞。
抑圧されることのない自由な魂や、現実との不和からくる幻滅を
猫というモチーフを通して描いた作品が多く、猫詩人として知られる。
実体験をもとにした『野良猫姫』は初の小説。

生田美保（いくたみほ）

1977年、栃木県生まれ。
東京女子大学現代文化学部卒。
韓国ソウルの法律事務所で社内翻訳者として勤務する傍ら、
韓国放送通信大学にて韓国文学の研究を続けている。
『韓国・朝鮮の知を読む』（野間秀樹編、クオン刊、2014）
の翻訳に参加。

この本は多くの方のご協力を得てつくられました。

桑畑優香　쿠와하타 유카
沼田健彦　누마다 다케히코
佐藤純子　사토 스미코
岡田直樹　오카다 나오키
井上美知子　이노우에 미치코
鈴木博史　스즈키 히로시
増山純子　마시야마 준코
上原健太郎　우에하라 겐타로
佐藤寿子　사토 히사코
上田信一　우에다 신이치
上田侑子　우에다 유코
川崎正敏　가와사키 마사토시
丸山善明　마루야마 요시아키
蜂須賀光彦　하치스카 미츠히코
生田四郎・弘美　이쿠타 시로・히로미
朴柱石　박주석
濱中眞紀夫　하마나카 마키오
和田麻子　와다 아사코
田丸美哉　다마루 미야
松村美知瑠　마츠무라 미치루
伊藤明恵　이토 아키에
吉田朋子　요시다 토모코
辻良江　츠지 요시에
金良炫　김양현

（順不同）

野良猫姫
新しい韓国の文学11

2014年10月20日　初版第1刷発行

〔著者〕　ファン・インスク（黄 仁淑）
〔訳者〕　生田美保
〔編集〕　藤井久子
〔ブックデザイン〕　文平銀座＋鈴木千佳子
〔カバーイラスト〕　鈴木千佳子
〔ＤＴＰ〕　廣田稔明
〔マーケティング〕　鈴木文
〔印刷・製本〕　大日本印刷株式会社　（担当：田口康昭）

〔発行人〕
永田金司　金承福
〔発行所〕
株式会社クオン
〒104-0052
東京都中央区月島2-5-9
電話　03-3532-3896
FAX　03-5548-6026
URL　www.cuon.jp/

ISBN 978-4-904855-25-6 C0097